«Il mio sangue è molto potente».

«Anche il mio» rispose. La sua voce, che aveva un lieve accento, era diventata più profonda.

Un predatore sul punto di colpire, pensai, ammirando l'argento che tingeva le sue iridi. Si fondeva con i bordi neri, ricordandomi l'esplosione di una stella. *Affascinante. Invitante. Peccaminoso.*

«Stai accettando?» chiese. La sua cadenza inglese era diventata ancora più evidente, tradendo la sua impazienza.

Sì, non c'è dubbio: anche lui non vede l'ora di assaggiarmi.

«Sì». *Mordimi, se ne hai il coraggio, Re della Casata dell'Oro e del Granato. Perché la tua reazione al mio sangue mi mostrerà se sei realmente degno del mio tempo.*

Solo i più forti erano in grado di reggere un'essenza intensa quanto la mia. Per questo lo avevo avvertito. Ma aveva risposto in modo deciso e sicuro di sé, come faceva anche su tutto il resto.

Un vero leader. Un nobile. Un re vampiro.

La sua espressione si adombrò. Una parte di lui aveva compreso la sfida che gli avevo appena lanciato.

Ora sei mia, Dea della Notte, sembrò dire strattonandomi a sé, sfruttando il braccio con cui mi cingeva la vita. La sua mano rimase sulla mia nuca, dandole una leggera stretta, mentre le sue labbra si abbassarono sul mio collo.

AUTRICE DI BESTSELLER USA TODAY

LEXI C. FOSS

DESIDERAMI

Vizi & Virtù Immortali

Titolo originale: *Crave Me*

Copyright © 2022 Lexi C. Foss

Traduzione italiana: Claudia Sartori

A cura di: Biba Sven

Design di copertina: Manuela Serra

Fotografia di copertina: CJC Photography

Modelli di copertina: Peter Stelling & Jenna Elisabeth

Pubblicato da: Ninja Newt Publishing, LLC

eBook ISBN: 978-1-68530-195-8

Paperback ISBN: 978-1-68530-196-5

All'Islanda, una continua fonte di ispirazione. Le tue cascate mozzafiato (Fosses!) e i tuoi magici paesaggi sono tra i più belli che abbia mai visto. Non vedo l'ora di incontrarti di nuovo.

E a Kel, per aver creato questo mondo meraviglioso e per aver permesso a Nyx di approdare sulle sue sponde. Spero che ti faccia ridere, amica mia. Oh, e per favore trasmetti il mio amore a Uriah.
#SoulMate

DESIDERAMI

VIZI & VIRTÙ
IMMORTALI

◖ DESIDERAMI

*Un tempo, sulla Terra si aprirono una serie di portali che permisero
alla magia di riversarsi nel mondo degli umani.*
*Furono create delle casate a cui i Soprannaturali vennero assegnati. E
si formò un nuovo equilibrio.*
Da quel momento, tutti i nuovi arrivati dovettero unirsi a una casata.
*Questa è la storia di una dea che si rifiutò di farlo, e del re che la
costrinse a piegarsi.*

Nyx.
Dea della Notte.
La mia nuova ossessione.

Quella donna sfrontata ha ucciso uno dei miei uomini.
Ora, in qualità di Re della Casata dell'Oro e del Granato,
è mio dovere fargliela pagare.

Oh, ci sono così tante cose che vorrei fare con quella sua
boccuccia disobbediente. Ma Nyx è molto più forte di
quanto sembra.
E adesso ho un desiderio che non riesco a placare.
Perché un morso non mi è bastato.

Sarai anche la Dea della Notte, ma io resto comunque il tuo re.
Ti inginocchierai.
Implorerai.
E, soprattutto, sanguinerai.

*Benvenuti nella Casata dell'Oro e del Granato, dove il sangue è la
valuta preferita.*

Procedete a vostro rischio e pericolo.

Nota dell'Autrice: *Desiderami* è un romanzo dark paranormale ambientato nell'universo della serie *Vizi e Virtù Immortali*. Ogni libro di questa raccolta garantisce un lieto fine e una conclusione soddisfacente, priva di cliffhanger.

Per i fan della serie *Alleanza di Sangue*, questa è la storia di Nyx e Vesperus, la dea e il suo amante vampiro che hanno dato inizio a tutto...

LEXI FOSS

Benvenuti nel caos che si agita nella mia mente!

Scrivere *Desiderami* è stata un'esperienza unica. Sebbene faccia parte di *Vizi e Virtù Immortali*, si inserisce anche nel mondo dell'*Alleanza di Sangue*, un'altra mia serie.

Tuttavia, il tono di *Desiderami* è molto diverso, per via delle regole dell'universo in cui è ambientato e delle voci che ho scelto di esplorare.

Nyx è probabilmente una delle figure femminili più straordinarie che abbia mai creato. Ma non per la sua potenza; Nyx è semplicemente… *eccentrica*. È una dea che sta esplorando una realtà e la magia che essa racchiude. E non permette a nessuno di dirle cosa fare o dove andare. Nemmeno al re vampiro che l'ha trovata.

Pertanto, la definirei una lettura "leggera", se paragonata al mondo dell'*Alleanza di Sangue*. Ma ci sono comunque dei momenti in cui il sangue è protagonista. Dopotutto, Vesperus è un vampiro. Quindi, se i morsi non fanno per voi, beh… potrebbe essere un problema.

Ma se siete alla ricerca di una lettura piena di umorismo e sensualità, con un po' di sangue e una storia d'amore proibita, allora avete scelto il libro giusto.

Desiderami è un romanzo autoconclusivo ambientato nel mondo della serie *Vizi e Virtù Immortali*. Può essere letto senza conoscere le altre mie opere.

Ma si dà il caso che sia anche la storia di come Nyx ha incontrato Vesperus. E per i miei fan dell'*Alleanza di Sangue*, vi dirà cosa ha spinto Nyx a creare i Benedetti… ;)

PROLOGO

NYX

UN'ALTRA REALTÀ.

Un altro fallimento.

Sospirai e mi rigirai tra le dita il medaglione di ossidiana incantato.

Quello era il mio diciassettesimo universo, e se possibile era ancora peggiore degli ultimi sedici. Niente magia. Nessuna presenza soprannaturale. Niente divertimento. E niente luna.

Alzai lo sguardo verso il cielo nascosto dallo smog e feci una smorfia. I mortali di quel mondo avevano inquinato talmente tanto l'atmosfera che non c'era più luce. E, di conseguenza, la maggior parte degli umani era morta.

Senza il sole non vi erano neanche le piante.

Niente piante, niente animali.

Tutto era pervaso da un intenso senso di fame; potevo quasi percepirlo nell'aria sporca.

Non c'era nemmeno più acqua, perché gli scarichi avevano contaminato i corsi d'acqua e gli oceani, riducendoli a depositi di rifiuti tossici.

Non è decisamente il mio mondo ideale, pensai. *Di nuovo.*

Almeno gli altri regni avevano destato la mia curiosità per qualche mese. Quello non era durato nemmeno un paio di giorni.

«Bene». Smisi di giocherellare con il medaglione a forma di luna crescente e mi concentrai sul potere che racchiudeva. «Riproviamo?».

Nessuno poteva sentirmi.

Ma c'ero abituata.

Spesso esistevo in un mondo di mia creazione, ed era proprio per questo che avevo iniziato la mia ricerca. Volevo una casa. Un partner. Un'esistenza appagante. *Amici.*

Ma ormai stavo cominciando a pensare che al fato non andassero a genio i miei piani.

Beh, peccato, Dea del Destino. Non voglio esistere sullo sfondo di un mondo qualsiasi. Voglio un vero scopo, qualsiasi cosa significhi.

Chiusi gli occhi e mi concentrai sulla pietra. Pronunciai alcune parole in una lingua antica, forgiando un incantesimo che ancora una volta mi avrebbe aiutata ad attraversare la realtà.

La magia vibrava tutt'intorno a me. Un bagliore guizzò dietro le mie palpebre, un sottile avvertimento per aver usato di nuovo l'incantesimo troppo in fretta. Ma non avevo scelta: quel mondo era inabitabile.

Forse, se mi avessi mandata in un posto più accogliente, non avrei dovuto farlo, pensai, rivolta all'ossidiana. *Solo che sembri determinata a…*

Fui travolta da un'esplosione di energia che mi incendiò le vene e mi fece sussultare.

Aprii gli occhi di scatto, alla ricerca della minaccia incombente. Solo che mi ritrovai a testa in giù, intrappolata in un turbine di energia oscura.

Ringhiai e invocai la luna per illuminare quell'abisso nero come l'inchiostro.

Una pioggia di sfere simili a stelle apparve nella mia visione periferica; la mia magia stava prendendo vita. Ma non fu abbastanza veloce.

La spirale oscura mi inghiottì completamente, proiettandomi in un vortice di energia estranea che mi fece precipitare in un'ondata di acqua gelida.

Sputacchiai e scalciai d'istinto, costringendo il mio corpo a risalire in superficie.

Solo per essere risucchiata di nuovo in basso, girando velocemente in un gorgo letale che mi spinse contro una parete di roccia.

Mi aggrappai alla pietra frastagliata, cercando qualcosa da afferrare per sottrarmi alle onde. Ma l'acqua era troppo potente, la luna stava controllando la marea.

Mia, pensai, agguantando l'antica magia che sentivo turbinare attorno a me. La magia che era un mio diritto di nascita. *Sei mia. Ascoltami!*

Ci vollero diversi strattoni perché la marea si calmasse. La luna si era fatta da parte, permettendomi per un momento di controllare le onde e liberarmi dalla loro morsa. Tutto il mondo l'avrebbe notato, ma nessuno sarebbe stato in grado di spiegarne il motivo.

Un evento maestoso, avrebbero detto gli umani. *Un fenomeno impossibile da comprendere.*

Ammesso che i mortali che abitavano quella realtà fossero come tutti gli altri.

Sputai un altro po' d'acqua e sfruttai la marea per aggirare la scogliera, facendomi condurre verso riva.

Lì, mi accasciai sulla sabbia scura e, respirando affannosamente, liberai la luna dal mio controllo.

La magia sfrigolò sulla mia pelle, tutto era tornato al suo posto.

L'oceano si ribellò con un'enorme ondata che quasi mi trascinò di nuovo nell'acqua, ma la respinsi con un'esplosione di energia, ricordando alla natura chi fosse la vera padrona.

Sono la Dea della Notte. La Signora della Luna. Una regina che non si inchinerà mai.

Nel corso della mia esistenza ero stata chiamata con tanti nomi, tutti accurati. Ma di solito preferivo semplicemente Nyx.

Rotolai sulla schiena e ammirai lo splendido cielo notturno, notando l'assenza di nuvole e inspirando una boccata dopo l'altra di aria pulita.

Molto meglio, pensai, sognante. *Niente smog. Niente inquinamento. Solo uno strato invisibile di...* Aggrottai la fronte, posai le mani per terra e mi misi a sedere. *Beh, questa è una novità.*

In quel mondo c'era la magia.

Tanta magia.

La sentivo pulsare tutt'intorno a me. Era una presenza inebriante che mi riempiva le vene di euforia.

Le mie labbra iniziarono a incresparsi in un sorriso, il mio cuore sussultò.

Ce l'ho fatta? Forse finalmente ho trovato...

Una brusca scossa mi attraversò il braccio. Lasciai cadere la pietra nella sabbia. «Cosa...».

Spalancai gli occhi. Il medaglione si era dissolto, riducendosi a un mucchietto di cenere.

No, non cenere.

Sabbia.

Solo che... La sfiorai, accigliata. «È impossibile».

Riuscivo ancora a sentirne il potere scintillare nel mio spirito. L'energia magnetica dell'ossidiana si era semplicemente trasferita su qualcos'altro.

Mi alzai. Mi tremavano le gambe. Osservai la spiaggia e le rocce lì accanto per scovare quella mistica fonte di potere. *Dove sei finita?*, chiesi, girando su me stessa. *Posso sentirti. Perché non riesco a vederti?*

Guardai di nuovo il mucchietto di sabbia che fino a qualche istante prima era il mio medaglione, e le mie labbra si incurvarono verso il basso. «È una punizione per averti usata di nuovo troppo presto?» le domandai.

La magia sembrò brillare in risposta.

«Capisco». Sospirai. «Ti sei trasferita in un nuovo oggetto e ora mi farai faticare per riuscire a trovarti».

Una singolare partita a nascondino.

Strinsi l'attaccatura del naso tra pollice e indice e scossi la testa. Ci sarebbe voluto un bel po'. Avrebbe potuto essere ovunque, letteralmente.

Sussurrai un incantesimo per far apparire l'energia della luna soltanto a me. Ma a parte la marea alle mie spalle, i miei sensi non colsero nulla.

Questo significava che la magia si era spostata in qualche altra zona. Fortunatamente, era ancora presente in quella realtà; altrimenti, non sarei nemmeno stata in grado di percepirla.

Va bene, pensai. *Allora ti darò la caccia.*

E, nel frattempo, avrei esplorato il nuovo mondo. Avrei visto cosa aveva da offrire. Forse sarei anche rimasta per...

Un proiettile fendette l'aria, facendomi materializzare istintivamente venti metri alla mia sinistra. Seguì un'imprecazione pronunciata da una voce maschile, poi un altro uomo gridò: «Là!».

Furono esplosi altri due colpi, costringendomi ad avvolgermi nell'ombra e a spostarmi di nuovo.

«Che cazzo era?» chiese uno degli uomini.

«Non lo so, ma non è registrato. Uccidilo».

Inarcai le sopracciglia. «Come, scusa?». Riapparvi accanto a quello che aveva appena ordinato all'altro di uccidermi. «Non sono…».

Nella sua mano spuntò una lama. Si lanciò verso di me con un ringhio ferino, e il metallo affilato riuscì quasi a trafiggermi il petto. La magia si agitava attorno a lui, rivelandomi che non si trattava di un umano. Non lo era neppure il suo amico.

E non lo erano nemmeno gli altri tre che erano comparsi all'improvviso con le armi puntate contro di me.

«Beh, primitivo come benvenuto» borbottai, colpendoli con una raffica di energia.

La marea rispose al mio richiamo; l'acqua turbinò nell'aria e scaraventò i cinque aggressori sulla spiaggia.

Li osservai uno ad uno, con le mani sui fianchi. Si stavano affannando per recuperare le loro armi. «Non apprezzo…».

Mi smaterializzai e riuscii a evitare per un soffio che un proiettile mi colpisse alla testa.

«*Maleducato*» ringhiai, avvicinandomi alla creatura che aveva appena tentato di spararmi tra gli occhi. «Hai veramente delle brutte maniere». Gli strappai la pistola di mano e la gettai in mare.

Solo per essere attaccata da un lupo.

Un mutaforma, capii immediatamente, fissando le zanne che cercavano di affondare nella mia gola. Non sarebbe andata a finire bene per lui.

Lo allontanai con una spinta violenta che lo fece indietreggiare di almeno una decina di metri, facendo gridare tutti gli altri.

Ero partita col piede sbagliato con queste persone. Sospirai, tentando di togliere un po' di sabbia dai miei abiti fradici, e assunsi una postura regale. «Ora, se foste così gentili da lasciarmi...».

La magia ronzò nell'aria, avvertendomi dell'arrivo di un esercito di creature soprannaturali. Dovevano essercene almeno una decina. Le loro aure erano intrise di aggressività e di un miscuglio di energie.

Strinsi le labbra.

Non volevo che il mio arrivo in una potenziale nuova casa fosse segnato da uno spargimento di sangue. Non ero Ares. Lui tendeva a scegliere la guerra, ma io preferivo delle presentazioni più amichevoli.

Mi sarei occupata di quelle creature dopo essermi fatta una doccia, aver dormito un po' e asciugato i vestiti.

Poi, se mi fossi sentita meglio, avrei reso nota la mia presenza.

O forse prima avrei curiosato un po' in giro, imparando le regole e le leggi del posto. In seguito, avrei deciso se valeva la pena restare.

E, nel mentre, avrei cercato la mia pietra magica.

Sì.

Mi sembra un buon piano.

«Vi auguro una bella serata» dissi agli uomini che mi avevano assalita, richiamando dall'oceano un'altra onda. Avrebbe dovuto essere una distrazione, ma la luna doveva aver percepito il mio disappunto, perché reagì di conseguenza.

L'onda fu più che altro uno tsunami.

Non avrebbe ucciso nessuno, ma di sicuro avrebbe mandato un messaggio.

Una dea cammina tra voi. Siate rispettosi. E forse, se questo mondo le piacerà, deciderà di restare.

Sorrisi. *È il momento di esplorare.*

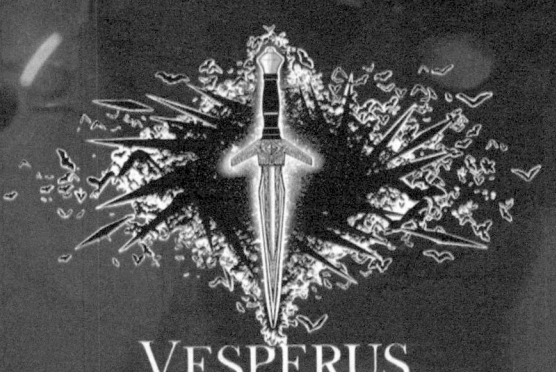

VESPERUS

LA CASATA DELLA MORTE E DEL DIAMANTE.

Un nome adatto, considerato come mi sentivo in quel momento.

Così. Tante. Fottute. Email.

E le scartoffie. Cazzo, mi sembrava di annegare nella carta.

Firma questo. Approva quest'altro. Esamina quelli.

Volevo sbattere la testa sulla dannata scrivania. Era la parte dell'essere re che mi piaceva di meno. Anzi, che non mi piaceva per niente.

Quando ero semplicemente il Re della Casata dell'Oro e del Granato, avevo compiti ben diversi. La burocrazia consisteva principalmente nel firmare condanne a morte.

Eravamo una casata di mercenari, che usavano il sangue come moneta di scambio.

Purtroppo, la formazione di una nuova casata all'interno del mio territorio richiedeva tutto un altro genere di pratiche.

Soprattutto perché i miei sudditi dovevano decidere se spostarsi all'interno dei nuovi confini, oppure cambiare alleanza.

La maggior parte aveva scelto la prima opzione,

trasferendosi in una nuova abitazione in Scandinavia e mandandomi le fatture per il trasloco.

Ma alcuni, spinti dalla loro famigerata passione per la morte, avevano preferito cambiare casata. Soprattutto perché quella appena formata era piena di spettri, la specie soprannaturale più recente. Gli spettri erano simili ai fantasmi, capaci anch'essi di passare dallo stato corporeo a quello etereo e viceversa.

Mi sarei sentito un po' offeso dalla scelta, se non fosse che due spettri avevano scelto di unirsi a Oro e Granato. E non vedevo l'ora di conoscerli.

Una volta riemerso da quell'inferno amministrativo.

«Stai ringhiando di nuovo» disse Cara, appoggiando una tazza di caffè corretto col sangue sulla mia scrivania.

Grugnii e afferrai la tazza per berne un sorso. Ne avevo proprio bisogno.

La sostanza calda fu come un distillato di paradiso.

«A positivo» mormorai compiaciuto. «Grazie».

Cara mi fece l'occhiolino e si lasciò cadere sul divano, accanto a Larus. Lui le lanciò un'occhiata e chiese: «E il mio caffè dov'è?».

«Ancora al bar, presumo» rispose lei in tono suadente, sbattendo le lunghe ciglia bionde.

«Mh…» mormorò Larus. I suoi occhi azzurro argenteo si accesero con un fuoco familiare. «Allora forse dovrei essere geloso?».

Cara sorrise. «Forse è proprio quello il punto».

«Sei annoiata, tesoro?» chiese lui. Sui suoi capelli neri tremolò un velo di magia fatata. «Hai bisogno che ti ricordi a chi appartieni?».

«Mmm… adoro i tuoi promemoria» sussurrò.

Quei due, appartenenti alla specie delle fate, erano tremendi quanto i vampiri. Si stuzzicavano continuamente a vicenda per poi finire a scopare, ed era risaputo quanto apprezzassero avere un pubblico.

Mi schiarii la voce. «Tutta questa roba è già abbastanza orribile anche senza voi due che flirtate. Se non avete intenzione di aiutarmi, levatevi dai piedi».

«Che brontolone» mi prese in giro Cara.

«Preferisce i coltelli alle penne» disse Larus. «Ma in quanto Re dell'Oro e del Granato, deve rispondere a tutti personalmente, altrimenti rischia il malcontento all'interno della casata».

«O almeno è quello che continui a ripetere…» borbottai. Larus era il mio referente politico; la sua abilità nel calmare gli animi era di gran lunga superiore alla mia. Essendo a capo della casata, avevo un'immagine da mantenere. E lui mi aiutava a farlo, consigliandomi le mosse più opportune.

Come in quel momento, con tutte quelle richieste.

«È meglio che tu risponda personalmente» aveva detto quando le richieste avevano iniziato a piovere. «La nostra gente ha bisogno di sapere che ti importa davvero di loro».

Ed era così. Mi importava più di quanto immaginassero. Solo che preferivo dimostrarlo con misure protettive, non politicamente corrette.

Sebbene mi piacessero i privilegi di cui godevo, non lo facevo per il potere. Per me era più una questione di senso del dovere. Ero la creatura più forte delle nostre terre. Di conseguenza, ero io a comandare. Se si fosse presentato qualcuno di più forte, avrei probabilmente ceduto il mio ruolo.

Peccato che l'unica creatura la cui forza si avvicinasse alla mia non aveva alcun desiderio di governare.

Kaspian, il mio secondo in comando, preferiva giocare nell'ombra. Nascondeva il suo potere dietro una maschera di noia, scegliendo di seguire i miei piani, piuttosto che idearne di propri. Ma quando era necessario, lui c'era. E questo, in fin dei conti, era ciò che prima o poi lo avrebbe spinto al vertice.

«Ecco qui». Cara indicò il tavolino davanti a sé con un cenno del mento, appuntito come quello di un elfo. Sul legno comparve un muffin. «Con gocce di caffè espresso e scaglie di cioccolato».

Alcune fate potevano evocare armi. Lei, invece, dolci. In apparenza, non era un potere molto utile per una mercenaria, ma non intaccava affatto la sua natura letale. Anzi, la rendeva ancora più pericolosa.

Una vera vedova nera. Dolce all'esterno, micidiale all'interno.

Larus sorrise. «Sai proprio come conquistarmi».

«Non serve. Sei già mio». Le sue parole, così sicure di sé, suscitarono un mugolio di assenso nel maschio seduto accanto a lei. La coppia condivideva il ruolo di terzo in comando; le due fate erano tra i miei migliori tiratori scelti.

Solo Kaspian riusciva a superarli.

Il mio talento con le armi impallidiva al confronto del loro. Soprattutto perché preferivo una bella spada vecchio stile. E anche i coltelli da lancio.

O semplicemente le mie zanne.

Ahimè, sarei rimasto intrappolato in quel dannato ufficio per chissà quanto tempo.

Ho bisogno di una bella scopata, pensai. *O di un combattimento. O di entrambi.*

Avrei dovuto organizzare qualcosa per dopo. Forse Jira sarebbe stata disposta a giocare un po'. A lei piaceva...

Una pila di fogli volò sul pavimento. Il mio secondo in comando era appena comparso accanto a me, con una rapidità che rivaleggiava con la mia.

Appoggiai la tazza sulla scrivania e lo guardai. «Hai

idea di quanto tempo mi ci sia voluto per metterli in ordine?».

Kaspian lanciò un'occhiata al disastro che aveva combinato, poi posò il telefono accanto alla mia tazza. «Ha appena chiamato Slater».

Non erano delle scuse, ma le sue parole le avevano rese inutili.

Perché c'era solo un motivo per cui Slater avrebbe telefonato al mio secondo.

Guardai Kaspian negli occhi. «L'ha trovata?» chiesi, riferendomi all'entità magica che stava causando problemi in tutto il paese.

La nostra casata si era assunta la responsabilità di rintracciarla quasi tre mesi prima. Fino a quel momento, tutti i miei mercenari avevano fallito, nonostante la grossa taglia che pendeva sul capo di quella creatura sconosciuta.

Alla fine mi ero deciso ad affidare il compito a Slater, il mio miglior segugio, nella speranza di risolvere la questione. Perché qualsiasi cosa fosse, stava provocando fin troppi danni. Tutti i vampiri erano in grado di avvertire la sua presenza, così come molti altri esseri soprannaturali.

E questo aveva portato a una miriade di messaggi e telefonate a cui avrei preferito non rispondere.

«Sì. È in un pub» rispose Kaspian, dai cui occhi scuri traspariva un entusiasmo selvaggio. «In Irlanda».

«Un pub?» ripetei. «Slater ne è certo?».

«Non è ancora entrato, ma ha detto che la magia che sta tracciando l'ha condotto lì». Kaspian fece comparire sullo schermo un vecchio pub di Dublino. «Abbiamo ancora molti uomini in Irlanda. Penso sia il caso di chiamarne qualcuno e smetterla di giocare al gatto e al topo».

Annuii. «Sono d'accordo». Non ne potevo più di quel casino. «Chiama Klas, è ansioso di dimostrare il suo valore.

Ma chiama anche Nolan. Se non riescono a catturare la creatura, hanno il permesso di ucciderla».

Considerando quanto era stata sfuggente, non mi sarei stupito se si fosse concluso tutto con un omicidio.

In ogni caso, eliminare quell'entità mi avrebbe tolto un grosso peso dalle spalle.

Avevo promesso di occuparmene mesi prima, e, beh, non era successo. Come Volker ed Elias non avevano mancato di farmi notare in più di un'occasione. Entrambi i monarchi avevano percepito l'arrivo dell'essere e i turbamenti che aveva portato con sé. Io mi ero subito offerto di dargli la caccia, assumendo il compito a nome della nostra casata. Era stata una mossa sensata, perché possedevo tutte le risorse necessarie per rintracciarlo ed eliminarlo.

Solo che continuava a scappare.

E nessuno era in grado di dirmi almeno che aspetto avesse. Femmina. Maschio. Vampiro. Strega. Dio. Niente. Perché i pochi che avevano visto quella creatura l'avevano descritta come un'ombra.

Inutili pattuglie di confine. Non erano membri della *mia* casata, bensì parte di quella dello Spirito e dello Zaffiro. Odin e lady Gabriella avevano liquidato la questione come se il loro insuccesso non avesse avuto alcuna importanza.

«Qualunque cosa sia, è fuggita» aveva detto lady Gabriella in tono indifferente. «Ma di certo hai tutti i mezzi per trovarla, giusto? Non è forse questo lo scopo della tua casata?».

Era palesemente una provocazione. Un modo per stuzzicare il mio interesse con una sfida a cui non sarei riuscito a sottrarmi, senza che la loro casata dovesse assumersi la responsabilità del fallimento iniziale.

«Oh, e assicurati di tenere aggiornato Sky Serpell» aveva aggiunto, riferendosi a uno dei loro funzionari di alto rango. «Aspetteremo il tuo rapporto, quando sarai riuscito a catturare l'entità».

Giochi politici.

Nel corso degli anni non avevano fatto altro che aumentare, e peggiorare, nonostante l'ambiente pacifico mantenuto dalle varie casate.

Ma il Grande Sacrificio, avvenuto ventiquattro anni prima, aveva posto fine soltanto alla guerra fisica, combattuta sui campi di battaglia. Quella mentale era proseguita. Ogni leader muoveva i propri pezzi sulla scacchiera per consolidare i suoi territori e avere sempre più potere.

Odiavo tutto questo.

Certo, ero molto abile negli scacchi. Così avevo continuato a giocare. E a vincere.

Tuttavia, se qualcosa del genere fosse successo nel mio territorio, ce ne saremmo occupati immediatamente. La Casata dell'Oro e del Granato non ammetteva intrusioni.

Anche se, a quanto sembrava, la misteriosa creatura aveva deciso di andare in villeggiatura sulle mie vecchie coste irlandesi.

Avrei dovuto parlare con Kieran e Sabrina, i nuovi monarchi della Casata della Morte e del Diamante, ed esortarli ad aumentare la sicurezza sui loro confini. Beh, tecnicamente Sabrina era la monarca e Kieran il consorte, ma erano entrambi al comando.

«Consideralo fatto» disse Kaspian. Afferrò il telefono per eseguire i miei ordini relativi a Klas e Nolan. «Dirò a Slater di aspettare finché non saranno lì». Poi si avviò verso la porta, concentrato sullo schermo del suo dispositivo. «Ti informo non appena ho qualche novità».

«Sarò qui» dissi, incapace di nascondere il mio sconforto. Avrei preferito di gran lunga essere al posto di Slater, sul campo, a dare la caccia alla creatura. E probabilmente ci sarei stato, se non avessi avuto quella montagna di richieste da smaltire.

Fottuto Kieran e la sua nuova casata, pensai, raccogliendo i fogli che Kaspian aveva fatto cadere sul pavimento.

Tecnicamente, non era proprio colpa di Kieran. Né della sua compagna. Avevo votato anch'io a favore della creazione della nuova casata, principalmente per estinguere un vecchio debito. O almeno quella era la scusa che avevo fornito.

Quello che non avrei mai ammesso a nessuno, fatta eccezione per Kaspian e la coppia di fate sul mio divano, era che mi ero reso conto della difficoltà di governare tutti i nostri territori.

Oro e Granato possedeva tutta l'area nota un tempo come Scandinavia, inclusa l'Islanda, dove si trovava la nostra capitale e dove vivevo, oltre al Regno Unito e all'Irlanda. Un territorio troppo vasto, considerato che la maggior parte della mia gente desiderava andare a caccia di taglie in giro per il mondo. Non volevo soffocare le loro passioni costringendo almeno la metà di loro a restare a casa e pattugliare i confini.

Rinunciare alle isole sarebbe stato vantaggioso a lungo termine.

Solo che, per il momento, era uno schifo.

Bevvi un sorso di caffè e mi rimisi al lavoro, frustrato dalla banalità delle richieste che mi erano state inviate.

Erano il genere di incombenze che volevo delegare, ma Larus aveva ragione. La mia gente aveva bisogno di ricevere una risposta da me.

E mentre in passato sarebbe stato facile falsificare un messaggio di posta elettronica, la magia che ai giorni nostri alimentava la tecnologia non me lo avrebbe concesso. I destinatari sarebbero stati in grado di percepire l'energia che permaneva nell'email. Una sorta di firma che nessun altro avrebbe potuto replicare.

Insomma, dovevo proprio rispondere io.

Ogni. Singolo. Messaggio.

Piuttosto che ricominciare a lamentarmi, nonostante la tentazione fosse forte, decisi di concentrarmi su quello che dovevo fare. Per prima cosa, inoltrai alcune delle richieste a Kieran. Se ne sarebbe occupato direttamente lui, o le avrebbe passate a Sabrina. Se avessi conosciuto meglio la baronessa, titolo che preferiva a quello di regina, le avrei inviate direttamente a lei. Ma il mio debito era con Kieran, una circostanza che lo rendeva il destinatario più ovvio.

Larus e Cara lavoravano in silenzio accanto a me. Ognuno di loro si occupava di distribuire i fondi per i traslochi man mano che approvavo le fatture.

Ci soffermammo a discutere su un paio di richieste, ma la maggior parte era abbastanza semplice.

Lavorammo per quasi tutta la notte. Quando finimmo, la luna splendeva ancora alta nel cielo. Certo, in Islanda era dicembre; il sole esisteva a malapena in quel periodo dell'anno.

Sollevai le braccia e le distesi, cercando di sciogliere i muscoli indolenziti. Poi mi alzai in piedi, pronto a concludere la giornata di lavoro, quando Kaspian tornò.

La sua espressione cupa mi rivelò con qualche istante di anticipo che il suo rapporto non mi sarebbe piaciuto.

«Klas è morto» disse senza mezzi termini.

Spalancai gli occhi, pervaso dallo shock. «*Cosa?*». Klas era un vampiro. Per ucciderlo sarebbe stato necessario decapitarlo. O dargli fuoco. «Come?».

Kaspian scosse la testa. «Non lo so ancora. Nolan e Slater sono entrambi privi di sensi, ma pare che si riprenderanno. Kieran ha spedito una strega ad aiutarli a guarire».

Feci un respiro profondo. «Cazzo».

Klas è morto?

Era un assassino di livello inferiore, ma era bravo.

E Nolan era uno dei migliori; solo gli altri mercenari presenti nella stanza erano più abili di lui.

Per non parlare delle capacità di Slater. Era un maestro nel rintracciare qualcuno, ed era altrettanto esperto nell'analizzare le situazioni. Era in grado di intuire una minaccia anche a un chilometro di distanza. E sapeva come evitarla.

Se quella *cosa* era riuscita ad attirare in trappola tutti i miei uomini, allora era chiaramente più pericolosa di quanto pensassimo.

Fino a quel momento, non aveva causato alcun fenomeno violento. Solo qualche disordine di carattere magico.

Ora ero ancora più motivato a farla fuori.

Ha ucciso uno dei miei uomini.

Dannazione. Avrei dovuto salire di nuovo su un aereo, cosa che speravo di evitare per almeno qualche settimana. Ero tornato dalla Scozia solo qualche giorno prima, dopo aver partecipato alla cerimonia di accoppiamento di Sabrina e Kieran.

«Quanto sono incazzati?» chiesi, riferendomi ai nuovi padroni dell'Irlanda.

«Data la situazione, non molto» rispose Kaspian. «Avevo avvertito Kieran, prima di procedere con la missione. Quello di certo ha aiutato».

Annuii. «Grazie». L'ultima cosa che volevo era indisporre la baronessa e il suo consorte. «Lo chiamerò dall'aereo».

«Stai andando in Irlanda?» chiese Cara.

Incontrai i suoi occhi verde chiaro. «Sono tre mesi che

questa creatura vaga nel nostro mondo. Sono stanco di giocare a nascondino con lei».

Aveva appena ucciso uno dei miei mercenari, dopo essere riuscita a eludere tutti i miei cacciatori per mesi.

E aveva messo al tappeto Slater e Nolan, due dei più abili membri della casata.

Quell'essere era una minaccia più grande di quanto avessimo previsto. Probabilmente stava solo aspettando il momento giusto per attaccare. E non avevo la più pallida idea di quali potessero essere i suoi piani.

Una cosa, però, era certa: non avrei sacrificato nessun altro dei miei uomini.

Le scartoffie dovevano aspettare. Era giunto il momento che l'entità conoscesse il Re della Casata dell'Oro e del Granato.

E morisse.

NYX

CON UN'ESPRESSIONE FUNEREA STAMPATA IN VISO, CERCAI DI sistemare quello che restava del mio vestito rovinato.

Un attimo prima stavo perlustrando il pub alla ricerca del mio medaglione, e quello dopo mi ero svegliata coperta di polvere e sepolta sotto un mucchio di pietre.

Seppur a fatica, la magia mi aveva aiutata a riemergere dalle macerie. Ma mi ero resa conto di non essere l'unica vittima dell'esplosione, c'erano altre persone sotto i resti del pub. Invece di lasciarle lì, aiutai a tirarle fuori.

Purtroppo, due di loro erano troppo vicine al punto in cui vi era stata l'esplosione. Tentai di rianimarle, ma non ci riuscii.

Ma le altre creature sarebbero sopravvissute.

Quando si fossero svegliate.

Arricciai le labbra di lato, cercando di trovare la sorgente dell'esplosione incantata. Avevo seguito un flusso di potere fino a quel luogo, sperando che mi conducesse al mio medaglione. Ma ora non riuscivo più a percepirlo, e lo stesso valeva per la fonte di energia.

Stelle, pensai con un sospiro. Per quanto quel mondo dai colori così accesi mi piacesse, volevo la mia ossidiana. Nel caso in cui avessi deciso di andarmene.

Adoravo le sensazioni magiche che scaldavano l'aria, ma non apprezzavo la tensione di fondo che permeava alcune regioni. Soprattutto l'area nota come Fuoco e Fluorite, un nome che avevo colto durante i miei vagabondaggi.

A quanto sembrava, in quel mondo i nomi dei paesi erano stati sostituiti dalle casate. Un modo singolare di governare, ma tutto, in quella realtà, era a dir poco singolare.

In varie zone c'erano anche dei portali magici. Avevo preso in considerazione l'idea di attraversarne uno, solo per vedere dove sarei finita, ma erano sotto stretta sorveglianza. E io non ero ancora pronta a rendere nota la mia presenza.

Non dopo il benvenuto che avevo ricevuto sulla spiaggia. Da allora mi ero tenuta in disparte, cercando di imparare le leggi locali. Ma alcuni abitanti erano proprio scortesi.

Mi avevano chiamata in molti modi volgari, solo perché ero priva di una casata. Era così che avevo scoperto come funzionava la gerarchia che governava quei luoghi. Non avere alcuna affiliazione era considerato un comportamento losco, e anche imprudente. Le casate offrivano protezione a chi si trovava nel loro territorio.

Ma io non avevo bisogno di protezione, come avevo cercato di spiegare in innumerevoli occasioni. Tuttavia, gli esseri che mi avevano avvicinata avevano interpretato le mie parole come una sfida, costringendomi a difendermi.

Forse, se avessi trovato una casata che mi piaceva, avrei preso in considerazione l'idea di entrare a farne parte.

Per il momento, però, non ero particolarmente colpita

da nessuna di quelle in cui mi ero imbattuta negli ultimi mesi.

Spirito e Zaffiro era la casata che mi aveva attaccata al mio arrivo, quindi no, grazie. Non sarei rimasta con loro.

Tra l'altro, nelle loro fila c'era un impostore che si faceva chiamare Odin. Visto che conoscevo il *vero* Odin, non avevo nessuna voglia di incontrare la sua versione fasulla.

Fuoco e Fluorite pullulava di governanti disonesti che continuavano a rubarsi il trono a vicenda. Non faceva proprio per me.

Aria e Ametista aveva appena subito una rivoluzione di cui non volevo assolutamente far parte.

Mare e Serpentino copriva principalmente gli specchi d'acqua, e io preferivo la terraferma.

Sangue e Berillio mi aveva incuriosita, con il suo re vampiro e la sua strana regina, un ibrido tra lupo e vampiro. Ma la loro vicinanza a Fuoco e Fluorite mi metteva a disagio.

Tuttavia, la prospettiva che in quella realtà esistessero i vampiri mi aveva spinta a saltare Terra e Smeraldo e venire direttamente in Irlanda per indagare su Oro e Granato.

Solo che quell'area era appena stata rivendicata da una nuova casata, Morte e Diamante. E, da quello che avevo capito, si era trattato di un accordo amichevole.

Un re vampiro con la propensione alla diplomazia?, pensai, dubbiosa. *Mah.*

Ma poi avevo percepito un'impennata di energia magica decisamente familiare e mi ero precipitata in un pub di Dublino.

E l'intera struttura era esplosa.

Questa partita a nascondino sta iniziando a stancarmi, pensai, rivolta all'incantesimo vagante. *Forse potrei semplicemente recarmi al portale più vicino e imparare a manipolare* quella *magia, cosa ne dici?*

Non sarebbe stato troppo difficile. Avrei solo dovuto distrarre le guardie che sorvegliavano il portale. E ci sarei riuscita senza difficoltà, con un paio di ombre ben piazzate.

Ma prima avevo bisogno di cambiarmi e indossare qualcosa di più adatto.

Invece di muovermi come un'ombra, mi aggirai per la città in cerca di un negozio aperto. Purtroppo, però, data l'ora tarda, erano tutti chiusi. Non che avessi molto, in termini di valuta. Gli esseri che abitavano quel regno usavano cose strane per pagare, come il sangue e la saliva.

Sospirai e mi materializzai all'interno di un negozio poco lontano per degli acquisti fuori orario.

Avrei lasciato un po' di polvere di stelle per aiutare a incrementare le vendite. Avrebbe avuto l'effetto di un colpo di fortuna, che la proprietaria non sarebbe stata in grado di spiegare. Un risarcimento equo per un piccolo furto.

In altri mondi, avrebbero visto come un onore il fatto che una dea entrasse nel loro negozio.

Ma non in quella realtà, in cui l'energia soprannaturale era usata così apertamente.

E dove erano rimasti pochissimi umani, poiché la magia aveva sostanzialmente contagiato la maggior parte della loro specie. Quelli che avevano mantenuto la loro umanità erano ridotti in schiavitù, dal momento che le creature soprannaturali erano superiori a loro da qualsiasi punto di vista. Alcuni di quegli esseri trattavano bene i loro mortali. Altri no.

Canticchiando tra me e me, sfiorai vari tessuti, cercando quello più adatto. Niente di troppo pesante, né troppo leggero. Qualcosa di elastico.

Questo, decisi, prendendo dallo scaffale un bel vestito

nero. Niente maniche. Spalline sottili. Scollato sulla schiena. Spacchi che arrivavano alle cosce. *Perfetto.*

Afferrai una borsa da quella che presumevo fosse la cassa.

«Grazie mille per la tua ospitalità» dissi, lasciandomi dietro una manciata di polvere di stelle.

Poi mi avvolsi ancora una volta nell'ombra e mi materializzai in un hotel poco distante.

Mi ci vollero tre tentativi per trovare una stanza vuota. Quando finalmente ci riuscii, mi tolsi i vestiti e feci una doccia. Avevano flaconi di shampoo in omaggio, proprio come negli ultimi alberghi in cui avevo soggiornato.

O almeno pensavo lo fossero.

Avrebbero potuto essere degli appartamenti a caso.

Ma quel posto sembrava proprio un albergo, con i suoi arredi minimalisti e la biancheria pulita.

In ogni caso, una volta finito mi sentii di nuovo immortale. O quasi.

Ho solo bisogno di un sonnellino, pensai. Gli sforzi richiesti per liberare me stessa e le altre vittime dell'esplosione mi facevano sentire un po' svuotata. *Poi riprenderò il mio viaggio.*

Appesi il mio vestito nuovo su un'anta spalancata dell'armadio, indossai un morbido accappatoio, *grazie, hotel,* e mi stesi sul letto.

È ora di dormire con la luna, pensai. I miei poteri, originati dalla notte, diminuivano man mano che il sole si impossessava del cielo. *Ci vediamo tra qualche ora.*

———

Una scossa di energia mi destò dal mio riposo. Spalancai gli occhi e osservai l'ambiente estraneo.

Finestra. Lampada. Armadio. Vestito. Sbattei le palpebre. *Stanza d'albergo.*

Mi premetti una mano sulla fronte, mentre gli eventi di qualche ora prima riaffiorarono nella mia memoria con una folata di energia. L'esplosione pulsava ancora nella mia testa. Non era stata di certo una nottata ideale.

E non avevo ancora recuperato il mio medaglione. O qualsiasi forma avesse deciso di assumere la magia in quella realtà.

Ti troverò, le promisi.

Un'energia scintillante rispose alla mia promessa, facendomi pensare che la magia si stesse prendendo gioco di me. Ma non si dissipò. Restò lì. Le mie labbra si incurvarono all'ingiù, e avvicinai la mano alla sostanza lampeggiante.

Non una risposta, capii. *Ma il potere che ha disturbato il mio sonno.*

Mi misi lentamente a sedere sul letto, senza mai staccare lo sguardo dall'intrigante firma energetica. *A chi appartieni?*, domandai, scivolando fuori dalle coperte.

L'essenza magica sembrò baciarmi la guancia, attirandomi verso di lei. *Un attimo, per favore*, mormorai. *Non posso uscire così.*

Nel bagno trovai alcuni oggetti utili ai miei scopi, tra cui una spazzola. Mi ci volle qualche minuto per domare i miei lunghi capelli neri, ma riuscii a sciogliere tutti i nodi. Poi usai un po' di polvere di stelle per intrecciare alcune foglie d'oro tra le ciocche, a rappresentare la mia corona.

Poi toccò al vestito. Arrivava a sfiorare il pavimento accanto ai miei piedi nudi. Feci una giravolta davanti allo specchio, adorando il modo in cui il tessuto nero come la notte scivolava sensualmente sulle mie curve.

Quest'abito è stato un'ottima scelta, osservai.

Lasciava scoperta la scollatura, permettendo alla mia collana d'oro di brillare incontrastata. Mormorai un incantesimo per creare dei braccialetti dorati attorno alle mie braccia, decorati con il mio simbolo, quello che indicava il mio diritto di nascita: la luna crescente.

Trovai i miei sandali piatti e mi allacciai i nastri dorati attorno ai polpacci, poi sorrisi all'energia che vorticava nell'aria. Non era esattamente visibile, era più che altro una promessa che indugiava appena al di fuori della mia portata. Un complemento alla mia magia lunare, o almeno così avevo scelto di interpretarla.

«Portami dal tuo padrone» dissi, ansiosa di incontrare chi possedeva un'aura così affascinante. Doveva trattarsi di qualcuno di potente. Oscuro. Potenzialmente pericoloso.

Ero decisamente incuriosita.

L'impalpabile luccichio mi condusse lungo il corridoio e poi all'esterno, nella strada fiocamente illuminata. I miei sensi apprezzavano molto il cielo coperto, poiché la luce intensa riduceva notevolmente la mia capacità di vedere.

Preferivo di gran lunga la notte.

Ma avrei potuto vivere lì, con le strade acciottolate e la bella architettura. C'era da dire che l'Irlanda mi era sempre piaciuta. In ogni realtà. Gli umani che la abitavano possedevano una sorprendente comprensione del soprannaturale. Probabilmente era dovuto alle fate.

Il piccolo incanto danzante mi guidò lungo un vicolo e poi un altro. A ogni passo, la sua presenza era sempre più intensa. Chiunque possedesse quell'energia era molto potente. Il mio stomaco fece una capriola per l'emozione, il mio cuore saltò un battito alla prospettiva di incontrare qualcuno con un così immenso talento.

Forse un'altra divinità come me?

Chiunque fosse, sfruttava una magia antica. Ne sentivo il sapore sulla lingua, un sapore inebriante che me ne faceva desiderare di più.

Non avevo mai provato una tale attrazione, un tale

bisogno intrinseco di conoscere l'entità dietro quel potere. Mi faceva sentire giovane. Innocente. Quasi inesperta.

Le nuove sensazioni erano una rarità per me. Qualsiasi cosa ci fosse dall'altro capo di quel filo magico mi elettrizzava.

Chi sei?

Cosa sei?

Perché sono così attratta da te?

La magia volteggiava per l'eccitazione. Il filo invisibile era come un bacio ai miei sensi. *Di qua, di qua, di qua,* sembrava che dicesse, conducendomi verso il pub dov'ero stata la sera prima.

Aggrottai la fronte ma continuai lo stesso, curiosa di sapere perché avesse scelto proprio quel luogo.

Il tuo padrone è qui a indagare?

Sei una sorta di esca per attirare possibili testimoni?

Forse qualcuno aveva lanciato un incantesimo per far uscire allo scoperto chiunque fosse stato al pub poco prima dell'esplosione.

Beh, non mi dispiaceva parlare di quello che avevo visto.

Anche se ero molto più interessata a incontrare chiunque possedesse un'aura così affascinante.

Così dolce e seducente. *Mmm.* Inspirai profondamente. Il mio sangue si scaldò alla prospettiva di assecondare quel desiderio smisurato.

Era come se quel richiamo incantato si stesse rivolgendo alla mia stessa anima, spingendo il mio cuore a cantare: *mio, mio, mio.*

Non avevo mai provato nulla del genere.

La magia svoltò in un'altra stradina, per poi disegnare nell'aria una freccia invisibile, puntata verso un maschio in piedi accanto ai resti del pub.

Teneva le mani lungo i fianchi e aveva una postura

rilassata e disinvolta, come se non avesse paura di niente. Con tutta quell'energia magnetica che gli turbinava attorno, era facile capire perché.

Era irrilevante che la strada fosse piena di creature soprannaturali, perché la sua aura spiccava su tutto il resto.

Un leader.

Una figura potente.

Un vampiro incredibilmente sexy, pensai, nascondendomi tra le ombre per osservare la mia preda.

Era alto e con i fianchi snelli, la schiena muscolosa e le spalle larghe. Quanto mi sarebbe piaciuto conficcarci le unghie.

I suoi capelli erano folti e scuri, delle onde arruffate che mi facevano prudere le dita dalla voglia di accarezzarli e strattonarli.

Un vampiro così potente doveva essere fantastico a letto.

Forse avrei fatto una piccola deviazione in albergo con lui, prima di continuare la ricerca del mio medaglione.

Oh, sì, valeva la pena dare la caccia a un maschio del genere.

Un pensiero che si rafforzò ulteriormente quando si voltò.

Perché il suo viso somigliava a quello di un angelo caduto, peccaminoso e malvagio, con zigomi affilati, mascella cesellata e crudeli occhi d'argento.

Occhi che erano fissi su di me e riuscivano a vedermi, nonostante mi fossi resa un'ombra, trascinandomi allo scoperto.

Il potere riconosce il potere, pensai, dirigendomi verso di lui e dimostrando la stessa sicurezza sfrontata.

Perché nemmeno io avevo paura di nessuno, lì, neanche di lui e della sua aura infuocata di energia sensuale.

Volevo assaggiarlo, non combattere contro di lui.

Andare a letto con lui. Giocare con lui. Marchiarlo. *Morderlo*.

Una delle sue sopracciglia scure si inarcò, donando ai suoi splendidi lineamenti un pizzico di arroganza che mi scaldò fin nelle profondità dell'anima.

Sembri proprio un dio, pensai, ammirandolo da capo a piedi ancora una volta. *Beh, forse apprezzerai la mia presenza qui più di quanto abbiano fatto gli altri*.

Non aveva ancora cercato di spararmi. Lo presi come un buon segno, e mi fermai a un paio di metri da lui.

Forse quella creatura mi avrebbe finalmente dato qualche istante per presentarmi, prima di tentare di abbattermi.

«Salve» lo salutai. Poi feci una pausa per vedere come avrebbe reagito.

Si limitò a inarcare un po' di più il sopracciglio.

Delizioso, pensai, praticamente sbavando per il suo atteggiamento. Era così sicuro di sé.

Sorrisi. Ebbi l'impressione che se lo fosse guadagnato, con quella silenziosa dimostrazione di dominio.

Ma presto si sarebbe inginocchiato.

Lo facevano tutti.

«Il mio nome è Nyx» mi presentai, poi attesi un segnale di riconoscimento.

Che non arrivò.

Considerato come funzionasse la magia in quel mondo, non ne fui troppo stupita. Quella realtà, a differenza di tante altre, non dava molta importanza alla mitologia.

«Sono la Dea della Notte» continuai. «O la Signora della Luna, come mi chiamano alcuni».

Il sopracciglio rimase dov'era. Si limitò a esaminarmi apertamente, esattamente come io stavo facendo con lui.

Solo che non aveva ancora aperto bocca.

Mi fissava e basta.

Ma l'energia intorno a lui pulsava in segno di benvenuto, e il suo potere seduceva il mio cuore, dandomi l'impressione che lo stesse stringendo.

Leccalo, sussurrò la mia anima. *Assaggialo*.

Feci un altro passo, sentendomi attratta da lui come se fossi stata vittima di un incantesimo.

Il vampiro sembrava altrettanto affascinato. Il suo sguardo catturò il mio e mi tenne in ostaggio davanti a lui.

«La tua magia mi toglie il fiato» confessai.

Sapevo a che specie appartenesse; la sua anima oscura parlava alla mia a un livello incredibilmente intimo. Ma c'era qualcosa in lui che andava molto più in profondità di una mera entità soprannaturale.

Volevo conoscere quell'essere maestoso. Toccarlo. Baciarlo. Accarezzarlo. Godere del suo potere. Fare qualsiasi cosa desiderasse.

Solo per un po'.

Poi avrei ripreso a dare la caccia alla mia magia perduta.

O forse il medaglione sarebbe semplicemente riapparso.

Gli incantesimi erano molto volatili. Sceglievano il loro percorso da soli, e spesso lo cambiavano per capriccio.

Ma quel maschio emanava un potere che sembrava perfettamente in grado di controllare. Niente filamenti erranti. Solo quello che mi aveva spinta a trovarlo, quello che sentivo scorrere dentro di me, fino a toccarmi l'anima.

Un potere splendido.

Ipnotico.

Che mi fece sospirare alla presenza di quel grande uomo.

Non aveva ancora parlato, ma era trascorso soltanto un minuto scarso da quando ero andata verso di lui.

Per quanto il silenzio potesse essere considerato

scortese, la sua mancanza di una risposta sembrava semplicemente una pausa di riflessione. Come se stesse cercando le parole giuste da dire.

Non era un problema. Avrei aspettato, e nel frattempo avrei ammirato il suo corpo.

Così solido e robusto.

Senza dubbio un maschio di valore.

Mio, mio, mio, continuava a scalpitare il mio cuore.

Toccalo, toccalo, toccalo, mi esortavano le dita.

Assaggialo, assaggialo, assaggialo, sussurrò la mia bocca.

Deglutii, stordita da quella strana attrazione. *Che sia stata colpita da un sortilegio? O è solo la mia reazione alla sua intensità?*

I miei occhi incontrarono di nuovo i suoi. Avevo la bocca secca. «Chi sei?».

VESPERUS

Era *quella* l'entità responsabile dell'esplosione. L'essere che era entrato illegalmente nel nostro regno e a cui i miei uomini avevano dato la caccia per mesi.

L'immortale che ero intenzionato a uccidere, in seguito alla prematura scomparsa di Klas.

Una dea.

Sì, non avevo dubbi che lo fosse. Con i suoi ipnotici occhi dorati, le ciglia folte, il mento delicato e le labbra carnose, corrispondeva perfettamente all'immagine di una dea.

Per non parlare del suo potere.

Le si increspava attorno in ondate tangibili, facendo svolazzare i suoi lunghi capelli neri a ogni movimento. Anche il suo vestito, più adatto a un'isola greca che all'inverno irlandese, sembrava fluttuare, come animato dal suo stesso spirito.

La sua presenza fisica avrebbe potuto essere descritta come eterea. E stupefacente.

Mi stava fissando come se volesse divorarmi.

Non con un intenzioni omicide, ma sensuali.

La stretta che sentivo al petto mi esortava a lasciarmi fare qualsiasi cosa volesse.

Perché quella donna, quella creatura che solo qualche ora prima ero determinato a uccidere, era *mia*.

La mia compagna predestinata.

Il mio futuro.

Avevo sentito la sua presenza come un pugnale conficcato nel cuore. La sua energia aveva scaldato l'aria, insistendo affinché mi voltassi per affrontarla e *reclamarla*.

Solo che era avvolta nelle ombre, nascosta alla vista di chiunque. Tranne che alla mia.

Era bastato un solo sguardo a dissipare il suo mantello magico, permettendomi di vederla sul serio.

E *cazzo* se mi piaceva quello che vedevo. Mi piaceva così tanto che non avevo nemmeno reagito al suo avvicinarsi.

Ero rimasto lì impalato, come un idiota innamorato, lasciando che quell'antica magia si impossessasse di me e mi imponesse di accettare il mio destino.

Questo non sono io, pensai, ancora ammutolito davanti alla presenza di quella femmina.

Mi aveva chiesto chi fossi.

E mi ero ritrovato a domandarmi la stessa cosa.

Perché in quel momento non mi sentivo minimamente come un antico vampiro. O come un potentissimo re.

Solo un uomo ammaliato da una donna. *La mia donna*.

Sentivo l'attrazione che mi avvolgeva il cuore e reindirizzava tutti i miei istinti verso un bisogno primordiale di possederla. Di toccarla. Di *morderla*.

Non per ucciderla, né per catturarla o punirla.

Ma per *scoparla*.

Ero come intontito. Mi sembrava che qualcuno mi avesse tirato un pugno alla bocca dello stomaco, lasciandomi senza fiato.

Ma un suono metallico fendette l'aria, distruggendo quel momento mistico e riportandomi alla realtà.

Alzai di scatto la mano per afferrare il coltello diretto alla testa della mia compagna predestinata. Lei spalancò gli occhi, spostando lo sguardo sul mio palmo e sulla lama conficcata nella mia pelle. Ero riuscito a prenderlo, sì, ma dalla parte più affilata.

Invece di metterlo in tasca, lo lasciai cadere per terra e mi voltai verso chi l'aveva lanciato.

Kaspian. Gli ringhiai contro.

«Sei vittima di un sortilegio» mi avvertì. Aveva già un altro pugnale in mano. «È una specie di ibrido tra dea e strega».

Nyx emise un suono di protesta. Doveva essersi sentita insultata dalla scelta delle parole.

La ignorai e fissai il mio migliore amico. *È la mia compagna predestinata*, gli dissi. Non tutti i vampiri avevano l'abilità di parlare nella mente di qualcun altro. Ma io sì.

Kaspian non poteva rispondere allo stesso modo. Ma capii dalla sua faccia che mi aveva sentito benissimo.

Perché era sbiancato.

È anche l'entità a cui stiamo dando la caccia, aggiunsi, nel caso non fosse stato chiaro. *Quindi non sono vittima di un sortilegio, ma solo sorpreso.*

Ogni parola pronunciata nella mente del mio secondo mi cementava ulteriormente nella realtà.

Provavo ancora l'impulso di prenderla, ma lo shock che mi aveva travolto inizialmente stava pian piano lasciando spazio alla ragione.

Kaspian aveva un'espressione sbalordita. «Cazzo».

Già, concordai. Era una situazione folle.

Anche se non ero sotto il suo incantesimo, ero schiavo del destino che mi univa a Nyx. Un destino che avrei potuto rifiutare con poche semplici parole. Mi avrebbero liberato all'istante, restituendomi l'equilibrio.

Ma mi resi conto che stavo faticando a dirle.

Perché posso sfruttare tutto questo a mio vantaggio, pensai tra me e me. Il mio collegamento con Kaspian era sparito poco dopo la mia ultima risposta. *Posso usarlo per costringerla a spiegarsi. Solo allora la rinnegherò.*

Sarebbe stato doloroso. Ma non volevo legarmi a quella creatura. Non era affiliata a nessuna casata. Non avrebbe nemmeno dovuto essere lì. *E aveva ucciso Klas.*

Avrei raccolto informazioni, l'avrei scortata al portale appropriato e poi l'avrei rispedita nel suo mondo di dei.

O forse l'avrei ripudiata e uccisa.

Trovarsi lì senza appartenere a una casata equivaleva comunque a una condanna a morte.

In base alle sue risposte, forse gliene avrei concessa una rapida e indolore.

Se invece non avesse mostrato alcun rimorso, la sua agonia sarebbe stata interminabile.

La mia esperienza con gli dei ricadeva nel secondo scenario; si pentivano raramente delle loro decisioni. Di conseguenza, erano incredibilmente presuntuosi e arroganti.

Visto il mio passato con quelle entità, mi sembrò appropriato che l'antica magia dell'accoppiamento avesse legato la mia anima a quella di una dea.

Il fato amava testarmi.

Per fortuna, mi erano sempre piaciute le sfide.

E quella era avvolta in un abito nero e sexy, che le abbracciava le curve in un modo che mi invogliava a *toccarla...*

Riportai invece la mia attenzione sugli affascinanti occhi dorati della dea, concentrandomi sul compito che mi ero prefissato.

Raccogli informazioni. E poi distruggila.

«Dea Nyx?» chiesi, assaporando il suo nome e rendendomi conto che mi piaceva. E molto.

Si avvicinò ancora. Il suo corpo sensuale era solo a qualche centimetro dal mio. Ricominciò a studiarmi; il suo sguardo lasciò il mio, posandosi sulla mia bocca e sulle mie spalle, per poi avventurarsi ancora più in basso.

«Puoi chiamarmi Nyx» mormorò. «Preferisco evitare i titoli. Ho scoperto che non significano molto, e a volte forniscono un'impressione errata del reale potere di una persona».

Una saggia considerazione. D'altro canto... «I titoli possono anche mostrare rispetto per una posizione meritata».

Si strinse nelle spalle. «Ci sono modi migliori per mostrare il proprio rispetto a qualcuno».

Piegai il capo di lato, incuriosito. «Per esempio?».

«Non lanciandogli contro dei pugnali» rispose, rivolgendo un'occhiata eloquente al mio secondo in comando. «O non chiamandolo "una specie di ibrido tra dea e strega", nonostante il suo titolo fosse già stato reso noto». Riportò lo sguardo su di me. «Ma, come dicevo, i titoli danno un'impressione falsata. Se vuoi, posso darti una dimostrazione pratica del mio potere».

«Come quello che hai fatto al pub?». Indicai le macerie lì accanto. «Penso che abbiamo ricevuto il tuo messaggio forte e chiaro, *dea*».

Sulla fronte le comparvero delle piccole rughe. I suoi occhi si spostarono sulla distruzione che aveva causato, poi di nuovo sui miei. «Ti riferisci a come ho estratto tutti dai detriti, dopo l'esplosione?».

Ora era il mio turno di accigliarmi. «Estratto tutti?».

«Beh, tecnicamente, li ho teletrasportati». Diede un'occhiata alla folla radunata poco distante. «Come quello lì». Il suo sguardo era puntato su Slater. «Era in pessime condizioni, sotterrato da una montagna di mattoni, ma ha iniziato a guarire nel momento stesso in cui l'ho tirato fuori».

Continuò a osservare i presenti, soffermandosi su Nolan.

«Anche lui» mormorò. «Ma ce n'erano due che non sono riuscita a salvare in tempo. Erano troppo vicini al punto di origine dell'esplosione».

Rabbrividì, lasciando intendere che il ricordo dell'evento la turbava.

Non aveva alcun senso.

«Mi hai chiamata qui col tuo potere perché rilasciassi una dichiarazione?» domandò, tornando a guardarmi. «È un potere notevole. Presumo tu abbia un titolo da abbinare a tutta questa energia».

Il suo palmo si posò sul mio sterno e le sue narici si dilatarono. Stava inalando il mio odore.

«Il tuo profumo mi ricorda quello di un dolce» disse in un sussurro destinato soltanto alle mie orecchie. «Mi fa venire voglia di leccarti dalla testa ai piedi».

Le catturai il polso prima che la sua mano potesse continuare a muoversi. La tenni stretta a me e dissi: «Tre uomini».

Aggrottò la fronte. «Cosa?».

«Tre uomini non sono sopravvissuti all'esplosione, e uno di loro era un membro di Oro e Granato». Pronunciare quelle parole servì a ricordarmi quale fosse il mio scopo. Uno scopo da cui quella piccola strega sembrava intenzionata a distrarmi.

Perché il suo tocco mi stava facendo bruciare la pelle, nonostante tutti gli strati di tessuto che separavano le sue dita dal mio petto.

Dovrei spingerla via.

Solo che...

La vicinanza mi renderà più facile capire se sta mentendo, ricordai a me stesso.

Era una scusa. Un'ottima scusa, certo, ma pur sempre un pretesto per continuare a toccarla.

Tuttavia, riconoscere quella debolezza mi avrebbe permesso di tenerla sotto controllo.

E mi spinse anche a concentrarmi sulle mie doti nella ricerca della verità. Erano delle abilità che usavo costantemente, essendo quasi una seconda natura per me, ma volevo essere assolutamente certo delle sue risposte.

Che, fino a quel momento, erano state sincere.

«A causa dell'esplosione?» chiese, scrutando la mia espressione. «Sono morti in tre?».

«Sì. Tre persone sono morte in seguito al tuo attacco». Non due, come aveva detto in precedenza.

Le sue sopracciglia schizzarono in alto. Cercò di fare un passo indietro, ma la mia presa sul suo polso la tenne ferma dov'era. «Il *mio* attacco? Ho cercato di *aiutarli*, non di *attaccarli*».

«Facendo esplodere il pub?».

«Perché mai avrei dovuto far esplodere il pub?» ribatté. Il suo tono autoritario mi scaldò il sangue. Avevo sempre adorato le donne forti. E sapere che lei era destinata a essere mia non faceva che aumentare il mio interesse.

Un interesse che cercai di ignorare. Dovevo conoscere la verità.

«Hai fatto esplodere il pub perché sapevi che i miei uomini stavano per catturarti» dissi.

O almeno quella era stata la mia teoria.

Finché non l'avevo incontrata.

Ora non ne ero più così sicuro.

Soprattutto perché non avevo ancora fiutato una singola bugia da parte sua. Ogni parola che le era uscita dalle labbra era la pura verità.

Incluso il suo commento sul volermi leccare.

Ma di quello mi sarei occupato più tardi. In privato.

«Catturarmi?». Sbatté più volte le palpebre. «Perché volevano *catturarmi*?».

«Perché sei in questa realtà illegalmente».

«Illegalmente?». Mi fissò a bocca aperta. «Com'è possibile entrare in una realtà "illegalmente"?».

«Come divinità, avresti dovuto accedere dal portale sull'Himalaya. È lì che quelli provenienti dal tuo mondo chiedono il permesso di entrare». Una regola che avrebbe già dovuto conoscere, visto che non solo quello era stato il primo portale ad aprirsi sulla nostra realtà, ma era anche spuntato migliaia di anni prima.

Eppure, la sua espressione diventò ancora più confusa. «Il mio mondo non ha un portale che conduce al tuo».

«E invece sì, dea. Sull'Himalaya».

«Nyx» mi corresse. «E ti ripeto che non esiste nessun portale tra i nostri mondi. Sono qui solo grazie al mio medaglione, che è anche il motivo per cui non me ne sono ancora andata. Perché è…». Si interruppe, accigliandosi. «La magia ha deciso di andare in vacanza da qualche parte nella tua realtà».

La fissai. «La magia ha deciso di andare in vacanza?» ripetei.

Sospirò. La sua frustrazione mi suscitò una strana tenerezza. «È arrabbiata con me perché l'ho usata per passare da una realtà all'altra troppo velocemente, quindi mi sta dando una lezione portandomi in giro per il tuo mondo. Ero convinta di averla percepita qui, a Dublino, ma…». Le sue labbra si arricciarono di lato. «Ora non c'è più».

È tutto vero, capii, sorpreso e confuso.

O quell'entità aveva trovato un modo per aggirare

l'antico talento della mia famiglia nel rilevare le bugie, oppure diceva sul serio.

In ogni caso, era comunque interessante.

«Ho fatto tutto il possibile» disse Trixie. Il suo tono esasperato distolse la mia attenzione da Nyx. Mi voltai verso il mio secondo e verso la strega che gli si stava avvicinando.

Trixie era la creatura con poteri di guarigione che aveva trovato Kieran.

Non la conoscevo bene, dal momento che cercavo di evitare chiunque appartenesse alla Casata dello Spirito e dello Zaffiro; erano tutti pretenziosi come i loro governanti.

Ma quella strega si era rivelata utile, quindi avevo un debito di gratitudine nei suoi confronti.

Forse le avrei regalato un po' del mio veleno di vampiro.

Spesso le streghe usavano le essenze degli esseri soprannaturali per le loro pozioni, o semplicemente per scambiarle con qualcos'altro. Essendo tra i più antichi della mia specie, nonché discendente di una potente famiglia di vampiri, il veleno che c'era nella mia bocca era molto prezioso. Avrebbe potuto sfruttarlo per creare un siero della verità o qualcosa di simile.

Era una forma di pagamento che non usavo spesso, perché rivelava le mie abilità innate. La maggior parte dei vampiri preferiva tenerle nascoste.

Ma avrei potuto dirle che me l'ero procurato da qualcun altro. Non avrebbe mai saputo la verità.

«Non posso curare quel tipo di oscurità» continuò. I suoi occhi azzurri lampeggiavano di frustrazione. Erano fissi su Kaspian, che incombeva sulla sua figura minuta. «Ti servirà un potere *diverso* per riuscirci».

Guardai oltre la strega, dove Slater stava scuotendo la

testa scura qualche metro più in là. I suoi occhi grigio ardesia lasciavano trasparire tutta la sua irritazione.

«Oscurità?» ripeté Kaspian in tono dubbioso. «A me sembra che stia bene».

«E infatti è così» disse Slater.

«No, non stai bene» insistette la strega. «Hai perso tutta la tua luce».

Slater abbassò lo sguardo sulle braccia abbronzate, per poi riportarlo su di lei. «Sono sempre stato così. È una conseguenza del potersi trasformare in un corvo, dolcezza».

«Maschi testardi» borbottò la strega, voltandogli le spalle e rivolgendogli un cenno di saluto con la mano pallida. «Non ho tempo per queste cose».

Si allontanò per andare a prendersi cura di un vampiro dall'altro lato della strada, lasciandoci tutti con un'espressione interdetta.

Che strana donna.

Slater sembrava come nuovo.

Beh, in realtà doveva radersi. La solita spolverata di barba scura che gli copriva la mascella si era allungata fino ad assumere un aspetto trasandato. Ma non avevo dubbi che se ne sarebbe occupato una volta tornato a casa.

Cosa che adesso poteva fare, visto che avevamo catturato l'entità soprannaturale che vagava per il nostro mondo.

E ora avrei dovuto occuparmene io, dal momento che, a quanto pareva, quell'entità era la mia compagna predestinata.

Anche i suoi commenti sul fatto che la sua realtà non era collegata alla nostra sarebbero stati un problema. Un problema politico. Perché, anche in quel caso, aveva detto la verità.

Il che significava che un altro regno di Soprannaturali aveva accesso al nostro mondo.

E quell'essere era potente. *Troppo* potente. Era per quello che aveva una taglia sulla sua testa. Tutti avevano percepito il suo arrivo, e più di qualche re, me incluso, voleva che fosse eliminata.

Solo che è la mia compagna, pensai, tornando a concentrarmi su di lei.

Nyx stava studiando il mio collo. Aveva le pupille dilatate e si stava leccando le labbra. La sua irritazione per il mio interrogatorio sembrava svanita, lasciandosi alle spalle soltanto un palese interesse.

Inarcai un sopracciglio. «Le dee mordono?».

«Questa dea sì» sussurrò, alzando il suo sguardo affamato sul mio. «Il tuo potere è come una droga».

Fui sul punto di grugnire. *Potrei dire lo stesso di te, tesoro.*

«Devi avere un titolo». Le sue unghie affondarono nella mia camicia, ricordandomi che le stavo ancora stringendo il polso. «Un vampiro potente». I suoi occhi frugarono nelle profondità dei miei. «Un re».

«Re della Casata dell'Oro e del Granato» confermai. «Vesperus».

«Vesperus». Pronunciato da lei, il mio nome suonava come una benedizione. Quanto mi sarebbe piaciuto sentirglielo ripetere in camera da letto.

Sì, questo è assolutamente un problema.

Sapevo che i legami intessuti dal destino potevano domare anche gli esseri più potenti, ma avevo vissuto più di millecinquecento anni senza mai provare una simile attrazione per nessuno.

Finché non avevo conosciuto lei.

Una creatura ultraterrena che mi dava delle spiegazioni che sfidavano tutto quello che pensavo di sapere.

Poteva essere tutto uno stratagemma per usurpare la mia posizione. O uno strano scherzo del fato, che aveva deciso di legarmi a una pericolosa complicazione. La più pericolosa che avessi mai affrontato.

«Quindi, se non sei stata tu a causare l'esplosione, chi è stato?» chiesi. Avevo bisogno di riprendere il controllo della situazione.

«Non lo so» rispose.

E ancora una volta percepii la veridicità della sua affermazione.

«Stavo perlustrando il pub alla ricerca della mia magia, quando c'è stata un'esplosione di luce... e mi sono svegliata coperta di detriti». Corrugò la fronte. «Ho portato fuori tutti. Ma due di loro erano già morti».

Il terzo doveva essere morto prima che Trixie arrivasse sulla scena.

Ma quel dettaglio non era importante.

Ciò che importava era la verità contenuta nelle parole di Nyx. Se anche fosse stata lei a causare l'esplosione, non lo aveva fatto di proposito.

E considerando che non aveva fatto del male a nessun altro, almeno da quello che sapevo, il suo comportamento confermava ciò che aveva detto.

Certo, quella era stata la prima volta che i miei uomini erano quasi riusciti a catturarla.

«Quindi, sei arrivata in questa realtà con un medaglione magico che poi è andato perduto. E per tutti questi mesi gli hai dato la caccia?».

«Sì». Arricciò di nuovo le labbra in quel suo modo caratteristico. «Beh, mi sono anche goduta un po' il tuo mondo, per decidere se voglio restarci. È quello il fine ultimo dei miei viaggi: trovare una nuova casa».

Inarcai le sopracciglia. «Una nuova casa?».

«Ormai, creare mi annoia. Ho pensato che sarebbe

stato divertente vivere in una realtà già esistente. Finora, questa è quella che mi ha incuriosita di più». Il suo sguardo guizzò su Kaspian. «Solo che qui sembra che tutti vogliano uccidermi».

«Perché sei entrata illegalmente e non hai un legame con nessuna casata» spiegai. «Qui non tolleriamo gli stranieri. Affiliarsi a una casata è l'unico modo di sopravvivere».

«Io sono sopravvissuta benissimo da sola» replicò con un'espressione cupa.

«Perché non hai ancora incontrato un essere con un potere pari o superiore al tuo». Aumentai la stretta sul suo polso. «Ma adesso sì».

Le sue narici si dilatarono. «Non fare l'errore di sottovalutarmi, *re*».

«Non sottovaluto mai nessuno, *dea*. Ma resta il fatto che sei arrivata qui illegalmente. E non appartieni a nessuna casata. È per questo che c'è una taglia sulla tua testa, una taglia di cui la mia gente ha deciso di occuparsi».

Aggrottò la fronte. «Quindi tutti volete uccidermi?».

«Sì». Una risposta secca, ma preferivo sempre la verità. E fu proprio per quello che aggiunsi: «Ma sono disposto a concederti asilo temporaneo presso la Casata dell'Oro e del Granato».

VESPERUS

Non ebbi bisogno di guardare Kaspian per sapere che disapprovava la mia decisione.

Ma non si sarebbe opposto.

Era la mia compagna predestinata. E io ero il Re della Casata dell'Oro e del Granato.

Tra l'altro, avevo specificato che l'asilo sarebbe stato *temporaneo*, una parola chiave nella mia dichiarazione. Perché non potevo offrirle nulla di permanente.

I governanti delle altre casate si sarebbero opposti. Nyx era troppo potente. E averla nella mia casata mi concedeva un vantaggio che gli altri non avrebbero mai tollerato.

Tuttavia, alcuni dei miei alleati avrebbero accettato, seppur con riluttanza, un asilo temporaneo. Soprattutto perché erano tutti in debito con me.

Elias, Re della Casata del Sangue e del Berillio, aveva preso come compagna una licantropa, stravolgendo gli equilibri e le circostanze della sua battaglia con Fuoco e Fluorite.

Lo avevo perdonato perché il risultato finale aveva giocato a nostro favore.

E sapevo che non era il caso di intromettersi tra un vampiro e la sua compagna predestinata.

Volker, Re della Casata dell'Aria e dell'Ametista, era in debito con me per aver concesso asilo nel mio territorio a due dei suoi luogotenenti dopo la sua... *scomparsa*. Di recente li avevo anche restituiti alle sue cure.

Glielo avrei ricordato molto presto, dal momento che ero abbastanza sicuro che sarebbe stato uno dei primi a chiamarmi per protestare. La sua vulnerabilità alla magia lunare lo rendeva desideroso di liberarsi di Nyx. A quanto sembrava, durante la rivoluzione, la dea aveva incasinato ancora di più i suoi poteri.

Non che mi interessasse particolarmente. Ora Volker aveva la sua compagna, che fortunatamente bilanciava i suoi colpi di testa. Non mi avrebbe creato problemi. O almeno mi avrebbe lasciato gestire la situazione a modo mio. Politicamente parlando, i nostri metodi erano abbastanza simili; questo lo avrebbe reso più propenso ad appoggiare il mio piano.

E poi c'era la nuova Casata della Morte e del Diamante.

La baronessa Sabrina, uno spettro, probabilmente non sarebbe stata entusiasta del mio accordo. Ma teneva troppo al nostro rapporto per non concedermi una possibilità.

Tutti gli altri monarchi sarebbero stati molto più difficili da convincere.

Soprattutto Odin e lady Gabriella. Ma erano stati loro a perdere le tracce di Nyx, al suo arrivo. Quindi si erano giocati la possibilità di avere voce in capitolo.

Ora era mia. Sarei stato io a determinare il suo destino.

E forse troverò un modo per tenerla con me, pensai.

Una potente regina avrebbe reso Oro e Granato una casata imbattibile.

O forse l'avrebbe ridotta a un costante bersaglio di attacchi e invasioni.

In ogni caso, non aveva ancora accettato la mia offerta. Fino ad allora, arrovellarmi sulle potenziali conseguenze era del tutto inutile.

Nei suoi occhi vorticò un miscuglio di consapevolezza e interesse.

«Cosa richiederebbe da parte mia la tua offerta temporanea?» chiese. Aveva colto la parola chiave.

Non c'è da stupirsi che il destino ci abbia fatti incontrare.

«Vivrai con me» dissi, cominciando a elencare le condizioni man mano che mi venivano in mente. «Studieremo insieme il modo migliore per garantire la tua sopravvivenza e pianificheremo il tuo futuro».

Perché se era davvero innocente, allora non potevo ucciderla. Ma nemmeno abbandonarla sull'Himalaya era un'opzione.

Mentre decidevo cosa fare con lei, dovevo tenerla vicina. Era una mia responsabilità. Non solo in quanto suo compagno predestinato, ma anche per il ruolo che coprivo.

C'era un motivo se ero il re di tutti i mercenari. Noi davamo valore alla gloria, all'oro e al sangue.

E mi ero assunto il compito di trovare la misteriosa creatura che era entrata illegalmente nella nostra realtà. La taglia non prevedeva di ucciderla, ma solo di catturarla. Tecnicamente, avevo portato a termine il mio incarico.

Ora dovevo solo capire cosa fare con lei.

Perché di certo non sarebbe potuta rimanere a lungo.

E fu così che espressi la mia ultima condizione. «Dovrai limitare i tuoi poteri, perché stanno creando delle interferenze nel tessuto magico della nostra realtà. È per questo che hanno messo una taglia su di te».

«Vivere con te, limitare i miei poteri e lavorare con te per pianificare il mio futuro» riassunse. «Uhm... oppure, potrei restare senza essere affiliata a una casata, usare i miei poteri come voglio e decidere da sola la mia strada. Che poi è il modo in cui ho sempre vissuto».

Tamburellò con le dita della mano libera sul mento.

«Hai detto che creare ti annoiava e che cercavi una nuova realtà in cui vivere. Ti sto dando l'opportunità di comprendere appieno il nostro mondo, aiutandoti così a decidere il tuo destino» le feci notare.

Ovviamente, la sua decisione l'avrebbe condotta lontano da lì. Ma almeno sarebbe stata una soluzione amichevole ai problemi di entrambi.

Il bagliore che animava le sue iridi dorate suggeriva che stava ascoltando e valutando le mie parole.

«Se rifiuterai la mia offerta,» aggiunsi dolcemente «continueremo a darti la caccia e ad attaccarti. E non avrai mai la possibilità di vedere cos'ha da offrirti il nostro mondo, a parte la morte».

Ammesso che le permettessi di lasciare Dublino senza combattere.

Se avesse accettato, sarebbe stato meglio per entrambi.

Potrebbe anche essere piacevole, pensai. Il mio sguardo cadde sulle sue labbra.

Ovviamente, se l'avessi scopata, non sarei più stato in grado di rompere il nostro legame con un rifiuto.

Ma c'erano molte altre cose che avremmo potuto fare. Cose a cui non dovevo assolutamente pensare. Né tantomeno fare.

Solo che Nyx non era l'unica a essere attratta dal potere che scorreva tra di noi.

Un assaggio non ammazzerà nessuno, pensai. E mi era sempre piaciuto correre rischi. Perché fermarmi proprio adesso?

«Non mi sono sentita la benvenuta qui» rispose infine. Le sue pupille dilatate mi rivelarono che era pienamente consapevole della lussuria che divampava tra noi. Ma non sapevo se avesse capito che la nostra connessione era stata plasmata dal fato.

Le dee hanno dei compagni predestinati?

Le sue reazioni nei miei confronti dimostravano che la mia attrazione non era a senso unico. Ma non significava che fosse eternamente legata a me.

«Forse ho già visto abbastanza e non desidero restare» aggiunse.

Sorrisi. «Fidati di me, Nyx». Le accarezzai l'interno del polso con il pollice, in lenti movimenti circolari. «Non hai ancora sperimentato sul serio la nostra realtà. Ma posso aiutarti a farlo».

«Davvero?».

«Sì» affermai, fiducioso della mia capacità di offrirle un indimenticabile benvenuto nel mio mondo.

O, più precisamente, nel mio letto.

«E se dicessi di no?» insistette. «Allora continuerei a difendermi da sola e mi ritroverei a combattere anche contro di te?».

Sì, pensai. *È esattamente quello che succederebbe.*

Lasciai che mi leggesse la risposta negli occhi.

Ma invece di confermarlo ad alta voce, dissi: «Sei alla ricerca del tuo medaglione. Perché non sfrutti la mia offerta e approfitti delle mie risorse per trovarlo?».

«Ti stai offrendo volontario per aiutarmi a dare la caccia alla mia magia?». La nota di curiosità nella sua domanda mi fece capire che quella era la strada giusta da percorrere, se volevo che prendesse seriamente in considerazione la mia proposta.

«Sì».

«Perché?» mi incalzò. «Perché darmi un rifugio temporaneo? Tu cosa ci guadagni?».

«La taglia per la tua cattura» risposi. «Concedendoti asilo e limitando i tuoi poteri, tecnicamente sto rispettando i termini».

«Questo non spiega perché tu voglia tenermi con te come ostaggio» replicò.

«La taglia prevede una grossa ricompensa» mormorai.

Ebbi l'impressione che fosse delusa dalla mia spiegazione. «È tutta una questione di soldi?».

Scossi la testa. «Incantesimi. Capelli di fata. Altri oggetti preziosi provenienti da varie casate. Tutti volevano che venissi catturata, Nyx. E si sono assicurati che la taglia fosse appetibile per chiunque».

Non mi sembrava molto colpita. «Quindi, se accetto la tua offerta, ti accaparrerai un premio».

«No, tesoro. Quello andrà alla mia casata». Mi avvicinai ulteriormente a lei. «Io vincerò la possibilità di giocare con te».

Fu solo quando lo dissi che mi resi conto di quanta verità fosse racchiusa nella mia confessione.

Ma anche quello era uno dei fattori che avevano motivato la mia decisione.

Quella donna aveva suscitato il mio interesse. Sapevo che era un effetto del legame che mi faceva battere forte il cuore, ma anche la sua energia mi affascinava. E il ruolo che avrebbe potuto svolgere nella mia casata.

Più riflettevo su cosa significasse avere un'entità così potente tra le nostre fila, più volevo tenerla.

Non avevo mentito quando le avevo parlato dei principi della mia casata: valore, ricchezza, prestigio.

Sembrava fatta apposta per essere la regina di un tale impero.

Ed è proprio per questo che gli altri non lo permetteranno mai, pensai, tornando con la mente al Grande Sacrificio. Solo ventiquattro anni prima, le casate si erano scontrate per il potere. Molte persone avevano perso la vita. Poi era stata siglata una fragile tregua.

Ma le rivalità erano rimaste, concentrandosi in ambito politico. Erano semplicemente più quiete, e i movimenti sulla scacchiera erano molto meno evidenti di prima.

Ma non mi erano sfuggiti.

Forse Nyx sarebbe stata la mia mossa.

Era la mia compagna predestinata. E questo giocava a mio favore; potevo convincerla a rimanere nella mia casata. O avrebbero votato tutti per mandarla via?

Per avere una risposta, prima avrei dovuto vedere la reazione dei miei alleati.

E questo richiedeva che quella splendida creatura accettasse la mia offerta. Forse era stata una decisione avventata, ma il termine "temporaneo" mi aveva lasciato una scappatoia.

Fornendone una anche a lei.

«Cos'hai da perdere?» le chiesi. «Accetta un viaggio gratuito a Reykjavik, vedi se le mie risorse possono aiutarti, e poi decidi se restare».

«Promettendoti anche di limitare i miei poteri e vivere con te» mi ricordò.

Sorrisi e ripresi ad accarezzarle il polso. «Pensavo volessi leccarmi, Nyx».

Mi guardò con un'espressione dubbiosa. «Forse prima preferirei testare il tuo potere».

Inarcai un sopracciglio. «Questo significa che stai rifiutando la mia offerta?».

«Mh». Mi osservò per un lungo istante. «No».

Cazzo. Serrai la presa sul suo polso. «Nyx...».

«No, non sto rifiutando la tua offerta» chiarì. Il suo sorriso mi rivelò che aveva voluto vedere la mia reazione.

«Ma è bello sapere che la tua voglia di assaggiarmi è pari alla mia».

Mi accarezzò il braccio con la mano libera, salendo fino alla spalla. La afferrò.

E poi si mise in punta di piedi, senza mai distogliere lo sguardo dal mio. Né io dal suo.

Accostò le labbra al mio orecchio. «Tra l'altro, è l'unico motivo per cui ho deciso di accettare il tuo asilo *temporaneo*».

Il suo atteggiamento seduttivo mi strappò un sorrisetto. Avvolsi il palmo attorno alla sua nuca e la tenni ferma, sussurrando: «Penso che faremo molto più che *assaggiarci*».

La sentii rabbrividire, e la sua eccitazione fu come una carezza per i miei sensi.

Il mio sguardo si spostò su Kaspian e Slater, che si trovavano ancora sul ciglio della strada. Le loro espressioni lasciavano trasparire lo scarso entusiasmo che entrambi condividevano per quell'ultimo sviluppo. Ero sicuro che il mio secondo in comando mi avrebbe fatto un bel discorsetto, non appena fossimo tornati a casa. E lo stesso valeva per la coppia di fate.

Rendendo quello che seguì assolutamente necessario.

C'erano troppi testimoni. Non potevo rischiare che qualcuno pensasse che mi fossi rammollito a causa di una donna, anche se era la mia compagna.

E farlo pubblicamente avrebbe mandato un messaggio alle altre casate. Un messaggio a cui sarebbe seguita una marea di telefonate furibonde.

Ma me ne sarei occupato più tardi.

Tutto questo è temporaneo, ricordai a me stesso. *Un'offerta di asilo temporaneo, mentre cerco di capire come procedere.*

Sfruttai la presa sul suo collo per staccarla da me, il mio sguardo catturò il suo. «L'appartenenza a una casata viene espressa spesso con dei gioielli, o, in certi casi…».

Le lasciai andare il polso, accontentandomi di stringerle il collo con l'altra mano.

Poi sollevai quella libera per mostrarle il palmo, su cui iniziava il tatuaggio della mia famiglia, che risaliva lungo il mio avambraccio.

Non poteva vederlo tutto a causa del mio abito, ma dal modo in cui le sue narici fremettero fu chiaro che voleva esplorarlo. Probabilmente con la lingua.

«Le altre casate preferiscono i gioielli, ma la Casata dell'Oro e del Granato usa i tatuaggi. È una delle nostre tradizioni» spiegai. «Fedeltà di sangue».

Un tatuaggio, però, era permanente. Un'opzione poco adatta a Nyx.

Ma un gioiello potrebbe andare bene.

«Avrai bisogno di un marchio per completare il nostro accordo» continuai, consapevole del gruppetto di spettatori che continuava ad aumentare. Alcuni potevano sentire la nostra conversazione grazie al loro udito soprannaturale. Quelli che non potevano venivano informati a bassa voce di ciò che stava accadendo.

«Il re le sta offrendo un rifugio presso Oro e Granato».

«La deve marchiare».

«Non me lo aspettavo».

«È potente. È un'ottima aggiunta alla casata».

«Ma ha ucciso Klas e gli altri».

«Ha detto che non è stata lei, e pare che re Vesperus le creda».

«Siero della verità» mormorò qualcuno.

«Esatto».

Nessuno stava mettendo in discussione la mia decisione. Ne stavano parlando e basta. Lo considerai un buon segno: la maggior parte dei membri della mia casata avrebbe accettato il mio piano.

I pochi contrari sarebbero venuti da me per parlarne.

Come nel caso di Kaspian, pensai, incontrando di nuovo il suo sguardo diffidente. D'altro canto, mettere in discussione le mie scelte era il suo lavoro. Spesso mi aiutava a ragionare, e forse sarebbe successo lo stesso anche nel caso di Nyx.

Ma, per il momento, avevo preso la mia decisione. *È mia. La terrò con me... per ora.*

«Un marchio» disse Nyx. «Che tipo di marchio?».

Riportai la mia attenzione su di lei e ammirai la scollatura generosa del suo abito nero, per poi accorgermi dei gioielli che le decoravano la pelle. *Sto iniziando a capire perché il destino ci abbia fatti incontrare.* «Indossi già dell'oro. Ti manca solo un po' di granato».

Arricciò il naso. «Il granato non è esattamente il mio colore».

Sorrisi. «Sta per diventarlo».

Una piccola ruga le comparve tra le sopracciglia. «Cosa?».

«Sangue, tesoro». Le sfiorai il punto del collo sotto cui il suo battito scalpitava. «È così che giuriamo fedeltà a Oro e Granato. Fedeltà di sangue».

Avevo sanguinato col mio tatuaggio.

E ora quella splendida creatura avrebbe sanguinato per me.

Mi guardò con sospetto. «Hai detto che non c'erano altre condizioni».

«Questa non è una condizione aggiuntiva. Te l'ho già detto: il mio premio è l'opportunità di giocare con te. E, nel mio mondo, questo equivale a giocare col sangue». Le avvolsi il braccio attorno alla schiena, con l'altra mano ancora sulla sua nuca.

Reagì affondando le unghie nelle mie spalle. I suoi occhi mi ricordarono l'oro fuso.

«Non sei l'unica che morde, dea» le dissi, sollevando appena le labbra per esporre le mie zanne. «Allora, cosa vuoi fare? Accetterai la mia offerta e sanguinerai per me? O prima preferisci mettere alla prova il mio potere?».

NYX

QUEST'UOMO.

Quest'uomo sensuale, intelligente e calcolatore.

Mmm. L'energia che lo circondava pulsava, colma di aspettativa, pronta a colpire in qualsiasi momento.

"Perché non hai ancora incontrato un essere con un potere pari o superiore al tuo".

Alcune creature soprannaturali si vantavano continuamente delle loro abilità, sottovalutando quasi sempre i loro avversari. Ma quell'uomo, quel *re*, non stava esagerando. Era semplicemente consapevole della sua potenza.

Sarebbe stato un bel combattimento.

Avrei vinto, certo, ma non senza sforzo. *Né senza dolore.* Non per me, ma per tutti quelli che ci circondavano.

Uno scontro tra due entità così potenti avrebbe causato una strage. E non volevo assolutamente mettere a rischio il suo ruolo. La devozione che permeava l'atmosfera non era rivolta a me, ma a lui, il Re della Casata dell'Oro e del Granato.

Nessuno aveva interrotto la nostra conversazione. Nessuno mi aveva attaccata, dopo che Vesperus aveva afferrato il pugnale lanciato verso di me. Nessuno aveva messo in discussione la sua offerta di asilo.

Avevano accettato tutti la sua parola, come se fosse legge.

Non perché era un tiranno, ma perché lo rispettavano.

Volevo conoscerlo, e non solo come conseguenza della sua magia inebriante. Anche in quel momento, la sentivo pulsare nel mio petto, scandendo un ritmo che mi implorava di prenderlo, di accettarlo, di *venerarlo*.

Nessuno aveva mai esercitato su di me un'energia così magnetica.

E io volevo assolutamente saperne di più su quella sensazione. Era così nuova e coinvolgente da lasciarmi soltanto un'opzione.

Accettare la sua offerta.

Avevo già deciso di farlo. Anche perché avrei potuto stare al gioco per un po' e fuggire in un secondo momento, sperando, nel mentre, di non causare troppi danni nel suo regno. Perché davvero non volevo combattere contro di lui o chiunque altro. Volevo solo vivere in pace.

E trovare la mia magia errante.

Mi aveva offerto le sue risorse. Perché non approfittarne? Perché non esplorare? Perché non indulgere ancora per un po' in quella strana attrazione?

Inclinai la testa di lato, senza distogliere lo sguardo dal suo. «Il mio sangue è molto potente».

«Anche il mio» rispose. La sua voce, che aveva un lieve accento, era diventata più profonda.

Un predatore sul punto di colpire, pensai, ammirando l'argento che tingeva le sue iridi. Si fondeva con i bordi neri, ricordandomi l'esplosione di una stella. *Affascinante. Invitante. Peccaminoso.*

«Stai accettando?» chiese. La sua cadenza inglese era diventata ancora più evidente, tradendo la sua impazienza.

Sì, non c'è dubbio: anche lui non vede l'ora di assaggiarmi.

«Sì». *Mordimi, se ne hai il coraggio, Re della Casata dell'Oro e del Granato. Perché la tua reazione al mio sangue mi mostrerà se sei realmente degno del mio tempo.*

Solo i più forti erano in grado di reggere un'essenza intensa quanto la mia. Per questo lo avevo avvertito. Ma aveva risposto in modo deciso e sicuro di sé, come faceva anche su tutto il resto.

Un vero leader. Un nobile. Un re vampiro.

La sua espressione si adombrò. Una parte di lui aveva compreso la sfida che gli avevo appena lanciato.

Ora sei mia, Dea della Notte, sembrò dire strattonandomi a sé, sfruttando il braccio con cui mi cingeva la vita. La sua mano rimase sulla mia nuca, dandole una leggera stretta, mentre le sue labbra si abbassarono sul mio collo.

Le sue zanne mi accarezzarono la gola, facendomi venire la pelle d'oca.

Sì...

Così tanto potere.

Così tanto dominio.

Un degno compagno, sussurrò la mia anima. Il mio cuore fece una capriola.

Vesperus emise un basso ringhio che si infranse sulla mia pelle. Il predatore che si annidava in lui aveva percepito la mia eccitazione. Non che avessi intenzione di nascondergliela, anzi. Avrei voluto esortarlo a fare più in fretta.

La sua lingua mi accarezzò il punto in cui il mio battito martellava, prolungando il momento, facendomi ansimare. Mi avvinghiai alle sue spalle e chiusi gli occhi.

Le aure intorno a noi pulsavano di interesse, aumentando le mie aspettative.

È tutto… è tutto così diverso da qualsiasi cosa…

Schiusi le labbra quando Vesperus mi morse. Le sue zanne rilasciarono nel mio sangue una sorta di veleno euforico, che mi spinse ad aggrapparmi ancora più violentemente a lui.

Oh, stelle… Volevo strapparmi i vestiti di dosso e *scoparlo* davanti a tutti. Lasciare che i nostri poteri si mescolassero sul serio. Testare il suo potenziale, capire cosa significasse davvero quell'incantesimo rovente che divampava dentro di me.

Lo sente anche lui? Questa strana energia che ci lega insieme come un filo? È reale? È solo frutto della mia immaginazione? È la mia stessa magia che si sta prendendo gioco di me?

Rabbrividii, abbandonandomi completamente all'intensità della sua bocca, al potente strattone della sua essenza sulla mia.

Bevve il mio sangue. Senza contorcersi, senza reagire come se l'avessi avvelenato.

No, bevve come se avessi appena ridefinito il significato della sua esistenza.

Ma poi si fermò. Troppo, troppo presto. La sua lingua seguì i contorni del marchio che mi aveva lasciato, per raccogliere anche le ultime gocce di sangue.

La sua bocca scese verso la mezzaluna che pendeva tra i miei seni, dove tinse la superficie dorata con il mio sangue.

Sentii il potere vibrare sulla mia pelle. Strinsi le cosce per quell'atto così intimo, durante il quale non distolse mai lo sguardo dal mio.

Eclissi, pensai, notando il cambiamento di colore delle sue iridi. Prima erano argentate e circondate da bordi neri. Ma ora erano tutte nere, bordate di scintille d'argento. Mi ricordavano il momento maestoso in cui la luna copre il sole.

Suggestivo.

Enigmatico.

Raro.

Le sue labbra tornarono sul mio collo, per sigillare la ferita col suo veleno. La sua essenza mi fece fremere di interesse e desiderio.

Volevo morderlo.

Baciarlo.

Montarlo.

Cos'è questa follia?

Si staccò per guardarmi. L'interesse che provava per me, pari al mio per lui, era una promessa bollente che mi spinse quasi a spogliarmi. Volevo che mi prendesse.

Avevo già sperimentato l'attrazione, in passato, ma mai a quel livello.

Che sia la magia intrinseca in questa realtà? Le leggi di questo mondo? Qualcosa che mi sta facendo lui? Dovrei...

«Mio signore» ci interruppe una voce. La riconobbi: era quella del vampiro che aveva cercato di lanciarmi un pugnale tra gli occhi. «Kieran è arrivato, e ha portato con sé alcuni spettri interessati alla nostra casata».

Per qualche secondo Vesperus non disse nulla, i suoi occhi erano ancora incatenati ai miei. Poi si decise a voltarsi verso l'altro vampiro. «Puoi occupartene tu? O è più prudente che partecipi anch'io all'incontro?».

Seguii il suo sguardo e studiai il maschio dai capelli neri e la passione per le lame.

Occhi scuri e profondi.

Fisico atletico.

Letale.

Colsi l'ultimo aspetto grazie alla sua potentissima aura. L'energia che lo circondava era intensa quasi quanto quella di Vesperus.

Eppure non sentivo alcun tipo di attrazione verso di

lui. Nessuna stretta al petto, niente fili invisibili di magia sensuale.

Solo una sincera valutazione del suo potere.

Cosa lo rende così diverso?, mi domandai, tornando a osservare Vesperus, mentre lui e il vampiro letale parlavano di quel "Kieran" e dei suoi "spettri".

Ignorai il loro chiacchiericcio, preferendo concentrarmi sull'energia pulsante che circondava lo spirito di Vesperus. Era così calda e inebriante... e di nuovo mi fece venire voglia di leccarlo.

Mordi. Succhia. Assapora.

Era un'attrazione a dir poco tossica, come un incantesimo che aveva intrecciato le nostre anime in un abbraccio indissolubile.

Che magia è?, mi domandai, meravigliata, con lo sguardo fisso sul suo collo.

Altre parole mi rimbombarono nel petto, una cantilena che mi esortava a *prendere, prendere, prendere.*

Ma quando mi sporsi in avanti per baciargli la gola, la sua mano, ancora sulla mia nuca, mi trattenne. «Non ancora» disse, con un tono di comando a cui non vedevo l'ora di disobbedire.

Non ero solita prendere ordini.

L'obbedienza andava guadagnata. E nella mia lunga esistenza, pochissimi mi avevano fatto valutare l'idea di sottomettermi.

Mi hai morsa. Ora io morderò te.

Usai la mia abilità di mutare in ombra per liberarmi dalla sua stretta e ricomparire dietro di lui. Con la bocca a un centimetro dal suo collo.

Solo per trovarmi con la schiena sbattuta contro una parete di mattoni lì accanto, con un Vesperus infervorato premuto su di me. «Pazienza» disse piano. «O nessuno ti ha mai insegnato quella virtù?».

Sorrisi. «Vivo secondo delle *virtù* molto diverse, re».

Mi smaterializzai di nuovo, salvo poi ritrovarmi nella medesima posizione. Anche lui si era smaterializzato.

Spalancai gli occhi per quella dimostrazione di potere, sbalordita dalla sua capacità di tenere il passo con me. *Non... non dovrebbe essere possibile.*

E la sua espressione mi rivelò che era d'accordo anche lui.

Ma poi il suo sguardo si posò sul mio collo, e la comprensione gli illuminò i lineamenti.

I miei poteri.

Li ha... li ha bevuti...

Beh, questa sì che è una novità.

Non era stato il primo a mordermi, ma tutti gli altri erano stati respinti dall'intensità della mia essenza. Vesperus, invece, non solo l'aveva inghiottita senza problemi, ma con essa aveva anche assorbito i miei poteri.

«Oh» boccheggiai. «È...».

«Notevole» disse una nuova voce maschile, il cui tono sardonico era intriso di interesse. «Ho l'impressione di essermi perso una specie di festa. Vi dispiacerebbe illuminarmi su cosa sta succedendo nel territorio della Casata della Morte e del Diamante?».

Vesperus si girò lentamente verso l'ultimo arrivato. Le sue iridi somigliavano ancora a un'eclissi. «Intendi il territorio che fino a due settimane fa apparteneva a Oro e Granato? *Quel* territorio?».

Esaminai l'uomo accanto a noi, incuriosita dalla sua aura in cui si mescolavano magie diverse. *Un ibrido tra un vampiro e una fata, che possiede la magia della morte. Interessante.*

«Sì, il territorio che ora appartiene alla mia compagna, la baronessa Sabrina» rispose. «Lo stesso territorio in cui ti ho gentilmente concesso di entrare per dare la caccia a...».

Si interruppe, e i suoi penetranti occhi grigi incontrarono i miei. «*Lei*».

«Salve» lo salutai, sentendo il bisogno di parlare. Volevo ricordare a quegli uomini che ero una creatura viva, dotata di cervello, non un argomento di conversazione. «"Lei" si chiama Nyx, Dea della Notte».

Il maschio inarcò un sopracciglio nero, dello stesso colore dei capelli che gli sfioravano le spalle. «Ciao, Nyx. Io sono Kieran. Nessun titolo. Beh, nessun titolo che mi interessi usare. Solo Kieran va benissimo».

«Proprietario del "creatore di bue"» mormorò Vesperus. «Quello mi sembra un titolo appropriato»

Kieran sussultò, e il suo sguardo guizzò verso Vesperus. «Hai fatto una battuta?».

«Il senso dell'umorismo non mi manca» disse il re vampiro in tono piatto. «E vorrei proprio sapere che cazzo è».

«Se vuoi, posso darti una dimostrazione pratica» si offrì Kieran. Le sue parole somigliavano a una minaccia. «C'è qualche informazione che hai bisogno di estrarre da Nyx? Non ho mai testato il mio dispositivo su una divinità».

Vesperus ringhiò; fu un suono profondo, che riverberò sul mio petto. «*No*».

Kieran si strinse nelle spalle. «Un'altra volta, allora».

«No» ripeté Vesperus. «Nessuno può toccare Nyx. Nessuno tranne me».

«Nyx è qui ed è perfettamente in grado di esprimere la sua opinione» intervenni.

«È chiaro?» aggiunse Vesperus, ignorandomi.

Alzai gli occhi al cielo. «Uomini».

«Capisco». Kieran mi lanciò un'occhiata, per poi tornare a concentrarsi su Vesperus. «Questo potrebbe causare qualche piccola discussione tra le casate».

«Oh, ci conto» rispose Vesperus.

«Mh» borbottò Kieran, poi guardò i due uomini dietro di lui. «Allora è proprio il caso che parli con questi due. Potrebbero essere in grado di aiutarti».

Aiutarlo con cosa?, mi domandai, osservando le loro strane aure mistiche. *Oh, sono degli spettri!*

«La vostra specie mi incuriosisce» mormorai, ammirando la loro energia eterea. «Mi incuriosisce molto». Ma non nello stesso modo in cui Vesperus aveva suscitato il mio interesse. Solo il suo potere aveva quella strana presa sul mio essere.

Ed era per quello che non lo avevo ancora allontanato da me. Mi piaceva la sensazione del suo corpo premuto sul mio.

«Sarò da te tra un attimo» disse Vesperus a Kieran. «Kaspian ti riferirà gli ultimi aggiornamenti».

Kieran annuì. «Non serve che tu dica altro».

«Bene. Rispettare gli anziani è la prima regola per sopravvivere nell'arena politica» rispose Vesperus.

«Ed ecco che mi dai di nuovo dei consigli» commentò Kieran. «Non farla diventare un'abitudine, o mi verrà il sospetto che tu abbia una cotta per me».

Vesperus sorrise, ma non sembrava un sorriso particolarmente amichevole. «Voglio solo assicurarmi che il mio vecchio territorio continui a prosperare».

Kieran alzò gli occhi al cielo, poi si allontanò con i due spettri, lasciandomi ancora una volta da sola con Vesperus. «Io e te dobbiamo fare un bel discorsetto sulle buone maniere» mi informò.

Sorrisi. «È qui che mi dici che devo inchinarmi a te, riconoscendoti come mio re?».

«Sì».

Il mio sorriso si allargò. «Le dee non si inchinano».

«E invece lo farai, se vuoi sopravvivere». La severità del tono con cui lo disse si accompagnò al gelo della sua espressione. «Il successo di Oro e Granato si fonda sul rispetto della gerarchia. Ora ne fai parte, seppur *temporaneamente*, e ti dovrai adeguare. O sarò costretto a esiliarti».

Mi strinse la gola prima che potessi rispondere, e il suo potere formò un cappio attorno al mio collo.

No, non il suo potere.

Il *mio* potere.

Quello che aveva assimilato mordendomi.

«Non sono una che si inginocchia» ribattei, assicurandomi che sentisse la spinta della mia energia contro la sua. Poteva anche aver assorbito la mia magia, ma io ci avevo convissuto per tutta la mia esistenza. Sapevo quanto facilmente potesse sopraffare gli altri.

Anche se lui sembrava in grado di controllarla alla perfezione.

«Nyx, ti ho offerto un rifugio. Ho bisogno che onori il mio dono rispettando il mio ruolo. Almeno finché non avrò trovato una soluzione. Perché tutti, incluso il monarca che hai appena incontrato, pensano che sia *tu* la responsabile di questo disastro».

«Ma non lo sono» dissi immediatamente.

«Ti credo» rispose, scioccandomi. «Ma loro non ascolteranno ragioni, finché non ti vedranno comportarti in modo rispettoso. Quindi, ho bisogno che tu tenga quella bella bocca seducente lontana da me, mentre mi occupo di tutte queste stronzate politiche».

«Bella bocca seducente?». Mi ritrovai di nuovo a sorridere. «Dimmi di più».

«Nyx».

«Vesperus». Aveva un nome veramente sexy.

Sospirò, sembrava esasperato. «Ho un compito da svolgere. Se vuoi che ti aiuti, devi lasciarmelo fare».

«E poi?» chiesi, inarcando un sopracciglio.

Il suo sguardo scivolò sulle mie labbra, per poi tornare *molto* lentamente a specchiarsi nel mio. Nei suoi occhi brillava ancora l'eclissi. «E poi parleremo ulteriormente della tua bocca e di come usarla».

Liberò la mia gola e si allontanò di un passo, ma il suo sguardo rovente si lasciò dietro un marchio che incendiò ogni fibra del mio essere.

Sì, è proprio valsa la pena incontrarlo, conclusi, valutando la sua figura imponente e i suoi lineamenti sensuali.

Giocare con quella creatura così potente era un rischio. Ma anche una novità.

Fu solo per quello che abbassai appena il capo. Non mi ero mai inchinata realmente davanti a nessuno, e non avrei di certo cominciato ora. Ma potevo fingere di mostrare rispetto per un immortale che ne era degno.

«Mi comporterò bene» gli promisi. «Ma solo per riabilitare il mio nome». Anche se non mi importava particolarmente cosa pensassero di me gli abitanti di quella realtà. Non erano stati molto ospitali, e non ero nemmeno sicura di voler restare.

Purtroppo, però, se la mia magia continuava a sfuggirmi, sarei dovuta rimanere per un po'.

È questo che vuoi?, pensai. *Vuoi che dia una possibilità a questo mondo?*

Forse, così, l'incantesimo dispettoso sarebbe tornato da me.

Avrei potuto verificare la mia teoria, e nel frattempo divertirmi con Vesperus.

Al solo pensiero, la magia nel mio petto pulsò, come se approvasse il mio piano.

Sì. Mi divertirò con Vesperus. E nel frattempo continuerò a dare la caccia all'incantesimo.

«Fammi strada, *mio re*» dissi, sforzandomi di sembrare *obbediente*.

Il luccichio nero sui bordi delle sue iridi argentate mi disse che aveva capito benissimo che stavo recitando.

Ma mi tese comunque la mano.

La accettai, più che felice del ritrovato contatto fisico.

Si comporta così con tutti i nuovi membri della sua casata?, mi domandai mentre camminavamo lungo il vicolo. Un pensiero che mi rattristò. *Spero proprio di no.*

D'altro canto, perché avrebbe dovuto importarmi come interagiva con gli altri?

Una bizzarra vibrazione mi rimbombò nel petto, ricordandomi un ringhio. *Strano.* Ma l'idea che toccasse qualcun altro mi faceva venir voglia di commettere un omicidio.

Sbattei le palpebre, sorpresa da quell'istinto del tutto nuovo per me.

Questa magia è... è pericolosa.

Eppure, non riuscivo a ignorarla. E non *volevo* farlo. Volevo accoglierla pienamente. Godermela.

Vesperus mi diede una stretta alla mano. «Sarò io a parlare».

Come hai fatto con Kieran?, pensai sbuffando.

«Nyx».

Gli lanciai un'occhiata, sollevando un sopracciglio.

«Rispetto» mormorò.

Il rispetto va guadagnato, pensai. *Quindi vediamo come andrà.*

Ma non lo dissi ad alta voce.

Al contrario, sorrisi e gli risposi col mio tono più ossequioso: «Ma certo, *mio re*».

VESPERUS

Se Nyx si fosse rivolta un'altra volta a me dicendo "mio re", le avrei strappato il vestito di dosso e l'avrei scopata contro la prima superficie disponibile.

Certo, le avevo detto di essere rispettosa.

Ma lo stava facendo nel modo più provocante possibile.

E mi stava distraendo.

Dal momento che ero seduto al tavolo con Kaspian, Slater, Nolan, Kieran e i due spettri che aveva portato con sé, *non potevo permettermi nessuna distrazione.*

Avevamo offerto una sedia anche a Nyx, ma lei aveva risposto con un educato: «No, grazie, *mio re*». E si era messa a gironzolare per la stanza.

Non sembrava in grado di stare seduta a lungo, e ora era intenta a esaminare ogni angolo del vecchio ristorante. Di tanto in tanto, si fermava a ridacchiare davanti a un ritratto appeso al muro, per poi passare a quello successivo.

Kaspian continuava a guardarla di sottecchi con un'espressione truce. «Si diverte con poco».

«Ha detto che è già stata qui, ma in un'altra realtà» risposi. Entrando nell'edificio, mi aveva sussurrato: *"Oh, adoro questo ristorante. Una scelta eccellente, mio re"*.

«Si sta... abbandonando ai ricordi» aggiunsi, osservandola.

«Un'altra realtà?» ripeté Kaspian.

Riflettei per qualche istante su come rispondere, visto che non eravamo soli, ma decisi di dire la verità. «Sta viaggiando tra varie realtà grazie a un medaglione che dice di aver perso. È così che è arrivata qui».

«E tu le credi?» chiese Kieran con un tono privo di emozioni.

I miei rapporti con l'ibrido erano limitati, ma all'incontro con i governanti delle altre casate, avvenuto qualche mese prima, mi aveva fatto una buona impressione. Poi, durante le trattative per la divisione del territorio, la mia opinione su di lui era diventata ancora più positiva.

E ora si stava guadagnando il mio rispetto per un motivo completamente diverso: la sua capacità di discutere di affari senza lasciar trasparire nulla.

Una caratteristica che gli sarebbe stata molto utile, nel suo nuovo ruolo.

«Sì» risposi. «Perché ho sentito che dice la verità».

Non elaborai ulteriormente, e la mancanza di domande da parte sua mi rivelò che conosceva già la mia abilità. Forse gliel'aveva confidato Elias, che era suo zio.

Non parlavo apertamente del mio talento, ma una cerchia ristretta ne era a conoscenza. Soprattutto quelli che ne avevano avuto bisogno.

E tutti quelli a cui l'avevo prestata mantenevano il segreto. Perché erano miei alleati.

A quanto sembrava, forse lo sarebbe diventato anche Kieran.

«Credo anche che non sia stata lei a causare l'esplosione» continuai. «Ha estratto tutti dalle macerie».

E questo spiegava come mai i corpi fossero stati trovati sparpagliati in mezzo alla strada, invece che tra i detriti.

Non li aveva lasciati in posizioni molto confortevoli, una circostanza che dimostrava la sua fretta di salvarli tutti.

Le sue azioni non si conciliavano con l'essere anche la causa della distruzione iniziale. Esattamente come presentarsi sulla scena non era il comportamento di una persona colpevole.

A meno che non avesse qualcosa in mente, e stesse usando i suoi poteri per ingannarmi.

In tal caso, l'avrei uccisa.

Ma non riuscivo a immaginare cosa potesse volere da me.

«E allora chi ha fatto esplodere il pub?» domandò Kieran con lo stesso tono impassibile.

«Una domanda a cui dobbiamo ancora trovare risposta». Perché se non era stata Nyx, allora qualcuno aveva attaccato il pub per motivi ignoti.

Un incantesimo finito male?

Una rissa da bar sfociata in un'esplosione?

Qualcosa di completamente diverso?

Non ne ero sicuro, e, fino a quel momento, nessuno dei testimoni aveva saputo dirmi cosa fosse successo davvero. Perfino Nyx non ricordava niente di particolare; mi aveva raccontato che era lì in cerca della sua magia, e poi era esploso tutto.

Si era svegliata prima di chiunque altro, come dimostrato dai sopravvissuti che aveva depositato sulla strada, ma non era riuscita a darmi alcun dettaglio utile.

Non ancora, pensai.

Un'altra buona ragione per offrirle un rifugio. Avrei potuto tenerla d'occhio, e al tempo stesso avrei potuto interrogarla. Forse si sarebbe ricordata qualcosa di utile.

O forse mi sto solo inventando delle scuse per tenerla con me, perché è la mia compagna predestinata.

Sbirciai nella sua direzione. Era dall'altra parte del locale, tutta presa a dimenare i fianchi seguendo il ritmo della musica. Sembrava persa in un mondo tutto suo, a godersi i toni soffusi emessi dall'impianto audio.

«L'ultima cosa che ricordo è di aver camminato verso il pub» disse Slater a voce bassa. «Ho in mente l'immagine della mia mano sulla porta, e poi tutto diventa nero. Il ricordo successivo è Trixie che mi sveglia». Il modo in cui il suo tono si incupì ci mostrò chiaramente come si sentiva al riguardo.

«Io ricordo di essere entrato» intervenne Nolan. I suoi occhi multicolori mi ricordavano le sue ali lucenti, simili a dei diamanti. In quel momento erano nascoste, un'abilità che sembrava aver ereditato dalla sua famiglia di arcangeli guerrieri.

O forse era una capacità tipica di tutti i membri della sua specie. Non erano in molti a risiedere nella nostra realtà, nonostante il portale in Amazzonia. Probabilmente perché erano tutti troppo occupati a combattere una guerra contro i demoni nel loro mondo, Celestia.

Nolan si era unito alla nostra casata in modo del tutto fortuito.

Un avvenimento casuale, ispirato dal fatto che molti anni prima Kaspian gli aveva salvato la vita.

«Per me è diventato tutto bianco, non nero» continuò Nolan. «E poi mi sono svegliato con quella strega davanti agli occhi».

Percepii un tema ricorrente.

«Vi ha aiutati a guarire» sottolineai.

Entrambi risposero con un grugnito, palesemente infastiditi per essere stati toccati dalla magia curativa di Trixie.

Tipico. I miei uomini preferivano indossare le loro cicatrici di guerra con orgoglio. E la strega glielo aveva impedito.

«Mi servivate vivi e in salute» aggiunsi. «Ero convinto che saremmo andati a caccia». I miei occhi tornarono su Nyx. «Ma la preda è venuta da me».

«E tu l'hai graziata» commentò Kieran.

«Temporaneamente» dissi. «Finché non arriveremo in fondo alla questione».

Inarcò un sopracciglio. «Quindi pensi che ci sia almeno una piccola possibilità che stia mentendo?».

«Non è quello che ho detto».

«No, non lo è» concordò. La sua arroganza mi ricordava la mia.

Serrai la mascella riflettendo su come cambiare argomento. Ero sicuro che avrebbe riferito tutta la conversazione a Elias, il che significava che dovevo dargli qualche altro elemento. Qualcosa che avrebbe aiutato a placare il Re della Casata del Sangue e del Berillio, accontentando anche i miei nuovi vicini della Casata della Morte e del Diamante.

«Rappresenta una minaccia per il nostro mondo» ammisi sottovoce. «Concederle un rifugio *temporaneo* mi permette di tenerla sotto controllo, mentre cerco di capire cos'è successo in quel pub».

«Sono sicuro che sia l'unico motivo» commentò Kieran, evidentemente consapevole che la situazione era più complessa.

Dal momento che prima gli avevo quasi staccato la testa per avermi suggerito di lasciargli torturare Nyx, era chiaro che, quando si trattava di lei, non ero pienamente lucido.

«È l'unico che conta» replicai, pur sapendo che non mi avrebbe mai creduto.

Ma non ero ancora pronto ad annunciare la mia connessione con Nyx.

Almeno non formalmente.

Avrei lasciato che gli altri traessero le conclusioni che preferivano.

«Resterà con me finché non avrò determinato la causa dell'esplosione. E anche finché non l'avrò aiutata a trovare il suo medaglione, dal momento che nessun portale sembra in grado di condurla nella sua realtà». Guardai Kieran negli occhi. «Forse è la prima della sua specie, una specie del tutto nuova nel nostro mondo. Presumo che tu e Sabrina sappiate che effetto fa».

Forse non Kieran personalmente, ma la sua compagna sicuramente sì.

E anche i due spettri seduti accanto a lui.

Appartenevano a una nuova specie, il cui arrivo aveva causato un po' di scompiglio. Ma avevamo risolto tutto con la creazione della nuova casata, per la quale io avevo votato a favore.

Kieran lo sapeva e avrebbe dovuto rispettarlo, considerato che avevo concesso a tutti loro un posto dove vivere.

D'altro canto, era anche l'unico ibrido tra vampiro e fata esistente nella nostra realtà. Quindi forse capiva anche lui la situazione in cui si trovava Nyx.

Annuì. Doveva aver compreso ciò che non stavo pronunciando ad alta voce.

Mi sentivo in debito con te, quindi ho votato a favore, aiutando la tua baronessa. Ora tu lavorerai con me, perché probabilmente mi porrà di nuovo nella stessa condizione, che ora sai essere vantaggiosa.

Il suo viso era ancora illeggibile, aveva proprio un'espressione da politico navigato. Ero sicuro che Elias c'entrasse qualcosa.

«Quindi ti occuperai tu delle indagini sul pub?» chiese Kieran.

«Sì, mi sembra scontato. Ma sarei felice di collaborare con te». Era un'offerta che normalmente non avrei mai fatto. In quel caso, però, mi sembrò una mossa prudente, visti i nostri accordi sul territorio e tutto il resto.

Kieran si strinse nelle spalle come se per lui non facesse alcuna differenza. «A Sabrina basterà essere tenuta al corrente».

«Posso continuare ad aggiornarla attraverso di te» si offrì Kaspian. «E se ci sarà di nuovo bisogno di collaborare, ci metteremo in contatto».

Attento, Kas. Stai di nuovo mostrando le tue doti da gran diplomatico, lo presi in giro, assicurandomi che potesse sentirmi attraverso la connessione telepatica con la sua mente.

Mi ignorò, abituato ai miei commenti. Ne facevo spesso, in occasioni simili.

Ma più tardi me l'avrebbe fatta pagare.

Kieran annuì. «Oppure potete prendere a bordo Nox e Bane, che potrebbero fare da tramite con la nostra casata».

«Leali a Morte e Diamante o a Oro e Granato?» chiesi.

«Per ora, Morte e Diamante» disse Kieran. «Finché non dimostreranno di essere degni di unirsi a voi». Lanciò un'occhiata agli spettri. «Giusto?».

Quello dalla carnagione più scura annuì. «Sì. Voglio unirmi a Oro e Granato, ma so che ci sono delle prove da affrontare».

Ciò significava che non volevano affiliarsi alla mia casata solo per motivi di sicurezza, ma che volevano anche una posizione di rilievo.

Dovetti sforzarmi di non sorridere. Perché era esattamente ciò che speravo. E il leggero bagliore negli occhi di Kieran mi disse che lo sapeva anche lui.

L'ennesimo debito nei tuoi confronti, pensai, sostenendo il suo sguardo. *Una mossa astuta.*

A quanto pareva, avevo sottovalutato l'abilità strategica di quell'essere. Mi era sempre sembrato frivolo e arrogante, ma c'era molto di più in lui.

O forse era l'influenza di Sabrina.

«La Casata dell'Oro e del Granato accetta la tua candidatura» dissi all'uomo dai capelli neri. «Kaspian ti darà più dettagli sulle prove».

Lo spettro chinò il capo. «Grazie, re Vesperus».

Mi rivolsi all'altro maschio, dalla carnagione leggermente più chiara. «E tu?».

I suoi penetranti occhi azzurri incontrarono i miei, e sostenne il mio sguardo senza alcuna esitazione. «Anch'io vorrei unirmi ai tuoi mercenari». Le sue labbra si incurvarono appena, accennando un sorriso. «La morte è uno dei miei passatempi preferiti. Renderlo un lavoro significherebbe occuparmi di ciò che amo».

Beh, di certo aveva più personalità dell'altro. «Ero convinto che gli spettri fossero pacifisti».

«Lo siamo» rispose. «E ho trascorso molto tempo a vivere quella vita. Ma ora che siamo... usciti allo scoperto... vorrei cercare delle alternative. Qualcosa impossibile da perseguire nella Casata della Morte e del Diamante, visti gli ultimi eventi».

«Capisco». Scambiai un'occhiata con Kieran. Sembrava proprio che avesse mantenuto la sua promessa di trovare un paio di spettri interessati a unirsi a Oro e Granato.

«Lavoravano per Max» disse Kieran a mo' di spiegazione.

Non avevo idea di chi o cosa fosse Max, ma annuii lo stesso e tornai a concentrarmi sullo spettro che aveva affermato di amare la morte. «Bane?» tentai di indovinare.

«Nox» mi corresse. Sulle sue labbra spuntò un sorriso sardonico. «È l'abbreviazione di Noxious. Un nome che mi sono scelto, non quello che mi hanno assegnato alla nascita».

Inarcai un sopracciglio. «È collegato in qualche modo a un'abilità di cui dovrei essere messo al corrente?».

«Ho un debole per le tossine». Lanciò un'occhiata a Bane. «Lui è più bravo con le armi tradizionali. Ma di solito io le potenzio con… sostanze chimiche».

«Sì, il nostro precedente supervisore era appassionato di esperimenti» aggiunse Bane. «E a Nox piaceva giocare nei laboratori».

Interessante. Guardai Kaspian. «Sembra proprio che tu abbia trovato due nuovi amici».

«Vedremo se riusciranno a tenere il passo» commentò il mio secondo.

Nyx piroettò attraverso la stanza, attirando di nuovo la mia attenzione. Stava canticchiando una melodia che solo lei poteva sentire, dato che la musica si era fermata già da un po'.

«C'è altro?» chiese Kieran. Sembrava annoiato.

«No, a meno che tu non voglia opporti alla decisione di Vesperus» rispose Kaspian.

Osservai Kieran, curioso di vedere come avrebbe reagito.

Ma si limitò a stringersi di nuovo nelle spalle. «Causerà delle discussioni interessanti, e mio zio non ne sarà felice. D'altro canto, presumo che tu abbia già pensato a come gestire la situazione».

Non confermai né smentii la sua ipotesi.

Kieran sorrise e si alzò. «Se non ho contato male, ora siamo a due favori, re Vesperus». Lanciò un'occhiata a Nyx e poi agli spettri. «Anzi, tecnicamente tre».

«Ne prendo nota» risposi in tono asciutto.

Il sorriso arrogante dell'ibrido si allargò. «Mi sembra che la nostra alleanza sia partita col piede giusto». Si avviò verso la porta, per poi fermarsi dopo un paio di passi e aggiungere: «Ma la mia offerta di una dimostrazione è ancora valida. Quando sarai pronto, o quando ne avrai bisogno, basta che tu me lo dica».

Rivolse un piccolo cenno del capo a Nyx, a cui lei rispose con un inchino teatrale, e uscì.

Lo seguii con lo sguardo, senza celare la mia espressione divertita.

«Dimostrazione?» ripeté Kaspian.

«Del suo "creatore di bue"» risposi.

Kaspian aggrottò la fronte. «Che cazzo è un "creatore di bue"?».

«Ah, me lo chiedo anch'io». Ed ero molto curioso di sapere che strumento di tortura avesse un nome del genere.

«Sembra il nome di un giocattolo per bambini» borbottò Kaspian.

«È vero» concordai. «Ma dubito che lo usi effettivamente sui bambini». Kieran mi dava l'impressione di un uomo con una certa morale, proprio come Elias e Volker.

Era per quello che mi ero alleato con loro.

Anche l'imperatrice Asbesta era una regnante con cui mi trovavo spesso d'accordo. Ma non sempre.

In ogni caso, nessuno di noi avrebbe mai fatto del male a un bambino.

Forse è per questo che sto proteggendo Nyx, pensai, mentre lei continuava a danzare in giro per il ristorante con un'energia infantile.

Mi allontanai dal tavolo, curioso di sentire cosa stesse cantando, e lasciai Kaspian a parlare con gli altri. Si sarebbe occupato di definire i dettagli dell'indagine, e di assegnare a Nox e Bane dei compiti utili a dimostrare il loro valore. Sarebbero stati tutti basati sulla fiducia, per aiutarci a decidere se erano degni di unirsi a noi.

Nel frattempo, io mi sarei dedicato alla dea che volteggiava nel locale.

Le afferrai il fianco mentre piroettava davanti a me, poi le feci fare un casquè, guardandola negli occhi. Lei continuò a canticchiare un vecchio motivetto irlandese.

Lo riconobbi, doveva risalire a circa un migliaio di anni fa.

Le sussurrai un paio di versi, per poi sollevarla e stringerla tra le braccia. «Come fai a conoscere questa canzone?» le chiesi.

«L'ho sentita in un'altra realtà» mormorò, adattandosi con disinvoltura ai miei passi di danza. «Così come ho sentito ogni parola pronunciata a quel tavolo laggiù, pochi istanti fa. Mi terrai con te finché non avrai trovato la persona colpevole dell'esplosione».

Non era una domanda.

«Ho anche detto che ti avrei aiutata a trovare il tuo medaglione».

Lei annuì. «E che ti fidi di me perché sei una specie di macchina della verità».

«Questo non l'ho detto».

«No, è vero. L'ho solo dedotto». Ruotò il bacino, tentando di condurre la danza.

La strattonai di nuovo verso di me, stringendole un fianco. Trovai il suo palmo con la mano libera e la guidai tutto attorno alla stanza con movimenti decisi e autoritari.

Se dovevamo ballare, sarei stato io a condurre.

Sorrise come se si stesse realmente divertendo, o forse voleva solo assecondarmi. La feci piegare di nuovo all'indietro, e i suoi lunghi capelli neri sfiorarono il pavimento. La mezzaluna tra i suoi seni scintillava, e la traccia di sangue al centro le conferiva un bagliore rosso scuro che ricordava il granato.

Mia, pensò una parte ancestrale di me. *Questa incantatrice è mia.*

Era il legame voluto dal fato che mi pulsava nel petto, quella magia che avrei potuto, e dovuto, spezzare con un semplice rifiuto.

Ma volevo correre il rischio ancora per un po'. Spingermi oltre il limite. Vedere quale destino ci fosse dall'altro lato.

Solo per un po'.

Poi avrei ripreso il controllo della situazione e l'avrei rispedita nel suo mondo.

A meno che non trovi un modo per tenerla con me.

Perché avrebbe reso la nostra casata incredibilmente potente, quello non potevo negarlo.

Decisioni, decisioni. Nessuna delle quali avrei preso in quel momento.

Perciò non mi restava che una cosa da dirle: «Sei pronta a vedere com'è l'Islanda in questa realtà?».

Smise di ballare, le brillavano gli occhi. «In inverno? Quando la luna splende tutta la notte e praticamente tutto il giorno?». Il suo entusiasmo era palpabile. «Sì, sì mi piacerebbe molto».

NYX

Non riuscivo a ricordare l'ultima volta che avevo volato da qualche parte. Di solito viaggiavo smaterializzandomi, ma c'erano stati alcuni momenti, in passato, in cui avevo scelto di prendere un aereo.

Soprattutto per cercare di integrarmi.

E vedere com'era.

L'esperienza con Vesperus fu un po' più lussuosa delle precedenti. Tanto per cominciare, eravamo su un jet alimentato dalla magia, invece che da un normale carburante.

Interessante.

Ammirai il cielo mentre passava da una luminosità soffusa all'oscurità della notte. La mia anima si rallegrò per la rinnovata connessione con la luna. Non importava in quale realtà fossi; il satellite mi riempiva sempre di forza e invitava il mio spirito a creare.

La polvere di stelle mi solleticò il palmo, la mia pelle sfrigolava con una rinnovata energia.

Inspirai profondamente, godendomi quella sensazione, e sorrisi alle gemme scintillanti all'orizzonte.

Volare aveva certamente i suoi vantaggi, e il panorama era uno di essi.

Ma Vesperus e Kaspian non sembravano condividere il mio entusiasmo. Erano seduti l'uno di fronte all'altro nella parte anteriore del sontuoso velivolo, vicino alla cabina di pilotaggio. Erano immersi in una conversazione sussurrata, le loro teste quasi si sfioravano.

«Ne sei sicuro?» chiese Kaspian. La sua domanda raggiunse le mie orecchie come se l'avesse posta a un centimetro da me. Stavo spudoratamente origliando, esattamente come avevo fatto al ristorante. «Il legame potrebbe offuscare il tuo giudizio».

«Ne sono consapevole». Vesperus sembrava stanco. «E forse i suoi poteri potrebbero renderla impossibile da decifrare, ma non ho percepito nessuna bugia in lei, Kas. Nemmeno un accenno di falsità».

Perché ti ho detto la verità, pensai rivolta a lui. *Cosa ci guadagnerei a mentire?*

«Quindi la terrai finché non deciderai di fare altrimenti» concluse Kaspian.

«Le sto concedendo la mia clemenza finché non mi darà motivo di fare altrimenti» lo corresse Vesperus. Apprezzai la sua dichiarazione, a differenza di quella di Kaspian e della sua scelta di usare il verbo "tenere".

Nessuno poteva tenermi. Ero una dea. Se qualcuno avesse provato a imprigionarmi, sarei semplicemente svanita.

«Potrebbe rivelarsi un'alleata potente per la nostra casata» continuò Vesperus. «E anche una potente regina».

Restai di stucco. *Regina?*

«È il ruolo che le spetterebbe, in quanto mia compagna

predestinata» proseguì. «E insieme saremmo due dei monarchi più forti del mondo».

«Odin e lady Gabriella potrebbero non essere d'accordo» commentò Kaspian.

«Peggio per loro» rispose Vesperus.

Ma stavo ancora pensando a come mi aveva definita, la sua "compagna predestinata". Cosa intendeva? Le dee non avevano dei compagni predestinati. Avevamo consorti. Amanti. Scopate occasionali con altri dei per procreare.

Non che io l'avessi mai fatto.

Non avevo ancora trovato il partner giusto. Tra l'altro, non avevo nemmeno deciso in quale realtà stabilirmi per crescere un bambino, o addirittura se ne volevo uno.

«Cosa succederà se non vorrà diventare la Regina della Casata dell'Oro e del Granato?» chiese Kaspian, destando di nuovo il mio interesse.

«Se non vorrà essere la nostra regina, rifiuteremo la magia che ci unisce e andremo ognuno per la sua strada» rispose Vesperus. Aggrottai la fronte.

Rifiutare la magia?

Quale mag...

Spalancai la bocca, portandomi la mano al petto. *Questa magia? Quella che pulsa nel mio cuore? È questo che è, un legame forgiato dal destino?*

«Allora dovrai tenere le mani a posto» osservò Kaspian. «Altrimenti, il fato non ti darà altra scelta».

«Solo se la scopo». L'accento inglese di Vesperus sembrò accarezzare quella parola, "scopo", incendiandomi il sangue per l'aspettativa.

Oh, sì. Quanto mi piacerebbe scopare con lui.

Solo che le sue parole avevano sottinteso un'esitazione. Ripetei mentalmente quello che si erano detti, concentrandomi sul significato, invece che su quello che speravo sarebbe successo.

Vesperus aveva detto che potevamo rifiutare il legame.

Ma Kaspian gli aveva fatto notare che, affinché ciò fosse possibile, Vesperus doveva tenere le mani a posto. *"Altrimenti, il fato non ti darà altra scelta"*.

Quindi Vesperus non avrebbe potuto scoparmi, o quella strana magia ci avrebbe legati indissolubilmente l'uno all'altra.

Le mie labbra si incurvarono all'ingiù. *Che genere di incantesimo è questo, che può incidere così profondamente sul mio futuro? È la stessa magia che mi ha condotta da Vesperus fin dall'inizio? Quella freccia invisibile che puntava dritta a lui?*

«Pensi davvero di riuscire a resistere?» insistette Kaspian. «Ho visto come hai ballato con lei».

Vesperus sbuffò. «Quelli sono solo dei preliminari. Ogni tanto dovresti provarci anche tu».

«Oh, io mi dedico spesso ai preliminari. Appena prima di scopare».

«Allora forse hai bisogno di usare un po' l'immaginazione, vecchio mio. Ci sono molte altre cose che si possono fare con le mani e con la bocca. Cose che dovresti imparare, prima di trovare una compagna».

Kaspian scoppiò a ridere. «So benissimo come usare le mani e la bocca. Ma non penso che tu sia in grado di limitarti a quello».

«Stai mettendo in dubbio il mio autocontrollo?». La nota di avvertimento nel tono di Vesperus non sembrò avere alcun effetto sul suo amico, che si limitò a ridacchiare di nuovo.

«Non esattamente. Credo soltanto che tu stia sottovalutando il potere del fato».

«Io non sottovaluto mai niente».

«C'è una prima volta per tutto, Ves» disse Kaspian. «Per esempio, il fatto stesso che tu abbia una compagna predestinata, una dea. Eccola lì, che guarda malinconicamente fuori dal finestrino del tuo jet».

E ascolta tutto quello che state dicendo, aggiunsi. Il mio sguardo era ancora rivolto alle stelle, ma non mi ero persa una sola parola.

«Di certo mi ha colto alla sprovvista» ammise Vesperus.

«Per usare un eufemismo. Ero convinto che l'avresti lasciata mangiarti vivo».

«Forse, se il mio secondo non le avesse lanciato addosso un pugnale» rispose il mio *compagno predestinato*.

«Non mi scuserò per questo».

«Lo so».

«Avresti fatto lo stesso per me» aggiunse Kaspian.

«Lo so» ripeté Vesperus. «Ma se Nyx decide di vendicarsi, non sarò io a fermarla».

Uhm... un'idea allettante, ma non amo provocare. Preferisco sempre essere quella che ha l'ultima parola. Tuttavia, Vesperus aveva bloccato quel potenziale combattimento sul nascere, semplicemente afferrando al volo il pugnale. E tagliandosi la mano.

Ha avuto l'istinto di salvarmi, di salvare la sua compagna.

Che incredibile magia, pensai. Mi aveva protetta senza nemmeno conoscermi, a causa di un legame che gli pulsava nel petto.

Quella stessa attrazione che mi aveva condotta da lui.

E che mi fa venire voglia di leccarlo.

Quella magia sarebbe rimasta con me, se fossi andata in un'altra realtà? Il mio cuore si sarebbe infranto in mille pezzi senza Vesperus?

Ma lui aveva accennato qualcosa sul rifiutare il legame. Quindi forse potevamo spezzare l'incantesimo.

Sentii una fitta al petto al solo pensiero. Non sarei mai riuscita a distruggere qualcosa di così bello. Un filo caldo e luminoso, colmo di un'energia di cui la mia anima si rallegrava.

Mi faceva sentire appagata.

Felice.

Rinvigorita.

Come se improvvisamente avessi avuto uno nuovo scopo nella vita: accoppiarmi con Vesperus.

È parte dell'incantesimo? O un effetto collaterale?

Avrei potuto scoprirlo, rifiutando il legame, ma non ero ancora pronta. Prima volevo sperimentarlo un po', vedere che tipo di incanti i nostri corpi potevano tessere insieme.

Ma le sue parole suggerivano che scopare avrebbe cementato la nostra connessione.

Sono una dea. Per me niente è definitivo.

Ma, come aveva detto il suo amico, c'era una prima volta per tutto.

Decisioni, decisioni, pensai. La mia pelle formicolava di magia lunare.

I due uomini continuarono a parlare, cambiando argomento e affrontando l'esplosione del bar e la mia presunta innocenza. Da lì, passarono a discutere sulla strategia migliore per smascherare il colpevole. A quanto sembrava, la magia aveva messo fuori uso tutte le telecamere e i sistemi di sicurezza della zona, lasciandoli senza indizi da seguire. E Trixie, la loro strega guaritrice, aveva detto che non riconosceva la magia usata nell'esplosione.

Al contrario del mutaforma che diventava un corvo, che avevo scoperto chiamarsi Slater. Lui sembrava avere una certa familiarità con quel tipo di energia.

«Non è stata lei, mio re» aveva detto a Vesperus prima che lasciassimo il ristorante.

Vesperus mi aveva chiesto di aspettarlo accanto alla

porta, poi era rientrato per scambiare qualche parola in privato con il suo sottoposto.

Ovviamente, avevo origliato. Non ero sopravvissuta così a lungo ignorando le conversazioni private, soprattutto quelle che riguardavano me.

«Spiega» aveva detto Vesperus.

«Ho percepito l'energia esplosiva» aveva mormorato il mutaforma. I suoi occhi grigi scintillavano di potere. «E non corrisponde all'essenza della dea».

Vesperus aveva annuito, poi si erano messi a discutere della possibile fonte della magia per qualche altro minuto. Sembrava che il mutaforma avesse un certo talento nel seguire le tracce. Per questo non era venuto con noi: voleva vedere cosa sarebbe riuscito a trovare a Dublino. E l'arcangelo era rimasto con lui.

Il supporto che si dimostravano gli uni con gli altri era molto interessante, ed era chiaramente una caratteristica peculiare di Oro e Granato. I mercenari non erano tutti lupi solitari; molti amavano anche il gioco di squadra.

Ero abbastanza sicura che il loro leader ne fosse in parte responsabile, considerando quanto operasse a stretto contatto con Kaspian.

I due cominciarono a elaborare una strategia su come Vesperus avrebbe risposto agli altri capi delle casate in merito al mio asilo temporaneo.

«Dirai loro del legame?» chiese Kaspian.

«No, non ancora».

Kaspian lo osservò per qualche istante. «E per quanto riguarda i membri della nostra casata? Ho notato che non ne hai fatto parola con Slater e Nolan, ma penso che se ne siano accorti. O almeno lo sospettino. Esattamente come Kieran, e probabilmente anche gli spettri».

«Stai cercando di dirmi che non l'ho nascosto bene?».

«L'hai protetta da me, e poi anche da Kieran. Ed eri... come dire... *affettuoso*. Di solito non ti comporti mai così».

Vesperus si passò le dita tra i folti capelli neri, attirando il mio sguardo lontano dalle stelle per ammirare le sue mani. *Forti. Virili. Perfette.*

«È mia» rispose semplicemente. «E anche lei non faceva altro che toccarmi».

«Cosa che normalmente non permetteresti di fare a nessuno» sottolineò Kaspian. Le sue parole mi incuriosirono. Perché sembrava che Vesperus non uscisse spesso con le sue amanti in pubblico, rendendomi un'eccezione.

Mi piaceva.

Certo, probabilmente era tutto a causa di quella sciocchezza dei compagni predestinati, ma una parte di me era contenta di sapere che per lui era tutta una novità.

«Non renderò pubblica questa informazione, e non ho nemmeno intenzione di dare spiegazioni» disse Vesperus. «Almeno finché non avrò capito come procedere».

Kaspian annuì. «E, nel frattempo, ci faremo un'idea di come reagiranno le altre casate alla prospettiva che Nyx si unisca a Oro e Granato».

«Esatto». L'idea sembrava divertirlo. «Sono sorpreso che Elias non mi abbia ancora chiamato».

«Forse Kieran ti sta dando un po' di tempo per aggiornarlo tu stesso».

Vesperus emise un suono che lasciava intendere che non era d'accordo, poi si massaggiò la nuca. «Inizierò domani a fare telefonate. Prima voglio dormire».

«No, prima vuoi giocare» lo corresse Kaspian. «Potrai anche essere il mio re, Ves. Ma sei il mio migliore amico da molto prima di ricevere quel titolo. Ti conosco meglio di chiunque altro».

Quanto prima?, mi domandai. La magia che

sprigionavano aveva un sapore antico. Doveva avere almeno mille anni, forse duemila. Si erano conosciuti da piccoli?

Fui quasi sul punto di chiederglielo. Il desiderio di saperne di più su Vesperus aveva sopraffatto la mia lucidità. *È colpa del legame*, capii. *Meglio rinnegarlo, facendolo sparire, o permettergli di consumarmi ancora per un po'?*

La prima opzione mi sembrò così noiosa; mi avrebbe semplicemente fatta tornare com'ero prima, ammesso che avessi capito correttamente quello che aveva detto Vesperus.

Mentre la seconda, quella che prevedeva che mi abbandonassi alla magia, mi faceva palpitare di eccitazione. Mi sarebbe proprio piaciuto sperimentare quella sensazione un po' più a lungo.

Un compagno predestinato.

Perché no?

Sembra divertente.

Forse, poi, la mia magia sarebbe tornata da sola, senza doverle dare la caccia.

O forse tutto era successo affinché incontrassi il mio destino.

Forse… era già scritto che mi trovassi lì, con Vesperus, e *quello* era il motivo per cui il mio medaglione si era sgretolato.

Riflettei su quell'intuizione mentre il jet cominciava a scendere. Il mormorio familiare dell'energia notturna mi avvolse in un abbraccio di ammaliante potenza.

L'inverno in Islanda era una gioia, con la luna quasi sempre in cielo.

Sospirai, compiaciuta della mia decisione.

Per il momento, mi sarei goduta la compagnia di Vesperus e la magia con cui ci aveva legati il destino, assaporando il cielo scuro e le notti incantate.

Hai vinto, dissi al mio medaglione. *Resteremo ancora per un po'.*

L'energia sfrigolò attorno a me, ricordandomi una risatina felice. O forse una piacevole vibrazione. Era difficile dirlo, perché la magia sembrava avere una volontà e un'immaginazione tutte sue.

Ma quando avrò finito con questa realtà, mi aspetto che torni da me, aggiunsi.

Un soffice silenzio cadde su di me; la magia non era né d'accordo né contraria.

Forse sentiva che non avrei mai concluso il mio viaggio in quel mondo, forse voleva che restassi.

Lasciai che quel pensiero ci seguisse fino a terra.

Poi incontrai lo sguardo di Vesperus mentre si alzava. Era colmo di aspettative.

Lo accompagnai fuori dal jet.

VESPERUS

Nyx ci seguì senza dire nulla. Continuava ad alzare il viso per ammirare il cielo, e la sua pelle diafana brillava sotto la luce della luna.

Ebbi l'impressione che un velo di magia dorata le coprisse le braccia, dandole un'aria ancora più maestosa.

La Dea della Notte. La Signora della Luna.

Dei titoli azzeccati.

Mi sembrò così regale e intoccabile. Almeno finché non catturai il suo sguardo.

Il fuoco che ardeva nei suoi occhi mi parlava a un livello primordiale, esortandomi ad abbandonare il percorso che mi ero prefissato e ad andare verso di lei.

Deglutii, lottando contro l'istinto, e mi costrinsi a proseguire in direzione del parcheggio.

Mentre ci avvicinavamo alla fila di auto, Kaspian mi lanciò un mazzo di chiavi, poi ne fece roteare un altro tra le dita. «Aspetterò Manuela e Pam» disse, riferendosi alle nostre pilote.

Ci scommetto, gli risposi mentalmente.

Lui si limitò a sorridere, ma i suoi occhi scuri scintillavano di lussuria.

Ti suggerisco di fare un po' di pratica con le mani e con la bocca, aggiunsi, raggiungendo il lato passeggero del mio SUV. *Sai, per essere pronto per la tua futura compagna.*

Rispose con uno sbuffo, e il suono attirò l'attenzione di Nyx.

«La vostra comunicazione telepatica è a senso unico o a doppio senso?» chiese. Il suo sguardo rimbalzava da me a Kaspian. «Uhm... a senso unico, altrimenti non avreste avuto bisogno di parlare ad alta voce sull'aereo». I suoi stupefacenti occhi dorati incontrarono i miei. «Non c'è bisogno di tenermi nascosti i tuoi commenti, *mio re*. Non mi offendo facilmente».

E con quello, si teletrasportò sul sedile del passeggero e mi sorrise dall'altra parte del finestrino.

La fulminai con lo sguardo. *Mio re.* Non erano le parole a farmi ribollire il sangue, ma il modo in cui le pronunciava. Come se stesse cercando di provocarmi, deridendo il mio titolo nel modo più educato possibile.

Una mossa da ragazzina impertinente.

Che mi fece venir voglia di punirla per il suo comportamento.

«Ti consiglio di portarla a casa, prima di divorarla, *mio re*» suggerì Kaspian. Non tentò nemmeno di celare il suo divertimento.

«Farò molto più che divorarla» borbottai, raggiungendo in un istante l'altro lato del SUV grazie alla mia velocità soprannaturale.

Nyx era già girata verso di me, come se non mi fossi mosso così rapidamente.

E forse per lei era vero.

Dopo aver assaggiato il suo sangue, avevo sperimentato un accenno dei suoi poteri. Era stato inebriante, mi aveva fatto venire voglia di prosciugarla e di assorbire ogni goccia della sua energia. Ma ero riuscito a fermarmi e mantenere il controllo, seppur a fatica.

«Non esagerare» mi avvertì Kaspian. L'ilarità nella sua voce era sparita.

«Non c'è bisogno che me lo ricordi, Kas».

«Meglio farlo inutilmente, che rimpiangere di non averlo fatto» ribatté.

Lo ignorai e mi sedetti al posto di guida. La risatina di Kaspian mi raggiunse attraverso la portiera, con un suono basso e vibrante che mi ricordò quello emesso dal motore.

Uscimmo dal parcheggio in silenzio, sotto lo sguardo di Kaspian. Avrei dato ascolto al suo avvertimento. In realtà, anch'io non facevo altro che ripetermi la stessa cosa.

«Nella mia realtà non esistono i compagni predestinati» disse Nyx, distogliendomi dai miei pensieri. «Ma sento la magia di questo legame. La sento nel petto. Non… non è una sensazione spiacevole».

No, commentai tra me e me. *Non è per nulla spiacevole.*

«Quello che vi siete detti sull'aereo suggerisce che questa è la prima volta per te» continuò, confermando quello che sospettavo: aveva udito ogni singola parola della nostra conversazione. Proprio come al ristorante. «È possibile avere più di un compagno o di una compagna?».

Ci riflettei sopra per qualche secondo, cercando il modo migliore per spiegarle il concetto. Nel mio mondo, tutti crescevano sapendo già come funzionava quel genere di rapporto, ma lei non era nata lì.

«Se rifiuti il legame, a volte puoi trovare un secondo compagno. Ma non è una cosa comune o garantita». Per quanto riguardava la possibilità di avere più di un compagno alla volta, non ne avevo mai sentito parlare. Tuttavia, non era da escludere; nella nostra realtà, la magia tendeva spesso a mutare.

«Quindi, se rifiutassimo il legame, potresti trovare un'altra compagna?».

Mi strinsi nelle spalle. «Può darsi. Ma mi ci sono voluti

più di millecinquecento anni per trovare te. Dubito che accadrà tanto presto».

«*Vorresti* un'altra compagna?». Il suo tono suggeriva una genuina curiosità, piuttosto che una potenziale gelosia.

E un'occhiata alla sua espressione lo confermò. «Oltre a te? O è una domanda ipotetica che presuppone un rifiuto reciproco?».

Il suo sguardo si spostò dal finestrino a me. «Dovremmo ripudiarci a vicenda?».

«Sì». Perché la persona rifiutata avrebbe provato un dolore straziante.

«Oh». Arricciò il naso, un movimento che colsi con la coda dell'occhio.

«Alcune casate hanno delle regole arcaiche, che costringono i membri di una coppia che ha rifiutato il legame a combattere fino all'ultimo sangue. Oro e Granato non prevede una cosa del genere, ma un rifiuto a senso unico può distrarre chi lo subisce. E i miei mercenari non tollerano distrazioni sul campo».

«Capisco. Quindi chiunque venga rifiutato senza accettarlo... viene eliminato?».

«Viene rimosso dal suo ruolo» chiarii. «Non ucciso». Non eravamo senza cuore, ma semplicemente pratici. «E io non posso permettermi di essere *rimosso* dalla mia posizione».

Ci rimuginò su per qualche istante. «Quindi dobbiamo ripudiarci a vicenda».

«Sì». Strinsi la presa sul volante. Non mi piaceva l'idea di rifiutare la nostra connessione. Così mi concentrai sulla sua domanda iniziale. «Comunque no, non andrei in cerca di un'altra compagna. Soprattutto se fossimo ancora legati».

Non ero nemmeno sicuro che fosse uno scenario possibile, ma non importava.

«Preferisco le relazioni monogame» dissi.

«Monogame» ripeté lentamente, come se stesse assaporando quella parola.

«Sì» confermai. «Io non condivido». E mi aspettavo che la mia compagna provasse la stessa cosa nei miei confronti.

Rimase in silenzio per qualche secondo, con le mani in grembo, intenta a studiare il mio profilo. «Nel mio mondo, gli dei e le dee condividono spesso i loro partner».

Serrai la mascella. «Questo non è il tuo mondo».

«No, non lo è» concordò in un sussurro. «Forse è per questo che non mi piace l'idea che tu possa avere un'altra compagna. Mi... mi fa arrabbiare». Sembrava un po' confusa dalla sua possessività.

La capivo. Pur avendo sempre preferito la monogamia ai rapporti occasionali, non avevo mai sentito il bisogno di marchiare qualcuno come mio. Né mi ero mai comportato in modo possessivo o protettivo nei loro confronti. Soprattutto in pubblico.

Cosa che, invece, avevo fatto con Nyx.

«Anche a me fa arrabbiare l'idea che tu possa avere un altro compagno» le confessai. Quella conversazione mi piaceva. Niente giochetti, niente bugie. Solo pura e semplice onestà.

Era un sollievo.

«È una magia molto intensa» commentò, portandosi una mano al petto. «Mi piace».

«Questo significa che non vuoi rifiutarla?».

«Uhm» mormorò, e il suo sguardo tornò verso il finestrino. «No, non ancora. È tutto così nuovo e diverso. Una vera rarità per me».

«Quindi è una specie di esperimento?» osservai, incerto su come mi facesse sentire la sua affermazione. In parte divertito, ma anche irritato.

«Non un esperimento» mormorò. «Un'*esperienza*. Un'esperienza magica, colma di un incanto alieno». Mi guardò di nuovo. «Ho viaggiato in così tanti mondi per trovare una nuova casa, un nuovo scopo. Questa è la prima realtà che mi offre qualcosa di interessante».

Le mie labbra minacciarono di incurvarsi in un sorriso. «Quindi ti interesso?».

«Sì» rispose senza esitazioni. «La tua magia è affascinante, *mio re*».

Ringhiai. Quella frase cancellò il mio divertimento, sostituendolo con un'insopportabile eccitazione. «Smettila di dirlo».

«Perché?» chiese con tutta l'innocenza del mondo. Eppure avrei potuto giurare che ci fosse un accenno di malizia in quella singola parola. «Non mi avevi detto che dovevo comportarmi bene ed essere rispettosa?».

«Sì, ma per la riunione. Adesso siamo soli. Niente più titoli». Che comunque, almeno secondo lei, non avevano alcun valore.

«Quindi abbiamo delle regole diverse, quando siamo soli?».

«Sì». Ci stavamo avvicinando a un segnale di stop. Rallentai, controllando che non arrivasse nessuno nell'altra direzione, poi continuai verso Reykjavik, quella che un tempo era la capitale dell'Islanda. Ora vi era il quartiere generale di Oro e Granato, e la città era stata trasformata di conseguenza.

«Allora dimmi le nuove regole». Il suo tono rivelò che mi stava provocando. La dea non aveva nessuna intenzione di obbedire e inchinarsi a me. Avrei dovuto guadagnarmi quel genere di rispetto.

Una sfida che ero felice di accettare.

Perché non desideravo altro che vederla in ginocchio. Soprattutto nella mia camera da letto.

«Non ci sono regole quando siamo soli» decisi. Volevo sentirmi libero, quando ero con lei. Era una mossa rischiosa, ma perché non testare i nostri limiti? Essere aperti mi avrebbe permesso di conoscerla davvero, e di capire subito se sarebbe stata adatta al mio regno.

Inoltre, avevamo stabilito una sorta di tacito accordo: ci saremmo sempre detti la verità. Non volevo incrinare quelle fragili fondamenta caricandole di regole.

«Molto fiducioso, da parte tua» mormorò.

«Lo è, non è vero?». Mi fermai a un incrocio, poi svoltai nella strada che ci avrebbe condotti in città.

L'aeroporto era a una sessantina di chilometri da casa mia.

Ma la magia mi permetteva di sfrecciare sulle strade coperte di neve. C'erano incantesimi intessuti nei pneumatici che scioglievano tutto ciò che incontravano sul loro cammino, garantendo una guida sicura, nonostante il clima rigido.

«Puoi percepire la verità e comunicare telepaticamente» disse. Aveva compreso alla perfezione quali fossero le mie abilità. «Puoi anche leggere i pensieri?».

No, le risposi mentalmente. *Posso solo parlare nelle menti degli altri, ma non leggerle.*

Restò in silenzio per un po'. Poi concluse: «Okay, è assolutamente a senso unico».

«Sì» risposi. «Ma ora voglio sapere cos'hai detto». Perché aveva chiaramente pensato a qualcosa, per capire se fossi davvero capace di leggerle nella mente.

«Mi chiedevo se saremo in grado di comunicare entrambi telepaticamente, non appena avrò assaggiato il tuo sangue». La calda promessa nelle sue parole mi incendiò le viscere.

«C'è solo un modo per scoprirlo» risposi. Fece per

spostare una mano sulla mia coscia, ma la fermai a metà strada, riportandogliela in grembo. «Ma solo quando saremo arrivati».

«Uhm… sembra proprio una regola». Il suo commento non fu una lamentela, bensì una provocazione.

«La chiamerei una precauzione. Non so come reagirò al tuo morso, né come reagirai tu al mio sangue». E avrei preferito non essere alla guida, al momento della scoperta.

«E il non scopare, in che categoria rientra?» chiese, facendomi quasi andare fuori strada. «È una regola o una *precauzione*?».

Ormai il mio cazzo era duro come una roccia.

In parte per i suoi commenti sul sangue, e per la mano vagante che avevo appena catturato.

E in parte, anzi, soprattutto perché aveva pronunciato la parola "scopare".

Questa donna metterà alla prova il mio autocontrollo come nessuno prima d'ora.

«Perché, se scopassimo, non sarebbe più possibile rifiutare il legame, giusto?» continuò. Quella dannata parola stava alimentando l'inferno che mi divampava dentro. «O almeno questo è quello che ho capito dalla tua conversazione con Kaspian».

Mi schiarii la voce. Nella mia mente vorticava una fame oscura che avevo bisogno di ignorare. Altrimenti, avrei fermato il SUV e le avrei mostrato come usare i sedili posteriori.

«Il legame può essere rifiutato» dissi. Mi resi conto di avere la voce roca. «Ma il sesso ha il sopravvento sul rifiuto. Quindi, se… *scopiamo*… non ci sarà possibile tornare indietro».

«Pensi davvero che valga anche per noi?» chiese. «Io non appartengo a questa realtà. Forse per noi funzionerà diversamente».

Per quanto volessi verificare quella teoria... «Penso che non dovremmo nemmeno prendere in considerazione questa ipotesi. Perché quando la magia del destino unisce due anime, non c'è più niente da fare. Il legame è indissolubile».

«Non può essere spezzato nemmeno con la morte?».

«Stai dicendo che vuoi scoparmi e poi uccidermi?» risposi. Non mi piaceva la direzione che aveva preso la nostra conversazione.

Nyx scoppiò a ridere. Fu una reazione inaspettata, che mi fece aggrottare la fronte.

«No. Sono solo curiosa di sapere come funziona. Non ho nessun desiderio di ucciderti. Solo di assaggiarti». La sua mano tornò sulla mia coscia, ma stavolta non la fermai. «E di scopare con te».

Sì. Una grave minaccia al mio autocontrollo. Riuscivo a sentire il desiderio di cui parlava. La sua eccitazione stava tessendo una rete attorno ai miei sensi, supplicandomi di prenderla. Supplicandomi di fermare il SUV, spogliarla e leccare ogni centimetro del suo corpo divino.

Alcune donne esageravano nel tentativo di sedurmi, gettandosi ai miei piedi e mettendo in chiaro che avrebbero fatto qualsiasi cosa per me.

L'approccio di Nyx era diverso. Lei era diretta e sicura di sé; non faceva mistero del suo interesse. Ma non era scontato che si sarebbe concessa a me. Avrei dovuto dedicarmi anima e corpo al suo piacere.

E se non avessi soddisfatto le sue aspettative, sicuramente lei non avrebbe soddisfatto le mie. Perché esigeva di essere adorata, prima di ricambiare.

Un'esperienza molto diversa per me, una novità che mi spinse ad afferrarle il polso e portarmelo alla bocca. Lo mordicchiai delicatamente, nonostante il mio istinto di predatore pulsasse nelle mie zanne.

«Se un compagno muore, l'altro può diventare pazzo» mormorai sulla sua pelle, rispondendo alla sua domanda sul ruolo giocato dalla morte nei legami intrecciati dal destino. «Le anime sono connesse, diventando praticamente una sola. Quindi ferirne una danneggia entrambe».

Posai un bacio sul suo polso, poi le risistemai ancora una volta la mano in grembo.

«Beh, penso che "non scopare" sia la nostra unica regola, perché è più di una semplice precauzione. È un atto in grado di cambiarci la vita. Nonostante tu provenga da un altro mondo, le nostre anime sarebbero legate in eterno. Se suggellassimo la nostra unione e poi te ne andassi, ne soffrirei come se tu fossi morta. E si dà il caso che sia affezionato alla mia sanità mentale».

NYX

LE SPIEGAZIONI DI VESPERUS SUL LEGAME TRA COMPAGNI predestinati si inseguirono nella mia mente per alcuni minuti, mentre lui guidava in silenzio.

Non mi piaceva l'idea di essere la sua rovina. Dal poco tempo che avevamo trascorso insieme, avevo capito che era un buon sovrano. Un'impressione che confermava tutto quello che avevo sentito su di lui prima di incontrarlo, durante i miei vagabondaggi per l'Irlanda.

Se avessimo permesso alla nostra connessione di svilupparsi, e poi me ne fossi andata in una nuova realtà, l'avrei distrutto.

A meno che non lo porti con me.

Ma questo significava lasciare il suo regno per una donna che conosceva a malapena, tutto a causa di una magia intessuta dal fato che ci imponeva di stare insieme.

Aggrottai la fronte. «Forse è meglio rifiutarla» dissi, riflettendo a voce alta. «Prima... prima che offuschi il nostro giudizio e renda tutto irreversibile». La seconda parte dell'affermazione mi uscì molto più incerta della prima. Pronunciarla mi fece fisicamente male.

Strano. Premetti il palmo sullo sterno, tentando di far sparire con un massaggio il dolore sordo che aveva preso forma dentro di me.

Vesperus rimase in silenzio per un secondo che mi sembrò infinito. Il ronzio del motore, alimentato dalla bizzarra magia di quel mondo, era l'unico suono presente nell'abitacolo.

«Sarebbe la decisione più pratica» continuai. «Rifiutare... rifiutare il legame, intendo». Mi massaggiai lo sterno con più forza, cercando di cancellare la sofferenza causata dalle mie parole. Poi mi sforzai di proseguire: «Questo incantesimo è diverso da qualsiasi altro abbia mai sperimentato. E per quanto sia piacevole, non... non credo che valga la pena rischiare».

Soprattutto perché era chiaro che il nostro legame avrebbe potuto costargli il trono.

Era un re. Aveva bisogno di una compagna che potesse regnare al suo fianco, e probabilmente io non ero la candidata più adatta. «Sono qui per esplorare questa realtà e decidere se mi piacerebbe viverci. Ma per quanto tu sia stato la migliore esperienza avuta finora, non voglio che un incantesimo influenzi la mia scelta».

«Gli incantesimi tendono spesso a influenzare le nostre scelte» mormorò. «Anzi, la magia in generale. Ha fatto sprofondare il nostro mondo nel caos più di una volta. L'ultima solo ventiquattro anni fa, quando c'è stato il Grande Sacrificio».

«Cos'è successo?».

Scosse la testa con un'espressione triste. «Un genocidio. Uno sterminio di massa causato da un conflitto tra le casate. Si è concluso con una specie di tregua, ma la situazione è molto tesa. Il fatto che tu sia la mia compagna... potrebbe compromettere il fragile equilibrio che abbiamo raggiunto».

«Perché?».

«Il potere» rispose semplicemente. «La nostra relazione garantirebbe a Oro e Granato una posizione di superiorità che molti non apprezzeranno, o addirittura non accetteranno. Se da un lato potrebbe aggiungere un certo livello di protezione al mio territorio, tenendo alla larga potenziali intrusi, dall'altro...».

«Potrebbe far scoppiare una guerra» finii per lui.

Vesperus annuì.

«Ecco perché hai detto di voler valutare le loro reazioni al mio asilo temporaneo» osservai.

Mi lanciò un'occhiata di traverso, arricciando appena le labbra. «Dovresti proprio smetterla di ascoltare le conversazioni degli altri».

Avrei potuto spiegargli l'importanza di trovare dei luoghi più sicuri per le conversazioni private, ma colsi l'alone di divertimento che indugiava sulla sua espressione. Probabilmente sapeva che lo stavo ascoltando, dato che nemmeno al ristorante mi ero preoccupata di nasconderglielo. «È sempre prezioso avere nuove informazioni».

«È vero» confermò, fermando la macchina sul ciglio della strada.

Non spense il motore, lasciando che l'aria calda continuasse a filtrare dalle bocchette. Vista la stagione, lo apprezzai. Benché potessi regolare la mia temperatura corporea con la magia, era più facile ricevere il calore da un'altra fonte.

I suoi occhi d'argento incontrarono i miei, l'eclissi di prima era tornata al suo colore abituale. Significava che il suo accesso ai miei poteri era stato solo temporaneo, probabilmente perché non aveva assorbito molta della mia essenza.

«E se rifiutassimo il legame e non lo dicessimo a nessuno?» suggerì. «Ti sarà comunque offerto rifugio nella nostra casata, e resterai con me. Ma, segretamente, rifiuteremo la magia per mantenere la nostra lucidità, mentre valuteremo come procedere. In questo modo, avremo tutto il tempo di verificare la reazione degli altri governanti».

«Quindi fingeremo di essere ancora destinati a...».

«Tecnicamente, non si tratterà di una finzione» chiarì. «Il legame verrà infranto, ma se mai facessimo sesso, tornerebbe tutto come prima. Le nostre anime resteranno comunque potenzialmente vincolate, ma almeno non subiremo l'effetto dell'incantesimo, come lo chiami tu».

Tolsi il palmo dal petto. «Cioè, questa sensazione sparirà, ma se *scegliessimo* di stare insieme, tornerebbe?».

Vesperus annuì. «A meno che il nostro secondo compagno predestinato non interferisca in qualche modo, ma, come dicevo, è già difficile trovarne uno, figuriamoci un secondo. E anche quello può essere rifiutato».

«Tu rinnegheresti la tua?».

Mi fissò. «Dipende da come stanno le cose tra di noi in quel momento. Potremmo rifiutare il legame e non provare più nulla l'uno per l'altra. Oppure potremmo sentirci esattamente allo stesso modo, solo senza...». Smise di parlare, e il suo sguardo si posò sul punto in cui mi stavo massaggiando il petto.

«C'è solo un modo per scoprirlo» dissi lentamente. «Così se... se decidessi di restare... saprei che è per il motivo giusto».

«E avremmo avuto il tempo di verificare le reazioni di tutti».

«Solo che non avevi intenzione di dirlo a nessuno,

vero?» gli ricordai, ripensando di nuovo alla sua conversazione con Kaspian.

«Non avevo intenzione di confermare o smentire nulla, perché è il modo migliore per lasciare che i pettegolezzi si diffondano. Ascolterò tutto quello che la gente ha da dire e lo userò per pianificare la mia prossima mossa».

Sorrisi. «Sei proprio uno stratega». Un'altra buona ragione per rifiutarlo. Non potevo rischiare la sua lucidità per una decisione guidata dalla magia, non dalla logica.

E sebbene mi piacesse la sensazione di essere la sua compagna, non ero sicura di volerla provare per sempre. L'eternità è un tempo molto lungo da passare con la stessa persona.

Così come impegnarsi a restare in eterno in un'unica realtà non era una prospettiva allettante.

«Penso che dovremmo farlo» dissi con un po' più di convinzione. L'idea mi faceva ancora soffrire, ma ormai avevo preso la mia decisione. Ero curiosa di scoprire quello che sarebbe successo tra di noi non appena fosse svanito l'incantesimo.

Forse la sua magia non era come cioccolato.

Forse la sua aura non era poi così affascinante.

Forse Vesperus era un troll, non un vampiro attraente come il peccato.

Non ne avevo idea. L'incanto poteva aver distorto ogni mia percezione, facendomi vedere un uomo che in realtà non era per nulla il mio tipo. Solo un'anima che ero destinata a incontrare, e potenzialmente unire alla mia.

«È la decisione più pratica» rispose, accarezzando il mio corpo con lo sguardo. «Dovrai comunque limitare i tuoi poteri. E non puoi causare nessun problema nel mio territorio, o sarò costretto a esiliarti. In quel caso, gli altri sovrani avranno tutto il diritto di esigere la tua condanna a morte».

Sorrisi. «Allora saranno molto delusi nell'apprendere che non posso morire. Sono una dea della creazione. Se in qualche modo riuscirete a distruggere la mia forma corporea, il mio spirito tornerà da Khaos e nascerà di nuovo. Inutile dire che non ne sarò felice».

I suoi occhi argentei brillarono di divertimento. «No, lo immagino. Ma a quel punto saresti nella tua realtà».

Lo guardai con sospetto. «Dove troverò un altro medaglione per tornare qui e ricambiare il favore, *re Vesperus*».

Il suo divertimento non svanì, anzi, sembrò aumentare. «Se mai dovessi ucciderti, *Dea della Notte*, mi aspetto assolutamente che torni per annientarmi». Non stava scherzando, era la verità. Riuscì a placarmi, seppur momentaneamente.

«Non sottovalutarmi, re» lo avvertii per l'ennesima volta.

«Non mi sognerei mai di farlo, dea» ribatté, un po' più serio. «Ma devi capire che, nel caso in cui la nostra tregua fosse in pericolo, non avrei voce in capitolo. Le casate esigeranno che ti dia la caccia, e non dovresti sottovalutare la mia capacità di farlo».

Il tono di avvertimento mi fece correre un brivido lungo la schiena. Non di paura, ma di eccitazione.

E improvvisamente capii perché sorrideva alle mie minacce.

Lo eccitano.

Il suo ammonimento mi aveva fatto venir voglia di costringerlo a darmi la caccia, per vedere come si sarebbe comportato, per testare la sua abilità… e per ricompensarlo con una scopata. *Se* fosse riuscito a prendermi.

«Dobbiamo rifiutare questa magia» dissi con voce

strozzata e una stretta al cuore. «Non mi piace come... come mi seduce».

Inclinò la testa di lato, in un gesto colmo di arroganza e sensualità virile. «È la magia... o siamo noi?» chiese in un sussurro. «Immagino che lo scopriremo presto. Perché Nyx, Dea della Notte, Signora della Luna, rifiuto il mio legame con te».

Rimasi a bocca aperta. Le sue parole mi squarciarono il petto e mi lasciarono senza fiato. Mi avvinghiai al vestito che indossavo, e fui sul punto di strapparlo per raggiungere il mio cuore spezzato. Ma le sue mani mi catturarono i polsi e li tennero fermi.

«Ora dillo a me» mi esortò. La sua voce fu come un turbinio di violenza, ogni parola era una pugnalata.

Mi ha rifiutata.

Ci ha rifiutati.

Ha... ha...

Cominciai a tremare. La mia mente si stava frantumando, il mio corpo era scosso da un'agonia mai sperimentata prima.

Che fosse stato tutto un errore? Forse non avrei dovuto suggerirlo? *Perché l'ho fatto? Perché ho permesso che accadesse? Lui dovrebbe essere mio... il mio destino... la mia anima...*

«*Nyx*». La sua voce si insinuò tra i miei pensieri, strappandomi un mugolio disperato.

Mi sentivo così debole. Infreddolita. Sola. *Sto avvizzendo. Morendo. Sono una dea senza una casa o una realtà o un'anima.*

Mi ero avventurata in così tanti luoghi, senza mai sentirmi davvero a mio agio.

Finché non ho incontrato Vesperus. Finché quel filamento di magia mi ha condotta da lui... sussurrandomi con tutta la sua potenza... la sua magnificenza...

Ma mi aveva rifiutata. Mi...

Trasalii quando le sue zanne si conficcarono nel mio collo. Spalancai gli occhi e gridai. «*Come osi!*».

Come osava rifiutarmi e poi mordermi!

«Non sono tua. Tu... tu...».

Mi prese il viso tra le mani. Nei suoi occhi apparve di nuovo l'eclissi. «Di': "Vesperus Veritas, ti rifiuto"».

Rifiutarlo?

Lui aveva rifiutato me...

«Hai promesso di farlo anche tu» continuò. Il suo sguardo ardeva nel mio. «Ora non essere debole».

Ringhiai. *Sono una dea. Non sono debole. È solo che... che...* Deglutii, incapace perfino di pensare. Mi sentivo così stordita. Così distrutta. Così... così... *rifiutata.*

E volevo che anche lui si sentisse allo stesso modo.

Che sperimentasse lo stesso senso di perdita, che capisse quanto faceva male. Certo, era stata una mia idea, ma non mi aspettavo tutta quella sofferenza!

Ringhiai di nuovo.

E il bastardo *sorrise.*

«Eccola qui, la mia dea» disse. «Su, rifiutami».

«La tua dea?» ripetei. «*La tua dea?*». Quello stronzo aveva il coraggio di chiamarmi così dopo avermi trafitto il cuore con un pugnale di energia invisibile? *No.* No, non l'avrei mai accettato. Perché... perché... «Vesperus Veritas... ti rifiuto».

L'energia crepitò nell'aria, facendomi rizzare i peli sulle braccia.

Chiusi gli occhi. Faticavo a respirare, il mio cuore cessò di battere.

Finché...

Finché tutto non tornò alla normalità.

In un attimo, ogni cosa cambiò. Quel peso insostenibile si sollevò dal mio spirito, liberandomi dall'agonia di essere stata rifiutata.

Schiusi le labbra. Ero ancora tutta scombussolata per essere stata travolta da quello strano incantesimo. Ma poi la luna baciò i miei sensi, rinvigorendo la mia anima e spargendo polvere di stelle sulla mia pelle.

Sospirai, abbandonandomi sul sedile di pelle, e aprii lentamente gli occhi.

Vesperus mi aveva lasciata andare. Era seduto in silenzio accanto a me, e sul viso aveva un'espressione impenetrabile.

«Okay, non sei un troll» mormorai, contenta di vedere che Vesperus era sempre la stessa splendida creatura.

E… mmm… sapeva ancora di cioccolato.

Una deliziosa coppa di gelato con nocciole e caramello.

«Non credo che abbia funzionato» dissi, sporgendomi verso di lui. «Perché ho ancora voglia di leccarti».

Inarcò un sopracciglio. «Davvero?».

«Sì». Osservai il suo corpo stupendo. «Quindi temo che la regola del "non scopare" debba rimanere».

«Già» disse. Il suo tono e il suo viso erano ancora illeggibili.

Mi scostai un po' per studiarlo, vagamente infastidita dal suo distacco. «E tu vuoi ancora leccarmi?».

Trascinò il suo sguardo sul mio corpo, tracciando un percorso lento e sensuale. Nei suoi occhi brillavano ancora le eclissi. «Vedremo» rispose. Posò la mano sul cambio e ricominciò a guidare.

Mi accigliai. *"Vedremo"? Che risposta è? Non si sente più attratto da me?*

Mi si attorcigliò lo stomaco.

Spezzare l'incantesimo l'aveva reso immune al mio fascino? O stava dissimulando ciò che provava? Forse era solo un re che voleva proteggere il suo cuore e il suo trono.

Mh.

Avrei dovuto fare qualche test. Vedere come avrebbe reagito. E procedere di conseguenza.

Forse non ha ancora capito come si sente, pensai.

Beh, in quel caso, mi sarebbe bastato aiutarlo.

Il mio sguardo tornò a vagare nella notte. La luna calmò il mio spirito e mi ricordò quale fosse il mio vero percorso.

Ero venuta lì per stabilire se quella realtà poteva diventare la mia casa. Ora avrei anche dovuto decidere se Vesperus poteva essere il mio eterno compagno.

O solo una fantasia passeggera.

In ogni caso, a prescindere da quale fosse il nostro destino, l'avrei leccato.

Perché il cioccolato era il mio cibo preferito.

E avevo tutte le intenzioni di divorare il bocconcino seduto accanto a me.

VESPERUS

Spezzare il nostro legame era stata una buona idea. Una scelta pragmatica. Il percorso giusto.

Eppure, non riuscivo a scrollarmi di dosso la sensazione che ci fosse qualcosa che non andava.

E continuavo a non essere in grado di gestire la mia attrazione nei confronti di Nyx.

Le feci fare il giro della casa, e lei mi seguì canticchiando qualcosa tra sé e sé. I suoi occhi saettavano verso le finestre ogni volta che poteva, per ammirare il cielo notturno.

Fu per quel motivo che decisi di mostrarle il tetto quasi alla fine del nostro piccolo tour.

Avevamo già visto le cucine, dove le avevo presentato alcuni membri del personale, e la zona giorno, con un salottino e tre diverse sale da pranzo.

Le avevo indicato gli alloggi dove dormivano gli altri, per poi condurla attraverso la biblioteca e la sala conferenze e salire al secondo piano, occupato principalmente da un altro enorme salotto.

Avevo saltato il terzo piano mormorando: «Torneremo qui tra un minuto», e ora ero in cima alle scale che portavano al mio santuario.

«Quest'area della casa è off-limits per tutti. Ma in quanto mia... *ospite*... puoi andarci in qualsiasi momento». Sarebbe stato utile per incoraggiare le chiacchiere sul nostro accoppiamento. Solo a una futura regina sarebbe stato permesso di accedere al mio rifugio privato. Non avevo mai invitato nemmeno Kaspian.

Certo, avrebbe potuto infrangere le regole, in caso di emergenza.

Ma non era mai successo.

Il palazzo sorgeva in una zona facile da proteggere, dal momento che era stato costruito lungo il porto centrale della città vecchia di Reykjavik.

Un lato della proprietà si affacciava sull'acqua, mentre gli altri tre erano incorniciati da una fitta vegetazione.

Avevo deciso di saltare la visita al parco; Nyx avrebbe potuto esplorarlo dopo una bella notte di sonno.

Aprii la porta posando le dita sul pannello di controllo. «Farò aggiungere i tuoi dati biometrici al sistema». Funzionava con una sorta di impronta digitale dell'essenza magica. Non appena avessi inserito la sua impronta, lei avrebbe avuto accesso a tutto il palazzo.

Forse le stavo dando troppa fiducia, considerando che la conoscevo appena. Ma era l'istinto a suggerirmi di farlo.

Istinto che non era cambiato di una virgola, dopo il nostro rifiuto reciproco sul SUV.

La volevo con tutta la forza di prima, al punto che mi domandai se avessimo realmente spezzato il legame. D'altro canto, non sentivo più quella strana pulsazione nel petto, quindi probabilmente eravamo riusciti nel nostro intento. E quella era solo attrazione residua.

Un'attrazione intensa, folle, travolgente.

Cazzo.

Ero convinto che rifiutarla avrebbe smorzato il mio

interesse. Invece, quel gesto sembrava quasi aver sortito l'effetto opposto. La desideravo ancora di più.

Deglutii a fatica e mi sforzai di concentrarmi su quello che stavo facendo: mostrarle il mio posto preferito.

Quando uscimmo sul tetto, il suo canticchiare si interruppe. Ammirò il paesaggio a bocca aperta, uno spettacolo reso ancora più pittoresco dal cielo stellato.

«Oh» ansimò, facendo una piroetta sul pavimento di marmo. «Oh, è perfetto».

Agitando le braccia in preda all'emozione, osservò le panchine ricavate nella parete su un lato del tetto. Poi, dopo aver lanciato un'occhiata al parco che si distingueva appena nel buio, si diresse verso il mio punto prediletto: la piscina.

Non era molto grande, ma era possibile nuotarci dentro. Solo che non era quello a renderla così speciale.

Nyx si inginocchiò e sfiorò la superficie dell'acqua con la punta delle dita. «È calda».

Sorrisi. «È riscaldata dalla magia». Volevo una sorgente termale tutta mia. «Non si raffredda mai».

E quello la rendeva più una piscina in cui rilassarsi, che fare esercizio.

Quando avevo bisogno di riflettere, andavo lassù e lasciavo che l'acqua mi liberasse dallo stress. Era per quel motivo che la consideravo il mio santuario.

Non ero sicuro del perché avessi sentito il bisogno di portare lì Nyx. Forse perché volevo offrirle un incentivo a restare per un po'. Di certo non era soltanto per alimentare le voci su di noi.

Anche senza essere uniti dalla magia, ero affascinato dalla sua presenza. Era stupenda. Potente. Schietta. Sincera. Non usava sotterfugi. Si godeva la vita e diceva tutto quello che le passava per la testa.

Anche se era stata la potenza del nostro legame a farmela incontrare, il mio interesse nei suoi confronti era incredibilmente reale.

O forse era solo una sensazione dettata dagli effetti residui della magia, un sottile incanto che cercava di trascinarmi ancora verso di lei.

Avevo bisogno di riflettere. E, ingenuamente, le avevo appena dato accesso al luogo dove amavo rifugiarmi a pensare.

Sospirai e mi sedetti su una delle panchine, guardandola volteggiare nel mio spazio privato. La luna le donava una lucentezza dorata che attirò il mio sguardo su ogni centimetro della sua pelle esposta.

Nemmeno tu sei un troll, dolcezza, pensai, godendomi lo spettacolo. *Sembri più una ninfa che danza nella notte.*

E come una ninfa, si mosse con grazia attorno alla piscina, facendomi ribollire il sangue. Il vestito le fluttuava attorno in regali ondate di tentazione. Volevo stringere il tessuto nel pugno e strapparglielo di dosso, mettendo in mostra tutto il suo splendido corpo, per verificare se il luccichio della magia copriva realmente ogni parte di lei.

Quelle parti che avrei voluto esplorare con la lingua.

Perché sì, anch'io volevo leccarla.

Ma non avevo nessuna intenzione di dirglielo. Non ancora, almeno. Non finché non fossi stato certo di riuscire a controllarmi. Altrimenti, ci saremmo rifiutati a vicenda per niente.

E Nyx aveva ragione: era meglio impedire alla magia del legame di interferire con le nostre decisioni. Dovevo avere la mente lucida.

Eppure la mia mente è schiava di questa creatura incantevole, pensai, mentre Nyx continuava a girare su se stessa con passi da ballerina.

Allargò le braccia e fece un'altra piroetta, ridendo di cuore. Sulla sua pelle apparve altra magia dorata.

«Cos'è?» chiesi. Il mio tono tradì la mia curiosità. «Il luccichio sulle tue braccia».

Venne verso di me a passi leggeri, seguendo il ritmo di qualsiasi canzone le risuonasse nella testa. «Polvere di stelle». Agitò le sue dita delicate sopra di me, cospargendomi con quella sostanza scintillante. «Porta fortuna».

Inarcai un sopracciglio. «Davvero? E come faccio a sapere che in realtà non mi hai fatto un incantesimo, dea?».

«Conosci il sapore delle bugie, re». Le sue braccia si intonavano alle sue iridi dorate. «Sto mentendo?».

«No» confermai, sporgendomi in avanti. *Non stai mentendo su niente*, aggiunsi tra me e me. Incluso il suo commento sul volermi ancora leccare, anche dopo aver spezzato il legame.

Sarebbe stato così facile spogliarla e scoparla sotto la luna. Sentivo il profumo della sua eccitazione, vedevo la provocazione che si annidava nel suo sguardo.

Ma non potevo cedere.

Non ancora.

Prima dovevo capire esattamente che conseguenze avrebbe avuto per la mia casata.

«Dovremmo andare a dormire» dissi, alzandomi di scatto. Portarla là sopra era stata una pessima idea. Probabilmente stava già pensando di spogliarsi e nuotare tutta nuda. Qualcosa che avrei voluto vedere, ma che avrei altrettanto odiato.

Perché non dovevo... non *potevo* toccarla.

Cazzo.

Non mi girai a controllare se mi stesse seguendo. Mi

limitai a camminare verso l'uscita e ad aprire la porta, poi cominciai a scendere le scale.

La sentii sospirare dietro di me. Fu un suono malinconico, come se stesse dicendo addio a un vecchio amico.

Fui quasi sul punto di voltarmi a guardarla, ma non mi fidavo di me stesso. Quella donna mi era entrata dentro. La sua anima aveva penetrato la mia ben oltre quel dannato legame.

È pericolosa, mi dissi. *Più pericolosa di quanto chiunque di noi potesse immaginare.*

Solo che Kaspian non era attratto da lei, quindi la mia reazione doveva essere causata dalla magia del legame.

Ma l'abbiamo spezzato, pensai, attraversando il terzo piano e proseguendo verso la mia ala del palazzo. *L'ho sentito spezzarsi.*

Strinsi i denti. Le mie viscere erano una pozza rovente di lussuria, che bramava di essere placata dall'essere che canticchiava dietro di me.

Lo sa che sta cantando?, mi domandai. *O è qualcosa che fa e basta?*

E perché cazzo è così attraente mentre lo fa?

Non ero uno che amava lo stupore tipicamente infantile o le canzoncine sdolcinate. Eppure, quella creatura mi aveva incantato con la sua musica. Il modo in cui danzava e canticchiava, serena e felice, era coinvolgente.

Ho solo bisogno di dormire un po', conclusi. *È da troppo tempo che non mi riposo, ed è stata una giornata fottutamente lunga.*

Spinsi le doppie porte in fondo al corridoio e condussi Nyx nella mia ala privata. «Salotto» dissi, indicando i divani con un gesto della mano. «Bar». Feci lo stesso con la parete di vetro e il bancone che vi era affisso. «In frigo c'è del sangue...». Mi bloccai e lanciai un'occhiata verso di lei.

«Hai bisogno di sangue?». Ne dubitavo, ma mi aveva parlato della sua passione per i morsi.

«Solo del tuo» mormorò, con un'espressione sensuale che mi avrebbe di certo tormentato in sogno.

Pura seduzione.

Mi costrinsi a distogliere lo sguardo e proseguii il giro dei miei alloggi. Che, ovviamente, si concluse con la mia camera da letto. Non avevo una suite per gli ospiti, per cui avremmo dovuto condividere il letto a baldacchino posto al centro della stanza.

Perché le ho detto che deve stare con me?

Oh, giusto. Per tenerla d'occhio.

E non posso farlo, se dorme nell'ala riservata agli ospiti.

Fantastico.

«Quelle finestre lì si aprono su un balcone, nel caso volessi goderti un altro po' di luna» le dissi, indicando le tende che coprivano i vetri che andavano dal pavimento al soffitto. «Là, invece, c'è il bagno».

Era dotato di una vasca per sei persone, perché mi piaceva stare comodo, e di un'ampia doccia.

Il mio armadio era in fondo alla stanza, ed era pieno di abiti eleganti come quello che indossavo in quel momento.

«Ti farò avere dei vestiti, visto che non hai portato nulla con te». E avrei chiesto a Cara di mostrarle la città. O forse l'avrei chiesto a uno dei miei generali. Chiunque fosse stato libero di...

L'acqua della doccia prese vita, e Nyx si mise a ridere e ad applaudire.

La guardai a bocca aperta. «Cosa stai...?».

Il suo abito nero cadde sul pavimento, rubandomi la voce.

Poi Nyx si piegò per slacciarsi i sandali.

Piano.

Così. Fottutamente. Piano.

Dandomi tutto il tempo necessario per ammirare ogni dannato centimetro del suo corpo.

Lo stava facendo apposta, non c'erano dubbi. Mi stava provocando, voleva spingermi all'azione. Ma rifiutai di abboccare. *Sono più forte di così, dea.*

Quando finalmente si raddrizzò, la sua espressione innocente mi fece interrogare sulle sue reali intenzioni. Era davvero inconsapevole di quello che mi stava facendo, oppure era solo un'ottima attrice?

«Questa è molto più bella della doccia dell'hotel» commentò entrando nella cabina. Poi si voltò verso di me. «Posso prendere in prestito il tuo shampoo?».

Cercai di risponderle, ma avevo un nodo alla gola. Così finii per rivolgerle soltanto un rigido cenno d'assenso.

Perché... cazzo.

Cazzo.

Era nuda. Nella mia stanza. Nella mia doccia.

E sì... sì, il luccichio dorato accarezzava ogni parte del suo corpo. Inclusi i suoi capezzoli rosati, che la polvere di stelle rendeva un po' più scuri.

E poi tornano di nuovo rosa grazie all'acqua... che lava via lo scintillio... facendolo scendere in rivoli seducenti che voglio inseguire con la lingua.

Mi schiarii la voce e mi allontanai da lei. Avevo bisogno di riacquistare un po' di autocontrollo. Non era facile, e l'immagine di lei che si lavava dietro di me era incisa a fuoco nella mia mente.

Oh, come mi tormenterà in sogno...

Afferrai degli asciugamani e li posai sul mobiletto accanto alla doccia. Poi cercai una maglietta e dei pantaloncini che potesse indossare dopo aver finito di... *danzare nella mia doccia.*

Perché era questo che stava facendo. Il suo canticchiare incantevole mi raggiunse ovattato dall'interno della cabina, dove il vapore aveva iniziato ad avviluppare le sue forme sinuose.

«Ho…». La voce mi morì in gola. Di nuovo.

«Sì?». Si voltò verso di me. Aveva le mani affondate tra i suoi meravigliosi capelli, su cui stava massaggiando un po' del mio shampoo.

Ora avrà il mio profumo addosso.

Dannazione.

«Vado a letto» annunciai più bruscamente di quanto volessi. Ma cazzo, avevo una fottuta dea che cantava nella mia doccia. «Domani troveremo una soluzione per i vestiti».

Non aspettai che rispondesse. Mi chiusi la porta del bagno alle spalle e mi ci appoggiai addosso con un basso ringhio.

È un pessimo piano. Un piano su cui non ho riflettuto abbastanza.

Avrei dovuto dormire sul divano.

Invece optai per il letto.

Quando arriverà, fingerò di essermi già addormentato. Nella migliore delle ipotesi, avrei avuto la possibilità di osservarla senza che lo sapesse. Nella peggiore, avrebbe tentato di sedurmi mentre dormivo.

E allora avrei fatto conoscere alla sua bocca disobbediente il mio cazzo.

Se ci teneva così tanto ad assaggiarmi, l'avrei accontentata.

Mi liberai delle scarpe e mi tolsi il vestito, lasciandolo su una sedia lì accanto. Normalmente, avrei dormito nudo. Ma preferii tenere addosso i boxer.

Poi mi infilai direttamente sotto le coperte; il mio bicchierino serale di sangue avrebbe dovuto attendere fino al giorno dopo.

Avevo ancora un po' dell'essenza della dea che scorreva

dentro di me. Ero sicuro che mi avrebbe tenuto in salute fino a colazione.

Chiusi gli occhi proprio quando l'acqua smise di scorrere.

E ora vediamo cosa decidi di fare.

NYX

La casa di Vesperus era tutto ciò che avevo sempre desiderato. Un palazzo maestoso, elegante, colmo di carattere e fascino.

E quel tetto…

Oh, era *divino*.

Fui tentata di materializzarmi lassù e dormire su una delle panchine. Ma il profumo di Vesperus mi attirò verso la sua camera, dove lo trovai già steso a letto.

Mi avvicinai a lui.

«Grazie della tua ospitalità, re» sussurrai, pur sapendo che non stava davvero dormendo.

Ma la mancanza di una risposta mi disse che voleva riposare più di quanto desiderasse giocare con me.

Va bene, pensai. *Possiamo rimandare.*

La sua reazione davanti alla mia nudità mi aveva rivelato tutto quello che avevo bisogno di sapere. Era ancora attratto da me.

Già, "vedremo". Ho visto che effetto ho su di te, Vesperus

Veritas, Re della Casata dell'Oro e del Granato. Mi vuoi. E io voglio te.

Avrei lasciato che quell'attrazione si sviluppasse, per *vedere* dove avrebbe portato.

Andai dall'altro lato del letto e mi tolsi l'asciugamano per avvolgerlo attorno ai capelli. Era più facile che usare la magia per asciugarli.

E, onestamente, ero anche piuttosto stanca.

Dopotutto, era stata una giornata a dir poco movimentata. Avrei potuto concedermi un po' di riposo.

Poi avrei esplorato la mia potenziale nuova casa.

E sedotto il suo re.

———

Mi svegliai da sola. Il lato del letto di Vesperus era freddo al tocco.

Ma hai davvero dormito?, mi domandai, osservando le lenzuola prive di grinze. *O sono io che ho dormito troppo a lungo?*

Scesi dal letto e mi diressi verso le tende che mi aveva indicato durante il breve tour delle sue stanze. Le scostai appena e notai che il sole era basso nel cielo.

Quindi forse erano le due?

Non ne ero sicura, ma in Islanda, in inverno, la presenza del sole indicava il primo pomeriggio.

A prescindere dall'ora, era giunto il momento di esplorare.

Sorridendo, recuperai il mio vestito dal bagno e mi allacciai i sandali. Dopo aver sistemato i capelli con l'aiuto di un po' di polvere di stelle, fui pronta per uscire.

Da dove cominciare?

Tamburellai col dito sul mento e poi mi strinsi nelle spalle. *Ovunque.*

Vesperus aveva detto che avevo bisogno di vestiti, quindi forse avrei cercato anche quelli, durante il mio giro.

Mi avvolsi nelle ombre e mi materializzai nel parco che avevo scorto dal tetto. Giunsi dietro la tenuta, in un paesaggio coperto di neve e costellato di piccoli alberi.

Il sentiero era intonso. L'energia che ancora aleggiava lì attorno mi disse che era stato spalato con l'aiuto della magia, non a mano. Probabilmente si trattava dello stesso incanto che la notte prima aveva liberato le strade.

Straordinario, mi meravigliai, adorando la vitalità di cui era intrisa l'atmosfera. *Questo posto potrebbe essere sul serio la mia casa ideale.*

Saltellai lungo il sentiero, entusiasta alla prospettiva di restare. Avrei preso Vesperus come mio compagno? Sarei stata per sempre con lui? Avrei servito quel territorio come loro regina?

Come sarebbe stato, nel corso degli anni?

Così tante domande. Invece di rimuginare sulle risposte, decisi di godermi il momento e continuai la mia passeggiata nel parco.

Dopo un po', arrivai a una recinzione. Mi teletrasportai sulla strada dall'altro lato.

Destra o sinistra? Destra o sinistra?

Feci una giravolta e mi avviai nella direzione in cui mi ero fermata, quindi verso destra.

Un'ottima scelta, perché mi condusse direttamente nel cuore della città.

Forse la mia ricerca di vestiti sarebbe andata a buon fine.

Mh. Osservai le vetrine dei negozi finché non ne trovai uno che mi attirava. Entrai.

Fortunatamente, ero lì durante l'orario di lavoro, quindi avrei potuto pagare i miei acquisti.

Beh, più o meno.

«C'è nessuno?» dissi a voce alta, mentre mi aggiravo tra gli scaffali.

«Sì?» rispose una voce femminile proveniente dalle mie spalle. Mi voltai e mi trovai di fronte una donna alta con i capelli arancioni.

Una mutaforma di qualche tipo, percepii. *Ma non un lupo. Forse un grosso felino?* Fui sul punto di chiederglielo, ma non volevo sembrare scortese. Così, mantenni la conversazione sul piano strettamente professionale.

«Salve, sono Nyx, un nuovo membro di Oro e Granato». Indicai la collana con la mezzaluna. «E re Vesperus ha detto che ho bisogno di un nuovo guardaroba. Posso fare i miei acquisti qui?».

Sbatté le palpebre. Le sue pupille, simili a quelle di un felino, mi confermarono che la donna era una mutaforma. «Sarà re Vesperus a pagare per i tuoi nuovi abiti?».

«Ehm… no. Posso occuparmene io. In questa realtà accettate elementi soprannaturali come forma di pagamento, giusto?».

Sbatté di nuovo le palpebre. Per un istante, i suoi occhi apparvero completamente bianchi, per poi mostrare il loro colore naturale: il giallo. «La nostra valuta ufficiale è il sangue, però sì, accettiamo anche altri elementi». Mi esaminò da capo a piedi. «Tu cosa sei?».

Oh. A quanto sembrava, le domande personali non erano un problema. «Una dea. E tu?».

«Una mutaforma tigre». Incrociò le braccia sul petto, per nulla colpita dalla mia presenza. «Cosa puoi offrirmi? Non vedo né una borsa né un borsello, e nemmeno quel vestito nasconde qualcosa di valore».

Sorrisi. «Non ho bisogno di una borsa». E piuttosto che approfondire, allungai il palmo per mostrarle un mucchietto di polvere di stelle. «Ho questa».

Osservò la mia mano senza preoccuparsi di celare la sua diffidenza. «E cosa sarebbe?».

«Polvere di stelle».

Aggrottò la fronte. «Non ne ho mai sentito parlare».

«Non mi stupisce. È molto rara». Chiusi la mano, nascondendo la magia. «Cosa ne dici di una dimostrazione? Così potrai determinarne il valore, e poi mi dirai cosa posso comprare. Va bene?».

Il sospetto non abbandonò la sua espressione. «Non so…».

«Ti prometto che sarai soddisfatta dello scambio. Okay, proviamo con un piccolo desiderio. Qualcosa di tangibile».

«Un desiderio?».

«Sì. È così che funziona. Devi esprimere un desiderio, spargendo una manciata di polvere, e il desiderio si avvera». Un po' come si fa con le stelle cadenti. Era una tradizione popolare tra gli umani delle altre realtà, ma non ero sicura che lì facessero lo stesso.

«Un desiderio» disse di nuovo. «Tipo… ora dico che voglio qualcosa, e tu me lo dai, come una specie di genio?».

«Non io, le stelle. E ci sono dei limiti». Soprattutto perché ero io a decidere quanta polvere condividere. «Tieni». Tesi la mano verso di lei. «Desidera qualcosa di tangibile. Qualcosa che vorresti veder apparire nel negozio. Così capirai come funziona».

Sembrava ancora abbastanza dubbiosa. Fissò la mia mano, tenendo ancora le braccia conserte. «E tu… cosa, me la lancerai addosso?».

«No, te la metterò in mano, in modo che tu possa spargerla sul pavimento mentre esprimi il desiderio».

«Ad alta voce?» chiese.

«Va bene anche mentalmente» risposi. «Ma assicurati

di iniziare con: "Io desidero…". Poi la polvere di stelle si occuperà del resto».

Mi studiò per un lungo momento, per poi stringersi nelle spalle. «Okay, va bene. Qualcosa di tangibile? Qualcosa che voglio che appaia in questo momento davanti a me?».

Annuii in segno di incoraggiamento. «Sì».

Guardò la mia mano e arricciò il naso, come se stesse cercando di percepire l'odore della magia. Quando non riuscì a cogliere nulla, perché la polvere di stelle era priva di odore, tese il palmo verso di me.

Vi lasciai cadere abbastanza polvere da poter creare qualcosa di speciale, poi feci un passo indietro.

La sua espressione mi disse che era convinta che fosse tutta una perdita di tempo. Dopo qualche istante, però, si decise a chiudere gli occhi e aprì la mano per rilasciare la magia.

La proprietaria del negozio di Dublino non avrebbe saputo come usarla. Per questo avevo lasciato la polvere di stelle sul bancone, augurandole il meglio. Probabilmente avrebbe avuto un boom di vendite, forse un po' di fortuna in più. E non molto altro.

Ma la mutaforma avrebbe avuto una bella sorpresa, perché aveva appena usato la polvere per creare qualcosa. Ed essendo io una dea creatrice, quella era la mia massima forma di potere.

Come dimostrato dal vortice di magia che danzava nell'aria tra di noi.

La negoziante fece un balzo all'indietro quando raggiunse i due metri d'altezza. Mi domandai cosa avesse desiderato.

Poi, quando una schiena nuda e virile comparve davanti a me, schiusi le labbra dallo stupore.

Oh. Oooh. Aveva… aveva creato… *un uomo.*

E non uno qualsiasi. Sembrava appartenere alla specie delle fate, con le sue orecchie a punta e i lunghi capelli biondi.

«Oh miei dei» boccheggiò la mutaforma. «È... è reale?».

«Ehm... sì» dissi. Girai attorno allo splendido esemplare di maschio, esaminandolo. «*Molto* reale». E ben dotato. «Hai desiderato un maschio di fata completamente nudo?».

«Tecnicamente, un elfo» sussurrò. Lo stava guardando con gli occhi spalancati. «Da... da un vecchio film...».

La creatura innanzi a noi sbatté le palpebre un paio di volte. «Salve» ci salutò. «Dove mi trovo?».

«In Islanda» risposi. «Uhm... ecco...». Non ero sicura di cosa dire. La mia polvere di stelle poteva creare qualsiasi cosa. «Pensavo avresti desiderato una giacca o una collana o qualcosa del genere...».

Non un elfo... nudo... con gli addominali. E delle belle cosce massicce...

«Sparirà?» chiese la negoziante, i cui occhi ora erano fissi sull'inguine del maschio. «O posso tenerlo?».

«Non... non credo sia saggio "tenere" un essere vivente. Ma no, non sparirà. È vivo e...».

Un'esplosione di energia attraversò il negozio, scagliandomi all'indietro di almeno qualche metro. Un colpo simile al rumore di uno sparo riecheggiò nell'aria.

E vidi l'elfo cadere a terra.

Con un proiettile conficcato nella fronte.

Morto.

Lo guardai a bocca aperta, sconvolta. La mia polvere di stelle creò immediatamente uno scudo protettivo attorno a me e alla mutaforma, mentre l'energia oscura si avvicinava a noi.

«E che cazzo, Raymond?!» gridò la negoziante,

andando a spalancare la porta. «Mi devi una nuova vetrina! E un nuovo elfo!».

Cosa?

«Un nuovo elfo?» ripeté una voce profonda. «Non puoi evocare delle creature dal nulla con un incantesimo, Lissa. Conosci le regole».

«Tecnicamente, non ho evocato un bel niente. L'ho solo desiderato».

Mi avvicinai di soppiatto alla mutaforma e vidi che stava squadrando con odio un maschio grande quasi il doppio di lei.

«L'hai *desiderato*?» chiese lui in tono sarcastico. «Certo. E come ci è arrivato qui?».

«Con la polvere di stelle» rispose, per poi indicarmi con un cenno del mento. «Che mi ha dato lei».

Le sopracciglia dell'omone schizzarono in alto, e la sua pistola si alzò di scatto nella mia direzione. «Tu chi cazzo sei?» chiese. «E dov'è il tuo marchio? A quale casata sei affiliata?».

«Perché con voi ruota tutto attorno alle casate?» borbottai, sistemandomi il vestito e spazzolando via con la mano un grumo di polvere di stelle. «E perché sentite tutti il bisogno di puntarmi le vostre armi addosso?».

Quell'atteggiamento stava cominciando a irritarmi. Ero convinta che lì le cose stessero diversamente. Oh, come mi sbagliavo.

«È una dea e la sua mezzaluna è marchiata col sangue» disse la negoziante, Lissa. «Ha detto che re Vesperus l'ha mandata qui per fare acquisti, e mi ha offerto della polvere di stelle come pagamento».

La nostra conversazione non era andata proprio così, ma la sua spiegazione era essenzialmente corretta.

«E tu le hai creduto?» ringhiò Raymond. «Ho

percepito il suo potere a un isolato di distanza. Non è una di noi. E le hai lasciato creare un dannato elfo?».

Lissa alzò gli occhi al cielo. «Non fare il geloso, Ray Ray. Volevo solo giocare un po'».

«*Giocare un po'*?» ripeté lui. «Con un elfo nudo?».

La mutaforma sospirò drammaticamente, facendo sollevare un ciuffo di capelli arancioni dalla sua fronte. «Non avevo intenzione di toccarlo».

No, voleva solo tenerlo.

«Mi occuperò di te tra un attimo» disse Raymond a denti stretti, riportando la sua attenzione su di me. «Fammi vedere il tuo marchio».

Lo guardai con sospetto. «Perché?».

«Per vedere se sei davvero in regola».

«Perché non lo chiedi al tuo re?» ribattei, inarcando un sopracciglio.

Lui ridacchiò. «Perché non voglio disturbarlo per questa sciocchezza. E la tua resistenza è tutta la prova di cui ho bisogno, dolcezza».

Il proiettile fendette l'aria, andando a sbattere sul mio scudo di polvere di stelle e rimbalzando sull'idiota che mi aveva sparato.

Lissa gridò e uscì di corsa dal negozio. Cadde in ginocchio accanto all'uomo che si era schiantato sul terreno ghiacciato. Il proiettile l'aveva colpito alla spalla, era stata solo la forza dell'impatto a farlo finire per terra. Sarebbe sopravvissuto.

Ma la furia di Lissa si scatenò con un ruggito fragoroso. La nostra breve amicizia era giunta al capolinea.

Ritrassi la mia magia protettiva da lei e indietreggiai. «Non volevo fargli del male. Non volevo fare del male a nessuno» dissi. «Volevo solo un po' di vestiti».

Non capii cosa mi ringhiò contro in risposta, ma il senso era chiaro.

Così come quello del turbinio di grida in strada, che presto si concluse con un allarme che mi fece premere le mani sulle orecchie.

Rettifico: questo posto non è la mia casa ideale. È caotico e violento, non è per nulla accogliente e…

Mi teletrasportai qualche metro più in là per evitare che una sostanza infuocata mi colpisse in testa.

Ed è pieno di gente scortese!, terminai, irritata da quelle creature ostili che continuavano a cercare di uccidermi.

Basta. Non ne posso più.

Chiamai in aiuto un muro di polvere di stelle e lo usai per allontanare tutti da me.

Solo che un rivolo di magia si intrufolò attraverso il mio scudo e mi colpì dritto al petto.

Inciampai all'indietro e caddi a terra, confusa. Avevo riconosciuto quella magia. *Perché?*, pensai. *Perché l'hai fatto?*

Era stato l'incanto racchiuso nel mio medaglione.

Scossi la testa, cercando di schiarirmi le idee.

E mi resi conto di essere circondata da una decina di esseri soprannaturali furibondi.

Uff. Ci risiamo.

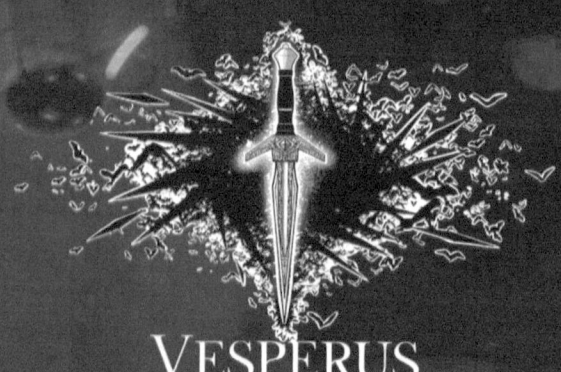

VESPERUS

Qualche minuto prima...

Il mio polso vibrò. Una chiamata in arrivo. Una che avevo atteso e temuto per tutta la giornata.

Re Volker, Casata dell'Aria e dell'Ametista.

Da quando aveva reclamato il trono, avevamo parlato un paio di volte, principalmente delle sue fedeli aiutanti: Feyre e lady Oleander Price.

Dopo la morte apparente di Volker, avevo concesso loro la grazia, soprattutto perché sapevo quanto fossero state preziose durante il suo regno. E sapevo anche cosa avrebbero subito in sua assenza. Dopotutto, erano leali a Volker, non al nuovo monarca.

Così avevo offerto alle due assassine un rifugio sicuro, in cambio di una manciata di lavoretti.

E quando Volker era miracolosamente risorto dalla tomba, una in cui non era mai stato realmente sepolto, avevo permesso alle donne di tornare da lui. In fin dei conti, avevano giurato fedeltà a Volker, quindi era giusto lasciare che onorassero il loro vincolo.

Ma ciò non significava che io e Volker fossimo amici.

E ne ebbi l'ennesima conferma quando lo schermo mi mostrò la sua espressione impassibile. «Vesperus» disse.

«Volker» risposi.

Seguì qualche attimo di silenzio. Il re desiderava prolungare la suspense nel tentativo ammirevole di procurarsi una posizione di vantaggio.

Avrebbe dovuto saperlo che il silenzio non mi innervosiva.

Venivamo entrambi da un'epoca in cui l'onore era tutto, un concetto che pochi ormai sembravano comprendere. Per questo tendevamo a tollerarci a vicenda e spesso votavamo a favore dell'altro.

Quando si era ripreso la sua corona e il trono di Aria e Ametista, non avevo battuto ciglio.

Ma se mi avesse chiesto aiuto, gli avrei detto che un re onorevole si occupava da solo dei propri affari.

D'altro canto, non mi aveva mai chiesto nulla. Perché conosceva le regole non scritte di ogni buon governante, e le rispettava esattamente come facevo io.

«E così hai saputo della nuova arrivata» dissi infine, decidendo di fare la prima mossa. «L'ho trovata».

Inarcò un sopracciglio. «E hai deciso di tenerla». Non aveva il tono di una domanda.

«Per il momento» dissi. «Non può andarsene attraverso un portale. Sto valutando la situazione».

«Perché non la uccidi e basta?» chiese. Le sue iridi grigie brillavano di potere anche attraverso lo schermo.

«Perché non ha fatto niente di male, a parte entrare illegalmente nel nostro mondo». Non era tutta la verità, ma non era nemmeno una bugia. «Sta cercando un medaglione che le permetterà di tornare nella sua realtà».

«Tornare nella sua realtà?» ripeté. «Cos'è?».

«Una dea. Nello specifico, la Dea della…».

Un'ondata di energia mi sfrigolò sulla pelle, mettendomi a tacere. Lanciai un'occhiata all'esterno della finestra dello studio, quasi aspettandomi di vedere Nyx sul patio.

Ma non era lì.

Tuttavia, mi sembrò che fosse proprio accanto a me. La *sentivo* accanto a me. La sua essenza era come un richiamo che mi faceva respirare a fatica.

Cosa stai facendo?, avrei voluto chiederle. E il mio istinto di connettermi mentalmente a lei mi spinse quasi a pronunciare quelle parole nella sua testa. Ma mi trattenni, venendo travolto da un'altra scarica di energia.

«Cos'è stato?» chiese Volker. Chiaramente doveva averla sentita anche lui. Il che non prometteva nulla di buono, visto che si trovava dall'altra parte del mondo. «È la dea di che cosa, Vesperus?».

«Della notte» dissi lentamente, mentre la stanza sembrava muoversi attorno a me. «Devo andare».

«Devi ucciderla» mi corresse. «*Ora*».

«Non sono ai tuoi ordini, Volker» risposi, alzandomi in piedi. «Ti richiamo più tardi».

E riattaccai prima che potesse ribattere.

Non che potesse farlo. Io e Volker vivevamo secondo un codice molto simile. Avrebbe capito che davo ascolto soltanto a me stesso e alla mia gente.

L'allarme anti-intrusi aveva iniziato a suonare. Ciò significava che la mia gente aveva bisogno di me.

Anche se sospettavo che l'allarme fosse il risultato di qualcosa che aveva fatto Nyx.

Cazzo. Non avrei dovuto lasciarla da sola, ma non ero riuscito a dormire neanche un istante con il suo splendido corpo nudo a pochi centimetri dal mio. E avevo bisogno di un po' di tempo e spazio per pensare.

In totale contraddizione con il motivo per cui avevo voluto che stesse in camera mia: tenerla d'occhio. Però, al contrario di me, si era addormentata. E mi aspettavo che venisse a cercarmi, una volta sveglia. La sera prima le avevo mostrato dove si trovava il mio ufficio, quindi sapeva da quale stanza iniziare.

Ma, evidentemente, aveva tutt'altro in programma.

Avrei dovuto prevedere che sarebbe successo qualcosa e agire di conseguenza, invece di lasciarla sola.

Idiota, mi rimproverai. Questo era il risultato della mancanza di sonno. Perché una versione di me più lucida e riposata non avrebbe *mai* lasciato una dea priva di sorveglianza.

Mi diressi verso la porta del patio e chiamai Kaspian, premendo un pulsante sul dispositivo che portavo al polso. Era una sorta di telefono, ma potenziato dalla magia. Come lo era anche tutto il resto, nel nostro mondo.

«Pensavo stessi facendo da babysitter alla tua compagna» fu il saluto di Kaspian. «Ma vedo che lei sta facendo danni al negozio di Lissa».

«Il negozio di Lissa?» ripetei, incredulo. «Perché diavolo…?». Tacqui, ricordando la conversazione che avevamo avuto prima che si spogliasse. «Giusto. È andata a fare shopping».

Mi strinsi l'attaccatura del naso tra pollice e indice e sospirai.

«L'hai lasciata andare a fare shopping? *Da sola?*».

«Non le ho *lasciato* fare un bel niente. Era ancora addormentata nel mio letto, quando sono andato a lavorare. A quanto pare, adesso è sveglia». E non mi era piaciuto il suo uso del termine "babysitter". Era una dea. Non potevo certo farle da *babysitter*.

«A quanto pare» mi fece eco Kaspian.

«Ci vediamo lì» dissi. Poi riattaccai e uscii sul patio.

Il negozio era a poco più di un chilometro dalla mia

tenuta. Ci avrei messo meno ad arrivarci di corsa che in auto, così sfruttai la mia velocità soprannaturale.

E mi bloccai di colpo qualche minuto più tardi, quando trovai Nyx in mezzo alla strada, poco lontano dal negozio di Lissa, dietro un muro di energia vorticante.

I suoi occhi dorati erano puntati verso una folla di creature soprannaturali. La sua rabbia era palpabile, al punto da farmi rizzare i peli.

Mi ci volle un istante per capire perché fosse così furiosa. Tutti le stavano scagliando addosso armi e incantesimi di vario genere, e a separarli da lei c'era soltanto lo scudo magico.

Ma che cazzo?!

«Basta!» gridai, rivolto a tutti quelli che stavano al di là della barriera.

«Mi stanno attaccando» urlò Nyx. «Non smetterò di difendermi!».

«Non sto parlando con te» dissi. «Sto parlando con *loro*».

Molti dei miei uomini si inginocchiarono immediatamente. Presi mentalmente nota del loro segnale di rispetto.

Per gli altri fu necessario qualche secondo per capire chi era stato a parlare. Caddero in ginocchio anche loro, ma con gli occhi spalancati dalla paura.

E un mutaforma orso di nome Raymond smise per ultimo di artigliare la magia di Nyx e si accasciò sbuffando rumorosamente.

«Che cazzo è successo qui?» chiesi.

Nyx non rimosse la sua protezione. I suoi occhi sfavillavano di potere. Dovevo aver percepito il suo richiamo alla luna, per invocarne l'energia, perché lo scudo era fatto della stessa sostanza che le aveva rivestito il corpo la notte prima.

Polvere di stelle.

«Ehm...». Una donna si schiarì la voce. *Lissa.* «La dea mi ha dato un po' di polvere di stelle per esprimere un desiderio. E io ho... ho desiderato un personaggio di un vecchio film. Un elfo. E ha funzionato».

Raymond ringhiò, facendomi inarcare un sopracciglio.

«Hai creato un elfo?» chiesi, voltandomi verso Nyx.

«No, sono state le stelle. Hanno esaudito il suo desiderio». Non mancai di notare l'irritazione di cui traboccava il suo tono. «Le avevo offerto la polvere di stelle come pagamento per i vestiti. Ma quel mutaforma...» continuò, indicando Raymond «ha sparato in testa al mio regalo. E poi ha sparato anche a me, nonostante gli abbia detto di rivolgersi a te per avere chiarimenti sulla mia posizione».

Anche l'altro sopracciglio si sollevò. Ero stupefatto. «Hai cercato di uccidere la mia compagna predestinata?». Non avrei dovuto dirlo, anzi, non volevo nemmeno dirlo. Ma lo shock mi aveva strappato quelle parole dalla bocca, facendomele pronunciare con un tono basso e letale.

Quest'uomo ha osato far del male a ciò che è mio?

Certo, avevamo rifiutato il nostro legame.

Ma eravamo ancora uniti in qualche modo, un modo che non riuscivo a definire.

E ciò la rendeva mia. Mi spingeva a proteggerla. A corteggiarla. Potenzialmente, anche a passare il resto della vita con lei.

E il mutaforma aveva tentato di portarmela via? Di rovinare tutto prima ancora che iniziasse?

Feci un passo avanti, ignorando i sussulti della folla. «*Guardami*» gli ordinai.

Tornò in forma umana, nudo e inginocchiato dall'altro lato della barriera di Nyx. Aveva la testa china e un atteggiamento implorante. «Non... non avevo capito...».

«Non avevi capito che si trattava della mia compagna predestinata?» gli domandai. «Forse perché non ti sei neanche degnato di informarti da me?».

«N… no, Vostra Maestà. Pensavo… pensavo stesse mentendo… Non ha un marchio. Non volevo… non volevo disturbarvi» balbettò, con un'aria molto meno pericolosa del solito.

Gli scoccai un'occhiata omicida. «Forse avresti dovuto». Mi sfilai di tasca un pugnale e lo feci roteare tra le dita, valutando la mossa successiva.

Il predatore che era in me era assetato di sangue. Ma il mutaforma era già ferito e sanguinante.

«L'hai accoltellato?» chiesi a Nyx.

«No, il proiettile è rimbalzato sul mio scudo e gli si è conficcato nella spalla». Poi indicò Lissa con un cenno del mento. «È stato allora che lei ha iniziato a urlare, e poi è scattato l'allarme».

«Capisco». Continuai a giocherellare con la lama, senza mai distogliere lo sguardo da Raymond.

Se l'avessi punito, avrei dovuto punire anche tutti i presenti. Perché ogni creatura inginocchiata lungo la strada aveva attaccato la mia compagna.

Non la mia compagna, ricordai a me stesso. *Quella che* potrebbe *diventare la mia compagna.*

E non sapevano chi fosse, avevano solo visto una sconosciuta che aveva… *creato un elfo?!* Che situazione bizzarra. E che pretesto idiota per scatenare una rissa. «È stata la sua magia a causare la tua reazione?» chiesi a Raymond.

«S… sì» sussurrò. «E… e il biondo nudo».

«Il biondo nudo?» ripetei, raggiunto in quel momento da Kaspian.

«Cosa?» chiese lui, osservando la folla.

«L'elfo» chiarì Nyx. «Era biondo».

«E nudo» ringhiò il mutaforma orso. «*Nel negozio della mia compagna*».

«Oh, era solo un po' di innocuo divertimento» puntualizzò Lissa. «Non avrei fatto niente con lui».

«Volevo solo qualche vestito» borbottò Nyx, chiaramente esasperata.

«Cosa cazzo mi sono perso?» chiese Kaspian, il cui tono sconcertato corrispondeva esattamente a quello che provavo io.

Nyx ripeté tutta la storia a beneficio del nuovo arrivato, inclusa la spiegazione sulla polvere di fata e su come funzionasse, e l'uso che ne aveva fatto Lissa, desiderando un elfo biondo e nudo proveniente da un vecchio film.

«Beh, cazzo» mormorò Kaspian. «Posso avere un po' di polvere di stelle?».

Gli risposi con un ringhio, e lui sorrise.

«Su, amico. Potrebbe essere divertente» mi provocò. Mi chiesi perché avessi scelto proprio lui come secondo in comando, se non era in grado di restare serio in una situazione del genere.

Smisi di far roteare la lama, considerando l'ipotesi di accoltellare lui, invece di Raymond.

«È evidente che si è trattato di un malinteso» continuò Kaspian. «Perché non tornate tutti a casa, mentre io faccio due parole con il nostro re e la nostra ospite?».

Mi domandai chi gli avesse concesso l'autorità di rivolgersi in quel modo alla *mia* gente. E soprattutto dove avesse trovato il coraggio di farlo.

Ma tutti gli diedero ascolto, cogliendo al volo l'occasione di dileguarsi.

Serrai la mascella. *Sì, accoltellerò Kaspian.*

«Smettila di guardarmi come se volessi uccidermi. Ci vediamo a casa tua». E se ne andò in un istante, sfruttando la sua velocità da vampiro, prima che potessi rispondergli. Gli ringhiai dietro, frustrato.

Un suono che nessuno udì, tranne Nyx.

Perché tutti erano già fuggiti verso le loro case, lasciandomi da solo in mezzo alla strada con la mia compagna predestinata.

La guardai.

E lei fece lo stesso. «Pensavo che non dovessimo dirlo a nessuno» commentò dopo qualche istante.

«Ho cambiato idea» dissi. «Andiamo».

Avevo un migliore amico da uccidere.

NYX

«Volevo solo dei vestiti» ripetei per l'ennesima volta. «Nella tua realtà si usa la magia come moneta di scambio, quindi le stavo offrendo un po' della mia per un nuovo guardaroba. Che tu stesso mi hai detto di acquistare, aggiungerei».

«Sono sicuro di aver detto che *noi* avremmo trovato una soluzione per il tuo guardaroba» rispose a denti stretti. «Non dovevi andartene in giro da sola».

«Prima di tutto, sono perfettamente in grado di comprarmi…».

«Sicura?» la interruppi, indicando la strada alle nostre spalle. Perché, per qualche strana ragione, avevamo deciso di tornare a casa camminando, invece di smaterializzarci, correre o fare qualsiasi altra cosa che ci avrebbe fatto viaggiare più velocemente. «Hai appena usato la tua magia lunare per creare uno scudo di polvere di stelle, un incantesimo che sicuramente è stato percepito in tutto il mondo».

Alzò il polso come per ribadire il concetto.

«Ho già tre chiamate perse dal re Laskaris e due dal re Volker. E sono sicuro che l'imperatrice Asbesta sarà la prossima, visto che la tua magia lunare influenza anche gli oceani». Mentre parlava, il suo orologio si illuminò. Premette il pulsante per rifiutare la telefonata in arrivo. «*Quattro* chiamate perse da re Laskaris» ringhiò.

«Quindi è colpa mia se il compagno della proprietaria del negozio ha deciso di uccidere il mio regalo? E poi ha tentato di uccidere anche me?» chiesi, irritata dai suoi rimproveri. «Sono una dea, *re Veritas*. Dovrei poter fare shopping come mi pare e piace».

«Non senza una presentazione adeguata, *dea Nyx*» ribatté. «La mia gente non sa ancora chi sei, e tu non mi hai dato il tempo di informarli».

«Perché avevamo deciso di non dire niente a nessuno, ma poi hai cambiato idea». E quella era la seconda cosa di cui volevo discutere.

Anzi, no, la terza.

Prima volevo parlare della sua nuova regola, visto che ero convinta che l'unica condizione del nostro accordo fosse "non scopare".

Ma, a quanto sembrava, ora aveva aggiunto anche "non uscire da sola", una limitazione che non avevo nessuna intenzione di accettare.

Si fermò accanto al cancello del parco, che prima non avevo notato, essendomi smaterializzata al di là della recinzione, e si girò verso di me.

«Ti ho già spiegato come funzionano le affiliazioni alle casate. Il tuo marchio non è evidente quanto quello degli altri membri di Oro e Granato, un problema che avevo intenzione di risolvere riunendo i membri del mio consiglio e presentandoti a loro come mia *ospite*. Ma quello che è successo oggi pomeriggio ha cambiato tutto».

Il suo tono era diventato meno ostile. Ora sembrava

semplicemente stanco. Aveva l'aria di uno che non dormiva molto, né bene.

Lo osservai con un'espressione seria. «Hai bisogno di riposare di più».

Mi rispose con una risatina sarcastica e aprì il cancello. «Dimmi qualcosa che non so».

Ci riflettei sopra, mentre obbedivo alla sua tacita richiesta di entrare nella sua tenuta. «L'elfo biondo era molto dotato». Ecco, qualcosa che non sapeva.

«*Scusa, cosa?*».

Gli lanciai un'occhiata da sopra la spalla. «L'elfo aveva dei genitali notevoli» chiarii. «Ed era anche piuttosto carino».

«Stai cercando di farmi incazzare?».

«No, ti sto dicendo qualcosa che non sapevi. Ora lo sai».

Mi fissò a bocca aperta mentre il cancello si richiudeva alle nostre spalle. «In quale realtà vorrei conoscere le dimensioni del cazzo di un altro?».

«Beh, quella in cui preferisci andare a letto con gli uomini». Conoscevo diversi dei che lo facevano, quindi non sarebbe stato così sorprendente. Ma l'espressione furiosa di Vesperus mi disse che non era il suo caso.

«Era un modo di dire, Nyx. Non una richiesta». Venne verso di me, facendomi indietreggiare rapidamente, finché la mia schiena non colpì il tronco di un albero. Sbatté i palmi sulla corteccia, ingabbiandomi tra le sue braccia.

Avrei potuto teletrasportarmi via, ma qualcosa nella sua espressione incandescente mi bloccò.

«Sto iniziando a capire perché Raymond abbia sparato all'elfo» disse a voce bassa, avvicinando il suo corpo al mio. «Se ti avessi trovata con un biondo *ben dotato*, gli avrei sparato anch'io».

Spalancai gli occhi. «*Cosa?*».

«Te l'ho detto, Nyx. Io non condivido. E tu sei *mia*».

Gli posai le mani sul petto, affondando le unghie nella sua camicia. «Abbiamo rifiutato il nostro legame».

«Sì» disse, tendendo i muscoli sotto le mie dita.

«Quindi non sono tua, e tu non sei mio».

«Non è questo che abbiamo concordato, dea. L'accordo era di togliere la magia per schiarirci la mente. E scoprire come ci saremmo sentiti *dopo* aver spezzato l'incantesimo».

«Giusto. E quando ti ho chiesto come ti sentissi, hai risposto: "Vedremo"» ribattei.

«Sì, perché non è semplice. Devo considerare anche la mia casata, il mio trono e il futuro della mia gente». Il suo polso ricominciò a vibrare, strappandogli un altro ringhio. «Il tuo potere è una minaccia per il fragile equilibrio di questa realtà, Nyx. E tu...».

Inarcai un sopracciglio. «E io...?» lo esortai.

«E tu...» ripeté, spostando una mano dall'albero e accarezzandomi il viso. Il suo sguardo cadde sulla mia bocca. «Tu sei una minaccia per me». Le sue parole erano dolci, ma cariche di un'emozione oscura, che mi fece saltare qualche battito.

Deglutii. «Non sto cercando di essere una minaccia per nessuno. Voglio solo una nuova casa». E sebbene apprezzassi molti aspetti di quel mondo, era chiaro che i suoi abitanti non mi avrebbero accettata molto facilmente.

D'altro canto, niente che valesse la pena avere si poteva ottenere senza difficoltà. La felicità richiedeva impegno. Così come il successo e il raggiungimento dei propri obiettivi.

Come l'amore, pensai. *E le relazioni.*

Due esperienze che non avrei mai immaginato di desiderare. Eppure, trovarmi lì mi aveva spinta a chiedermi se avessi dovuto aspirare a qualcosa di più. Se avessi dovuto *provarci* sul serio.

È per questo che mi hai fatta cadere, prima?, pensai, rivolta al mio incantesimo errante. *Mi stavi impedendo di fare del male alle persone che un giorno dovrò governare? Mi stavi costringendo a vedere questa opportunità per quello che è veramente?*

La magia non disse nulla, ma avrei potuto giurare di aver visto la risposta nello sguardo di Vesperus, quando lo alzò per incontrare il mio. Una risposta difficile da decifrare, perché era troppo complessa per essere capita. Una risposta a cui entrambi anelavamo, ma che potevamo ottenere soltanto insieme.

Forse era solo un gioco di luci.

O forse era il destino, deciso a riportarci sulla strada giusta.

Non ne ero sicura.

In quel momento, però, tutto ciò che volevo era che mi baciasse. Che si lasciasse assaggiare per la prima volta. Che mi concedesse di intravedere il potere che custodiva dentro di sé.

Il potere che avevo sentito pulsare intorno a lui per strada, qualche istante prima.

Il potere che mi aveva attirata a Dublino.

Il potere che percepivo anche in quel momento, che sciamava intorno a noi e mi ricopriva di quella deliziosa fragranza.

Voglio divorarti, pensai, affondando ancora di più le unghie nella sua camicia. *Baciami*.

Ma il suo polso vibrò di nuovo, rovinando il momento e spingendolo a fare qualche passo indietro. Guardò lo schermo e borbottò un'imprecazione.

«Dovrò trascorrere la serata a cercare di limitare i danni, il che include incontrare alcuni dei miei consiglieri. Si spargerà rapidamente la voce di cosa sei davvero per me, una voce che avrei preferito evitare. Ma la mia... *possessività*... ha soffocato la mia lucidità».

Possessività, ripetei tra me e me, riflettendo su quel termine. «È per questo che hai cambiato idea?» chiesi, genuinamente curiosa.

«Sì. Uno dei miei uomini ha cercato di attaccarti. E io... ho reagito».

«E questo?» domandai, indicando con un gesto della mano me stessa e l'albero alle mie spalle. «Un'altra reazione possessiva?».

«Sentirti parlare di un altro e del suo...». Si interruppe, e la sua espressione si indurì. «Io non condivido».

«Sì, me l'hai già detto». Ma non mi preoccupai di fargli notare che non ci appartenevamo ancora, perché chiaramente a lui non importava. Nonostante avessimo spezzato il legame, era ancora molto *possessivo* nei miei confronti. Come se fossi stata realmente la sua compagna.

E, al posto suo, mi sarei sentita allo stesso modo.

Perché se ci fosse stato un elfo nudo in camera sua, non ne sarei stata molto felice. «Interessante» mormorai. «Non credo di aver mai provato nulla del genere».

Il solo pensiero mi aveva fatto venir voglia di sparare io stessa all'elfo.

Povera creatura, pensai. «Chissà se sopravviverà».

Vesperus inarcò un sopracciglio. «Presumo dipenda da che tipo di elfo fosse».

Mi strinsi nelle spalle. «Bisognerebbe chiederlo a Lissa. È stata lei a desiderarlo».

«Uhm...». Ci pensò per qualche istante. «Sai, credo che affiderò il compito a Kaspian, visto che sembra così desideroso di assumere il mio ruolo».

«Non stavo cercando di sostituirti. Volevo solo salvarti dal fare una stupidaggine spinto dall'emotività» commentò il vampiro in questione, comparendo poco più in là. «Ma sono arrivato troppo tardi. Ormai si è già sparsa la voce che la dea è la tua compagna predestinata».

Vesperus serrò la mascella. «Raymond le ha sparato. È inaccettabile».

«Sono d'accordo» rispose Kaspian. «Ma non sapeva chi fosse. Tutto ciò che ha visto è stato una creatura soprannaturale che cercava di circuire la sua compagna con un elfo nudo. Ha semplicemente reagito. Un po' come vorresti fare tu adesso».

Vesperus strinse i pugni. «Basta che tu lo tenga alla larga da me per qualche giorno».

«Va bene».

«Ho anche bisogno di riunire i membri del consiglio per parlare di Nyx».

«Se ne sta già occupando Cara» rispose Kaspian. «Entro domani saranno qui».

Vesperus annuì, massaggiandosi la mascella. «Voglio parlare con loro, prima di informare gli altri monarchi».

«I nostri uomini ti sono leali. Non alimenteranno i pettegolezzi. Ma il potere di Nyx...».

«È stato percepito in ogni angolo del globo» terminò per lui Vesperus. «Sì, lo so». Rifiutò un'altra chiamata. «Passerò la notte ad ascoltare lamentele».

«Allora forse è il caso di preparare una dichiarazione e inviarla a tutti» suggerì Kaspian. «E poi potrai occuparti separatamente dei tuoi alleati».

Il mio sguardo passava dall'uno all'altro. Ero incuriosita dalla dinamica che c'era tra loro.

Era chiaro che Vesperus si fidava dei consigli di Kaspian, e che spesso li metteva in pratica. Se erano tutti validi come quelli che avevo appena sentito, avrei fatto lo stesso anch'io. Ed era bello vedere un re che dava ascolto alle persone che lo circondavano e prendeva decisioni insieme a loro, invece di fare tutto da solo.

È proprio un ottimo leader, pensai.

Poi mi resi conto che mi stava guardando. «Oggi hai mangiato?».

«No».

«Quando è stata l'ultima volta che hai mangiato?».

«Uhm…». Non avevo davvero bisogno di cibo, quindi ci pensavo raramente.

Mi si mise di fronte. «Nyx. Quando è stata l'ultima volta che hai mangiato?».

«Beh… è passato un po' di tempo» ammisi, aggrottando le sopracciglia. «La mia energia viene dalla luna, non dal cibo. E non è stato facile trovare qualcosa da mangiare, in questa realtà, visto come reagiscono tutti alla mia presenza». Arricciai le labbra di lato e alzai le spalle. «Ma sto bene».

Non era convinto. Glielo leggevo in viso. «Avrei dovuto assicurarmi che trovassi la colazione pronta, appena sveglia».

«Tra le altre cose» commentò Kaspian, guadagnandosi un'occhiata omicida da parte di Vesperus. Qualsiasi cosa gli rispose, non lo fece ad alta voce. E l'amico reagì con una risatina.

«Con te faccio i conti più tardi» gli disse Vesperus. Poi mi tese la mano. «Vieni, andiamo a mangiare qualcosa. Poi inizierò a fare telefonate».

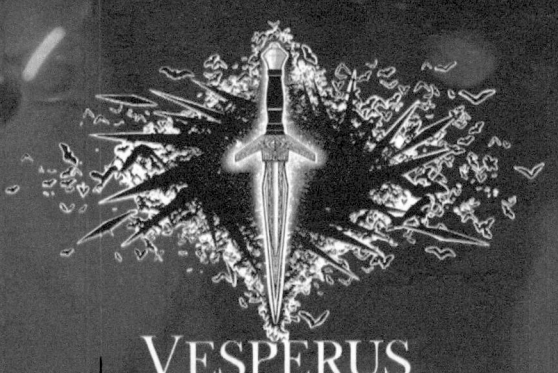

VESPERUS

Fissai lo schermo nero sulla mia scrivania per qualche istante, sentendo addosso tutto il peso della stanchezza.

Una lunga seduta di suppliche con Cara.

Seguita da tre messaggi dal tono severo.

E poi cinque telefonate cariche di tensione.

Tutto questo dopo aver presentato di nuovo Nyx al personale delle cucine, dove l'avevo lasciata a mangiare.

Erano già passate tre ore. Per fortuna, era ancora all'interno del palazzo. Ne ero certo, perché avevo mandato Cara a tenerle compagnia. Era quello il motivo per cui avevo dovuto implorarla così a lungo.

Ma ormai non sembrava più infastidita dal compito che le avevo assegnato, visto che mi aveva mandato un messaggio con una foto di lei e Nyx che si rilassavano nella mia piscina.

Sul tetto.

Nyx mi ha invitata a fare una nuotata. Credo che adesso mi piaccia più di te.

Lessi ancora una volta il messaggio di Cara e sbuffai.

Beh, era comunque migliore di quello inviato dall'imperatrice Asbesta.

La casata del Mare e del Serpentino non pagherà la ricompensa pattuita per la taglia, se l'entità continuerà a vagare libera. Sta causando problemi al nostro regno acquatico. Eliminala, o trova un altro modo di risolvere il problema.

E prima di quel messaggio, ne avevo ricevuto uno da lady Gabriella, che mi ricordava di tenere Sky al corrente di *ogni* sviluppo.

Oh, per non parlare di quello di Volker, che si era limitato a scrivermi: *Chiamami. Adesso.*

Sebbene non fosse mia abitudine prendere ordini da altri, gli telefonai per primo. Soprattutto perché apparteneva alla specie delle fate e le sue abilità erano legate alla luna. Ciò significava che subiva gli effetti della presenza di Nyx più di quanto facessero gli altri. Aveva anche ammesso che probabilmente era stata quella la causa dei problemi che aveva avuto qualche mese prima.

Ma ora era stabile, come gli avevo ricordato durante la nostra telefonata.

Avevo anche ribadito la mia posizione sull'uccidere una creatura soprannaturale che non aveva fatto male a nessuno.

E quando mi ero reso conto che non era comunque sufficiente, avevo aggiunto: «È la mia compagna predestinata, Volker».

L'avrebbe scoperto comunque, prima o poi. Avevo ritenuto che dirglielo io stesso avrebbe giocato a mio favore.

«Capisco» aveva risposto lui. «Questo complica le cose».

Per usare un eufemismo.

Ma almeno si era calmato un po'. Invece di esigere nuovamente che uccidessi Nyx, mi aveva solo detto di tenerlo informato.

Per poi aggiungere: «Ma se non riesci a tenere a bada il

suo potere...». Si era interrotto, ma sapevo esattamente come avrebbe completato la frase.

Se non fossi riuscito a tenere a bada il suo potere, avrei dovuto ucciderla o rispedirla a casa.

Se i ruoli fossero stati invertiti, gli avrei detto la stessa cosa.

«Capisco» era stata la mia risposta.

Avevamo riattaccato qualche secondo più tardi, ritrovandoci ancora una volta in sintonia. Non eravamo amici e non lo saremmo mai stati. Ma ci rispettavamo a vicenda, e questo significava che non avrebbe agito contro di me, sempre che non fosse assolutamente necessario. Non che si fidasse di me per gestire la situazione; *sapeva* che lo avrei fatto.

Perché anch'io mi sarei aspettato la stessa cosa da lui.

La seconda telefonata fu per Elias Laskaris.

Aveva espresso la sua irritazione per essere stato ignorato per ore. Tuttavia, aveva aggiunto quasi subito: «Ma capisco che tu possa essere un po' distratto, in questo momento».

«Quindi è vero che Kieran ti riferisce tutte le nostre conversazioni» avevo osservato.

«Solo quelle più importanti» aveva risposto lui, un po' vago.

Dato che il mio segreto era stato spifferato in giro, la chiamata aveva continuato all'insegna dell'onestà. Naturalmente, avevo tralasciato la parte relativa al rifiuto del nostro legame, riferendomi a Nyx come alla mia compagna predestinata.

«Dovrai trovare un modo per mitigare il suo potere» aveva detto. «Gli altri sovrani non la accetteranno mai così com'è».

«Ho bisogno di tempo».

«Non puoi metterci troppo. Gli altri sono già piuttosto ansiosi, e quando capiranno che è la tua compagna…».

Non c'era stato bisogno che continuasse. Lo sapevo già.

«Guerra» mi ero limitato a dire.

«Guerra» aveva fatto eco Elias. Mi era sembrato di cogliere un accenno di sofferenza nella sua voce, ma probabilmente era frutto della mia immaginazione.

Aveva perso molte vite durante il Grande Sacrificio. Come tutti noi.

La nostra conversazione era terminata come quella con Volker.

E avevo ripetuto la stessa discussione una terza volta con Kieran, chiedendogli anche se ci fossero stati altri incidenti nel suo nuovo territorio.

«No» aveva detto, lasciando trasparire in quell'unica parola il suo accento americano.

La nostra telefonata era stata molto breve. A differenza delle altre, si era conclusa con la promessa di esaminare alcune delle richieste che mi aveva inoltrato dai Soprannaturali passati nella Casata della Morte e del Diamante.

Per ultimi avevo chiamato Nolan e Slater, che stavano ancora seguendo delle piste. Slater aveva affermato che la traccia magica non c'era più. E Nolan mi aveva aggiornato sul resto degli interrogatori dei testimoni.

Nessuno sapeva niente.

Scioccante.

Sospirai e chiusi lo schermo. Avevo assolutamente bisogno di dormire.

Ma avevo una dea da recuperare e una fata da scacciare dal mio tetto.

Valutai se indossare la giacca che mi ero tolto qualche ora prima, ma la lasciai appesa alla porta. Mi ero già arrotolato le maniche della camicia da un po', e non avevo nessuna intenzione di costringermi a sembrare elegante. Ero a casa mia. Avevo tutto il diritto di sentirmi a mio agio.

La maggior parte del mio staff stava lavorando. Nel nostro territorio, era raro che la notte fosse un momento di riposo, tra la presenza dei vampiri e le poche ore di luce. Ma molti sceglievano i turni nella fascia tra mezzogiorno e mezzanotte; i negozi aprivano verso le due o le tre del pomeriggio e chiudevano alle nove o alle dieci di sera.

Di conseguenza, la colazione era in genere tra mezzogiorno e le tre, il pranzo verso le sei o le sette di sera e la cena attorno alla mezzanotte.

Ci trovavamo bene così, anche durante l'estate, quando le giornate erano più lunghe.

Avevo spiegato tutto quanto a Nyx, suscitando la sua curiosità per i nostri ritmi. Ma la cosa che aveva apprezzato di più era la possibilità di andare in cucina e ordinare qualsiasi cibo volesse.

Quando mi aveva detto di non ricordare l'ultima volta che aveva mangiato qualcosa, mi ero sentito sprofondare. Non mi ero realmente preso cura di lei, anche se la sera prima mi aveva ringraziato per la mia *ospitalità*.

Ebbi l'impressione di aver mancato ai miei doveri, non chiedendole nemmeno se volesse mangiare qualcosa al ristorante di Dublino. Nessuno di noi aveva ordinato nulla, ma non era quello il punto.

Era la mia compagna, più o meno, e dovevo provvedere al suo benessere.

Mi passai la mano sul viso e salii le scale. Il mio orologio si mise a vibrare, strappandomi un ringhio di frustrazione.

Non ne posso più di tutte queste discussioni, pensai. Ma poi vidi che si trattava di Kaspian, così accettai la chiamata.

«Sono esausto» esordii. «Qualsiasi cosa sia, occupatene tu. Sono sicuro che andrai alla grande».

«Prima ci ho provato, e ti sei incazzato» ribatté. Me lo meritavo.

Ed ero troppo stanco per pensare a una risposta a tono.

«Di cosa hai bisogno, Kas?» chiesi, continuando a salire le scale, seguito da un ologramma della faccia del mio secondo.

«Si tratta della sepoltura di Klas» disse, andando subito al sodo. «Il suo corpo è stato trasferito prima che Nolan potesse finire di organizzare un volo qui. A quanto pare, la compagna di Klas ha deciso di tenerlo in Irlanda. L'ha fatto trasportare in un altro obitorio, più vicino a casa loro».

Rallentai il passo. «La sua compagna?».

Kaspian mormorò una conferma.

Aggrottai la fronte, ripensando alla richiesta di trasferimento che avevo firmato due giorni prima. «Non mi ero reso conto che avesse una compagna». C'era nel fascicolo? Avevo esaminato così tanti documenti…

«Nemmeno io» ammise Kaspian. «Ma non lo conoscevo bene».

«Neanch'io». Un fatto che mi lasciò a disagio.

Ad ogni modo, non conoscevo tutti gli affiliati della mia casata. Erano in troppi, sarebbe stato impossibile. Era per questo che avevo dei consiglieri sparsi per il territorio, membri fidati della mia cerchia ristretta. Contavo su di loro per ricevere informazioni sugli abitanti presenti nel territorio che controllavano, le loro necessità e tutto quello che mi sarebbe stato utile per governare al meglio.

«Se la sua compagna vuole seppellirlo in Irlanda, dobbiamo concederglielo» dissi. «È una decisione che spetta alla famiglia».

«Sono d'accordo. Volevo solo fartelo sapere, visto che hai richiesto un funerale da guerriero».

Annuii. «Sì, ma non sapevo della sua compagna». O

mi sarei preso del tempo per incontrarla a Dublino. «Puoi mandarle qualcosa? Non i soliti fiori, ma magari una pietra della fortuna o qualcosa che possa onorare il servizio di Klas?».

Kaspian ci rifletté sopra per qualche istante, poi mi rivolse un cenno d'assenso. «Ne parlerò con Niamh».

Niamh era la mia consigliera per quella regione. Stavo ancora valutando dove ricollocarla, ora che l'Irlanda era passata sotto il controllo di Morte e Diamante. «Ci sarà anche lei alla riunione di domani?».

«Sì» confermò Kaspian.

«Bene». Avevo bisogno di parlarle. «C'è altro?».

«Sì, Cara continua a mandarmi foto di lei sul tetto. Se avessi saputo che fare da babysitter a Nyx comportava nuotare nella tua piscina, avrei accettato l'incarico».

Grugnii e chiusi la telefonata senza aggiungere altro.

Il pensiero della riunione del giorno dopo gravava sulla mia mente, quando raggiunsi il tetto. Nonostante volessi dormire, non ci sarei mai riuscito. Non prima di aver deciso cosa dire al mio consiglio.

Sospirai e premetti il pollice sul pannello per accedere al mio santuario. Prima avevo chiesto a Cara di accompagnare Nyx dalla sicurezza, per concederle gli stessi permessi che avevo io. E chiaramente l'aveva fatto, dal momento che erano entrambe là sopra.

Le trovai in piscina, sdraiate accanto alla piccola cascata nell'angolo.

Erano nude, un aspetto che avrebbe potuto suscitare nella mia mente un migliaio di scenari diversi. Ma fu solo Nyx a catturare la mia attenzione, con i suoi lunghi capelli scuri che sembravano seta, e le ricadevano sulle spalle in morbide onde umide.

Inclinò la testa all'indietro per fissare la luna. La

sostanza luccicante le danzava sulla pelle e spariva nell'acqua.

Tutte le preoccupazioni per il giorno dopo sparirono, e iniziai ad arrovellarmi su come avrei fatto a sopravvivere una notte intera con quell'ammaliatrice nel mio letto.

«Ecco il nostro re» mormorò Cara. Nei suoi occhi verde chiaro brillavano delle pagliuzze dorate. Mi sorrise. «Oh, cosa ci avete tenuto nascosto, *Vostra Maestà*».

«Pago te e il tuo compagno abbastanza da potervi creare un'oasi tutta vostra, Cara» dissi, appoggiando la schiena al muro accanto alla piscina.

«Mh». Il suo sorriso si allargò. «A proposito di Larus, vorrei tornare da lui, adesso».

Si alzò in piedi, incurante della sua nudità. La usava spesso come arma, attirando le prede con il suo aspetto prima di affondare una lama nel loro cuore.

La ignorai in favore della dea, che mormorò un piccolo saluto dall'acqua, con lo sguardo ancora rivolto alle stelle.

«Spero che tu la tenga» mi informò Cara passandomi accanto. «È divertente».

«Quindi non ti dispiace aiutarla a comprare dei vestiti, domani?» chiesi, senza staccare gli occhi di dosso alla bellezza immersa nell'acqua.

«Molto sessista da parte tua assegnare questo compito a una donna, tanto più che Larus ha molto più gusto di me. Ma accetto lo stesso, perché si tratta di Nyx». Si voltò e salutò con la mano la dea. «Ci vediamo domani verso le tre, Campanellino».

«Campanellino?» ripetei.

«Dai, come quel personaggio del cartone animato...» spiegò Cara.

«Ciao ciao, Fatina dei fiori» le rispose Nyx, facendo scoppiare a ridere Cara.

Aggrottai le sopracciglia. Cara non era una "fatina

dei fiori", sempre che quei fiori non fossero dei crisantemi. Ma in quel momento, mentre camminava ridacchiando verso la porta, non sembrava particolarmente letale.

Afferrò un asciugamano lungo la strada e sparì oltre la soglia.

«Fatina dei fiori?» le feci eco, sentendomi un po' come un pappagallo.

«Pensa di essere pericolosa, ma non lo è» mormorò Nyx. I suoi occhi finalmente trovarono i miei. «Ma la sua abilità con le armi è affascinante».

«Ti ha attaccata?» le domandai, allontanandomi dal muro.

«Non esattamente. Ma mi ha messa alla prova».

Mi avvicinai all'angolo dove si trovava lei, costeggiando il bordo della piscina. «Combattendo?».

«Mostrandomi cos'è capace di fare con una pistola e un pizzico di magia».

La mia espressione si indurì. «Sembra proprio che ti abbia attaccata». Conoscendo Cara, non era stato un colpo mortale, né destinato a ferire, ma solo un avvertimento.

Nyx si strinse nelle spalle. «Stava affermando la sua autorità».

Quelle parole confermarono i miei sospetti sulle motivazioni di Cara, ma più tardi avrei dovuto discutere con lei di un approccio più appropriato, soprattutto se si trattava della mia compagna predestinata.

«Ma va tutto bene» continuò Nyx. «Ho ricambiato il favore trasformando il proiettile in polvere di stelle».

Inarcai un sopracciglio. «Prima che sparasse o dopo?».

Nyx sorrise. «Prima». L'allegria che brillava nelle sue iridi dorate suggeriva che era stata una scena esilarante. «La polvere le è esplosa addosso».

Il divertimento coinvolse anche me. «Scommetto che si è arrabbiata».

Scosse il capo. «No, si è piegata in due dal ridere. Poi le ho suggerito di venire qui per darsi una sciacquata».

«Nella mia piscina» dissi, fermandomi accanto a lei. «Ti rendi conto che il mio filtro sarà tutto intasato, sì?».

Scosse di nuovo il capo. «No, la magia si dissolve e torna nell'aria». Alzò un braccio per mostrarmi la sua pelle luccicante. Poi lo risciacquò di nuovo, e un attimo dopo la polvere di stelle era ancora lì. «Vedi?».

Mi inginocchiai sul lato della piscina, accarezzando con lo sguardo ogni affascinante dettaglio del corpo della dea. «Sì, Nyx. *Vedo*».

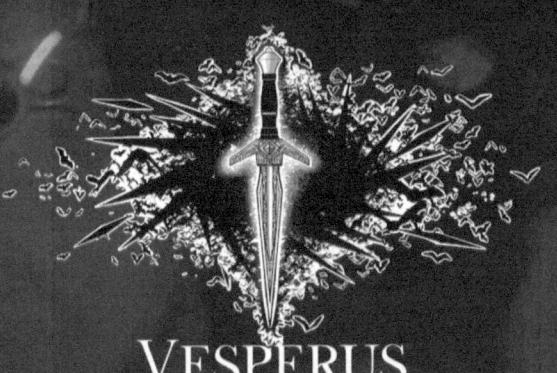

VESPERUS

Forse era la stanchezza.

Forse erano i residui del nostro legame.

Forse era soltanto Nyx.

Ma non volevo lottare contro la nostra connessione, o ignorare la magia che fluiva tra di noi.

Stare da solo con lei era molto pericoloso.

Avevo appena trascorso diverse ore rispondendo a messaggi e chiamate su di lei, sentendomi dire da quasi tutti i monarchi che Nyx era un problema che andava eliminato.

Farla diventare la mia regina avrebbe creato non pochi conflitti. Avrebbe danneggiato la mia casata. Forse ci avrebbe addirittura condotti alla guerra. Lo sapevo, sapevo tutto quanto. Eppure, per la prima volta nella mia vita, volevo essere egoista. Volevo fare qualcosa per *me*, senza pensare a nessun altro.

E fu per quel motivo che mi ritrassi da lei.

Perché non potevo permettere che il mio desiderio rovinasse tutto quello che avevo costruito. C'erano troppe vite sotto il mio controllo... no, sotto la mia *protezione*... per cedere a un bisogno egoistico.

Ma ciò non significava che fossi pronto a rinunciare a un futuro con Nyx.

Doveva esserci un modo per far funzionare le cose.

Mi alzai e mi sbottonai lentamente la camicia, sotto lo sguardo attento di Nyx. I suoi splendidi occhi seguivano i miei movimenti con dei modi da predatrice.

Quando arrivai in fondo, mi tolsi la camicia, la piegai e la riposi su una panchina lì accanto. Poi mi sfilai la maglietta che portavo sotto.

«Vedo anch'io» mormorò Nyx, strappandomi un sorrisetto. Mi chinai per togliermi anche le scarpe e i calzini. «Mmm».

Il suo approccio diretto era diverso da quello della maggior parte delle donne con cui avevo avuto a che fare in passato. I suoi complimenti erano sinceri, privi di secondi fini. O almeno non ne percepivo.

Certo, la reale dimensione dei suoi poteri non mi era ancora del tutto chiara. Avrebbe potuto essere simile a Cara, una vedova nera nascosta in bella vista.

In qualche modo, però, ne dubitavo.

Tutte le azioni di Nyx suggerivano un interesse genuino, ogni scelta era di natura pressoché innocente. Quel pomeriggio avrebbe potuto far del male alla mia gente. Invece di combattere, però, aveva creato uno scudo magico.

O forse faceva tutto parte di un piano oscuro, uno stratagemma per portarmi a letto e distruggere il mio mondo creato con cura.

Avrei potuto rimuginarci sopra tutta la notte.

Ma quello che volevo fare davvero era parlare con Nyx, conoscerla meglio e tentare di trovare una soluzione. *Insieme*.

Avrebbe potuto essere la mia futura regina. Perché non trattarla come tale?

«Non stai deludendo le mie aspettative» disse, quando mi tolsi anche i pantaloni. «Questo significa che ora posso leccarti?».

Rimasi davanti a lei con addosso soltanto un paio di boxer. «No. Prima dobbiamo parlare». Per questo li tenni addosso. Avevamo bisogno di una barriera.

Mi tuffai in acqua. Non era profonda, quindi feci attenzione a non imprimere troppa forza nei miei movimenti.

Riemersi a diversi metri di distanza da Nyx, eppure mi sembrava di essere proprio accanto a lei. Il suo palese interesse scaldava l'aria intorno a me, riempiendomi i polmoni con il suo profumo seducente e attirandomi di nuovo nella sua direzione.

Come una sirena, pensai, nuotando verso di lei. *Solo che non le serve nemmeno cantare, per catturare la mia attenzione.*

Nei suoi occhi vorticava un desiderio ipnotico. Afferrai il bordo di marmo della piscina ai lati della sua testa. Ora il mio corpo era a solo qualche centimetro dal suo. «Stai mettendo a dura prova il mio autocontrollo, dea».

«Davvero?» rispose, scrutando la mia espressione. «Non è intenzionale».

«Mh». Non ero sicuro di crederle. «La seduzione è uno dei tuoi doni divini?».

Ci rifletté per un attimo, sollevando le mani e facendo svolazzare un po' di magia dorata tra di noi.

«Credo che il potere sia seducente per sua stessa natura» sussurrò. Un filamento di energia luccicante danzò lungo il mio braccio. «Non so se sia un dono o solo una caratteristica».

«Forse entrambi» dissi.

«Forse entrambi» ripeté annuendo. «Trovo il tuo potere incredibilmente seducente. È interessante, perché tu e

Kaspian siete molto simili, eppure non voglio assaggiarlo. Voglio assaggiare soltanto te».

«È il legame».

«Ma l'abbiamo rifiutato» osservò. «Quindi forse sei *tu*, re dei vampiri».

Il mio sguardo scivolò sulla sua bocca invitante. Le sue labbra carnose stavano facendo a pezzi anche le ultime tracce del mio autocontrollo.

«O forse siamo noi» dissi dolcemente. «A prescindere dal motivo, ti voglio. Ma i monarchi del mio mondo non mi permetteranno di averti». Non così, se non altro.

Mi sfiorò il braccio con la punta delle dita, risalendo con una carezza fino alla mia spalla. «Vogliono che tu mi uccida» disse.

«Sì e no. Hanno paura di ciò che non conoscono, ma ci sono altre divinità che vivono nel nostro mondo. Quindi c'è la possibilità di far funzionare le cose».

«Ed è quello che vuoi?» chiese. Le sue dita si insinuarono tra i miei capelli.

«Voglio darti l'opportunità di scegliere se restare o meno» ammisi. «Per una ragione puramente egoistica».

«Sul serio?». Le sue unghie affondarono tra le mie ciocche umide, arrivando fino alla nuca. «Dimmela».

«Penso sia ovvio, dea». Le mie parole erano un sussurro nell'aria, le mie labbra quasi assaporavano le sue.

«Dimmela lo stesso». C'era un leggero tremito nella sua voce, un suono quasi impercettibile che tradiva la sua eccitazione.

Non che avessi bisogno di una conferma verbale.

Sentivo il dolce profumo del suo interesse, e il cacciatore dentro di me ringhiava di approvazione per aver adescato e messo all'angolo la preda desiderata.

Ma ancora non potevo averla. Non così. Sarebbe stato troppo rischioso.

Trascinai il naso sul suo zigomo, inalando il suo odore inebriante, e premetti le labbra sul suo orecchio. «Ti voglio, Nyx. Ma non asseconderò questo desiderio finché non avremo individuato il percorso da seguire».

Scesi sul suo collo, accostando la bocca al punto in cui il suo battito scalpitava. Quel suono sensuale era un invito che le mie zanne bramavano di accettare.

Ma invece mi scostai da lei, rifugiandomi sotto la cascata. Avevo bisogno di riacquistare un po' di lucidità.

Nyx si unì a me. Appoggiò la mano sul mio addome e mi spinse indietro, verso la parete. L'acqua scorreva tra di noi. Aprii gli occhi e la fissai, afferrandole i fianchi per prendere il controllo dei suoi movimenti.

Volevo allontanarla da me.

E invece mi ritrovai a tirarla ancora più vicino, con i suoi seni nudi premuti sul mio petto.

Avvolse le braccia attorno al mio collo. Le sue pupille brillavano di potere.

«Hai detto che ci sono altre divinità qui. Ti riferisci anche al tizio che chiamate Odin?». La sua voce sovrastò il rumore dell'acqua che scrosciava alle sue spalle.

«Sì, divinità come Odin, che governa Spirito e Zaffiro con lady Gabriella. E nessuno mette in dubbio o minaccia la sua capacità di regnare, nonostante il suo enorme potere».

Quindi Nyx avrebbe potuto ricoprire una posizione simile per Oro e Granato. Dovevamo solo capire *come*.

Le accarezzai un fianco e aggiunsi: «I monarchi devono solo comprendere il tuo potere. E convincersi che non vuoi nuocere in alcun modo alla nostra realtà».

Avevano anche bisogno della garanzia che Nyx non intendeva rovesciare nessuno di loro, e quella sarebbe stata la battaglia più difficile da combattere.

Il Grande Sacrificio si era concluso con la pace, ma la

pace non aveva cancellato le continue lotte per il potere che esistevano tra le casate. I nostri conflitti erano semplicemente diventati più discreti.

«Non sarà facile» conclusi. «Non sono nemmeno sicuro che tu voglia restare. Ma possiamo provare a renderlo possibile».

I suoi occhi scrutarono i miei. «Non ne sono sicura neanch'io» mormorò. «Ma la mia magia sembra volerlo».

Aggrottai le sopracciglia. «Cosa significa?».

«Oggi pomeriggio la mia magia mi ha... attaccata». Arricciò il naso. «O almeno questa è l'impressione che ho avuto. Come se stesse cercando di dirmi di non far del male alla tua gente... forse perché un giorno saranno anche i miei sudditi?».

«È normale che la tua magia ti... ti attacchi?» chiesi con una certa preoccupazione. Perché significava che non era in grado di controllare i suoi poteri.

E questo avrebbe reso impossibile convincere gli altri governanti ad accettare che stesse al mio fianco.

«No». Strinse appena le labbra. «È stato il mio medaglione a farlo. E tecnicamente non è mio, è un incantesimo legato a me. Ma come ogni fonte di energia, ha una sua personalità».

«Una sua personalità» ripetei lentamente, non capendo bene cosa intendesse. «Come...?».

«Mmm». Si arrotolò una ciocca dei miei capelli attorno al dito, e il suo sguardo vagò di lato, come se fosse persa nei suoi pensieri.

Aspettai, sperando che il suo silenzio conducesse a una spiegazione.

Perché, per quanto ne sapevo, la magia era controllata da chi la creava. Eppure, da come ne parlava, sembrava che il suo medaglione avesse una mente propria.

«Il mio medaglione è autonomo. In un certo senso, si

potrebbe dire che è senziente, dato che può assumere forme diverse, e certamente ha il suo libero arbitrio. Ma è fortemente associato a me e al mio destino».

«Quindi è un incantesimo... con una coscienza».

«Sì».

«L'hai creato tu?».

I suoi occhi tornarono sui miei. «L'ho desiderato. E nonostante possa desiderarne un altro, sono affezionata a questo. Quindi gli sto dando la caccia, perché è quello che vuole».

Allontanò una mano dalla mia nuca e raccolse della polvere di stelle nel palmo.

«Vedi, io sono originaria del tempo della creazione, il che significa che...». Lanciò in aria la magia simile a sabbia dorata e sorrise. Erano apparsi dei fiocchi di neve. «Che creo».

Uno dei cristalli toccò la mia pelle, sciogliendosi immediatamente in una goccia d'acqua tiepida.

«È così che Lissa ha potuto desiderare un elfo in carne e ossa» capii. «La tua magia crea la vita».

Annuì. «E di solito la vita ha una coscienza». Sospirò. «Quindi anche il mio medaglione ce l'ha, e si sta comportando male perché vuole rimanere qui. O almeno credo».

«Capisco». Spostai le mani sulla parte inferiore della sua schiena, stringendola un po' di più a me. «Allora sei d'accordo che dovremmo trovare un modo per renderlo possibile».

«Diciamo che è una direzione che voglio esplorare» rispose, riportando la mano sulla mia nuca. «Ma non so come conquistare il favore degli altri monarchi. Hai detto che ci sono delle divinità che vivono tra voi, ma io non ne ho ancora incontrata nessuna».

«Sono una rarità, ma per esempio Odin è un dio» le dissi. «Ed è a capo di una casata».

«L'impostore?» sbuffò. «Quello non è Odin».

«In questa realtà sì» le assicurai.

Sembrò sul punto di mettersi a discutere, ma poi si bloccò, e qualche piccola ruga le apparve sulla fronte. «Questo significa che nella vostra realtà c'è un'altra versione di me? Altri dei provenienti dall'era della creazione?».

«Se così fosse, non li ho mai incontrati. E sono al mondo da più di millecinquecento anni».

«Oh». Mi osservò con attenzione. «Dov'eri prima di allora?».

«Non esistevo» risposi. «Tutti i vampiri sono nati o sono stati creati qui, non altrove. Almeno, è così che funzionano le cose nella mia realtà».

Era strano da dire, perché non riuscivo a immaginare un'altra versione dell'esistenza.

Ma l'entità di fronte a me evidentemente sì.

«Capisco» mormorò, abbassando lo sguardo sulla mia bocca. «Eppure sei l'unico che ho voglia di assaggiare, quindi è chiaro che c'è qualcosa di speciale in te».

«Magia del destino» le ricordai.

«Forse». Quando alzò di nuovo lo sguardo, le sue iridi dorate turbinavano di interesse. «Ma penso che possa essere semplicemente il tuo potere, re».

Premette le labbra sul mio collo, sfiorandomi la pelle con i denti nella provocante promessa di un morso.

Le mie mani tornarono sui suoi fianchi. «Nyx...».

Rispose con un mormorio di approvazione, poi si mise in punta di piedi e accostò le labbra al mio orecchio. «Ti leccherò, Vesperus. Forse non stasera. Ma presto».

Mi mordicchiò il lobo e fece per allontanarsi da me,

ma io serrai la presa sui suoi fianchi e la sollevai dal pavimento della piscina.

Nyx ridacchiò quando invertii le nostre posizioni, spingendola contro la parete e infilandole una coscia tra le sue.

«Anch'io ho tutte le intenzioni di leccarti» giurai sulla sua bocca. «Accuratamente».

Risalii con le mani sulla sua vita, lasciando che il suo corpo scivolasse lungo il mio e i suoi piedi si posassero di nuovo sul pavimento.

«Completamente».

Flettei la coscia e la sollevai lentamente verso l'alto.

«Proprio qui» dissi. La mia gamba incontrò il suo sesso nudo. «Finché non mi implorerai di smettere».

«Non succederà mai» rispose, con le dita di nuovo tra i miei capelli e la sua bocca che sussurrava sulla mia. «Ti implorerò di continuare». Mi diede un piccolo morso al labbro inferiore e si strusciò sulla mia coscia. «Metterò alla prova la tua resistenza, re».

Sorrisi, accarezzandole la curva inferiore del seno. «Mi sembra giusto» concordai. Il mio palmo salì ad avvolgerle la gola. «Perché anch'io voglio mettere alla prova la tua resistenza, dea. Ma in un modo molto diverso».

Diedi una stretta per indicare cosa intendevo.

Quanto a lungo riesci a trattenere il respiro?, sussurrai nella sua mente. *Quanto riesci a ingoiare?*

Non le diedi la possibilità di rispondere.

La baciai. Era una tentazione a cui non avrei dovuto cedere, un invito che avrei dovuto rifiutare.

Ma non potevo.

Non con il suo corpo attraente stretto al mio. Rovente, eccitato e *bagnato*.

La sentivo fremere sulla mia coscia, sentivo il suo

battito impetuoso sotto il pollice, sentivo i suoi capezzoli premere sul mio petto.

Era troppo per negare a me stesso almeno un assaggio dei suoi baci. Del suo potere. Delle sue *abilità*.

Sapere che quella creatura meravigliosa mi desiderava era incredibilmente lusinghiero.

Perché Nyx irradiava potere. Lo assaporavo a ogni respiro, lo percepivo sotto le punte delle dita, lo sentivo accarezzarmi lo spirito.

E mi voleva. Forse per una magica attrazione. Forse per scopi nefasti.

Ma non mi importava più.

Avevo deciso di accettarlo come il mio destino.

E accoglierlo con la lingua.

Volevo divorarla. Conoscerla. *Dominarla* mentre la tenevo prigioniera con la mano stretta attorno alla sua gola.

Oh, ma lei non rimase lì ad accettarlo passivamente.

Reagì, duellando con la mia lingua in una danza intima colma di aspettative carnali.

Mi possedette e mi dominò proprio come io stavo facendo con lei.

E non si ribellò nemmeno una volta alla mia presa. Si limitò ad affondare le unghie nel mio scalpo e a cavalcare la mia coscia, reclamandomi selvaggiamente.

Le strinsi un seno con la mano libera, desideroso di sentire quanto il mio palmo si adattasse perfettamente alla sua forma.

È come se fossi fatta apposta per essere adorata da me, le dissi. La mia voce mentale aveva un tono così dolce... *Cazzo, Nyx.*

La baciai ancora più appassionatamente. Avevo bisogno di lei, e spinsi la coscia ancor più brutalmente tra le sue. Lei si inarcò verso di me, sfregandosi sulla mia gamba con furia. Le strizzai il seno e pizzicai il suo capezzolo duro.

Riusciva a malapena a respirare a causa della mia stretta alla gola, ma non sembrava che le importasse. Anzi, sembrava eccitarla ancora di più. Forse era la minaccia della violenza, a strapparle quella reazione. O forse era semplicemente la dimostrazione di un potere degno di lei a spingerla verso nuove vette di piacere.

Mi morse il labbro fino a farmi sanguinare.

Ringhiai e ricambiai il favore, e in un attimo il nostro bacio divenne un attacco feroce.

Era sul punto di crollare. Lo sentivo sulla lingua, come se la stessi leccando tra le cosce.

Stai per venire, non è vero, mia dolce dea?, mormorai. *Regalami un ricordo da portare con me sotto la doccia, un suono provocante da immaginare mentre mi toccherò pensando a te e alla tua splendida bocca.*

Le sue unghie mi graffiarono il capo e mi strattonarono i capelli, strappandomi un gemito.

Poi succhiò il mio labbro inferiore e lo morse di nuovo.

È così fottutamente feroce, ringhiai, impedendole di respirare per un breve attimo, per poi offrirle il mio sangue con la lingua.

Gemette, e i suoi movimenti sulla mia gamba divennero quasi maniacali, persa com'era a strusciarsi su di me.

Le torsi ancora una volta il capezzolo, spingendola oltre il limite con un orgasmo che la fece gridare sulle mie labbra.

Soffocai il suono, tenendolo per me, per i miei ricordi, per i miei sogni.

Avrei potuto abbassarmi i boxer e avvolgere la sua mano pallida attorno alla mia erezione, implorandola di farmi venire.

Ma non era quello lo scopo di quella piccola introduzione.

Volevo solo un assaggio. E la mia splendida dea mi aveva accontentato.

Aprii gli occhi e vidi le sue iridi dorate brillare di un potere ardente. Aveva un'espressione meravigliata, come se l'avessi appena fatta impazzire.

Sei la donna più bella che abbia mai visto, le confessai dolcemente, sfiorandole la bocca con un bacio. *Nyx, Dea della Notte. È un onore essere il tuo compagno rifiutato.*

NYX

Mɪ svegliai da sola.

Di nuovo.

Per l'ottava mattina di fila.

Osservai irritata il lato del letto di Vesperus. Le lenzuola non avevano nemmeno una grinza, come ogni volta che aprivo gli occhi.

Era quasi come se il nostro rituale serale fosse solo un'illusione. Lui che mi raggiungeva sul tetto e si abbandonava a una conversazione intima sotto la luna, facendomi vedere le stelle senza toccarmi *davvero*, per poi condurmi nella sua stanza, dove si faceva una doccia da solo, prima di infilarsi a letto accanto a me.

Avevamo ripetuto le stesse azioni per sette sere di seguito, senza variazioni, senza mai fare qualcosa di più che baciarci e toccarci appena. E ogni mattina mi svegliavo e dalla sua parte del letto trovavo le lenzuola e il piumone perfettamente in ordine.

Mi misi a sedere. «Non oggi» decisi a voce alta.

Per quanto la nostra routine serale non mi dispiacesse, quella mattutina sì.

Beh, non del tutto.

I bigliettini che mi lasciava sul cuscino erano piuttosto divertenti.

Presi quello che avevo appena trovato, su cui una grafia maschile diceva:

Non dimenticarti di fare colazione, Nyx.

—V

P.S. Ho corretto il tuo succo d'arancia. ;-)

Le mie sopracciglia si sollevarono, e mi sfuggì una risatina. Per tutta la settimana, al mattino non avevo mangiato, preferendo andare alla ricerca di Cara per esplorare insieme la città.

Non ero un'ingenua. Sapevo che era stata assegnata a me per tenermi d'occhio, ma non mi importava. Quella fata mi piaceva. Non usava mezzi termini e diceva tutto quello che le passava per la testa, un tratto che apprezzavo molto.

Quello che *non* apprezzavo era che Vesperus sparisse ogni mattina. Non ero nemmeno sicura che dormisse davvero.

Forse ha solo bisogno di un orgasmo, pensai. Se mi avesse lasciato ricambiare e leccarlo, avrei potuto darglielo. E invece no. Sembrava che gli bastasse toccarmi e baciarmi.

Il che, a dire il vero, mi piaceva, soprattutto perché passavamo il tempo a imparare a conoscerci.

Come la sera prima, in cui avevo scoperto che parlava più di dieci lingue.

E quella prima ancora, in cui aveva ammesso di essere laureato in medicina.

«Perché?» gli avevo chiesto. «Cosa ti ha spinto a studiare medicina?».

Aveva fatto spallucce. «Accesso illimitato al sangue».

Pensavo stesse scherzando.

E invece era serio.

«Ma è anche utile sapere come funzionano i corpi degli umani. I vampiri hanno un'anatomia simile. Mi è servito almeno un paio di volte» aveva aggiunto.

«Per salvare qualcuno?».

Aveva scosso il capo. «No, per ucciderlo».

«Okay, senza dubbio non sei un eroe».

«Non per gli umani» confermò. «Sono leale alla mia casata. Farei di tutto per la mia gente».

Incluso non legarti a me se non riesco ad adattarmi al tuo mondo, pensai. E le stesse parole mi risuonarono nella mente anche in quel momento.

Era una posizione pragmatica, che spiegava la sua riluttanza ad andare oltre i baci. Stava cercando di mantenere il controllo.

Per quanto volessi oltrepassare i limiti che si era imposto e sperimentare tutto ciò che aveva da offrire, non l'avrei mai fatto. Perché rispettavo la sua scelta.

Esattamente come lui aveva rispettato la mia, incluso continuare ad andare a caccia della mia magia.

La sentivo indugiare nelle vicinanze, rimanendo appena fuori portata.

Era la prima volta da mesi che riuscivo a percepirla sul serio, dopo Dublino.

Ora si nascondeva intorno a me, confermando il mio sospetto: mi aveva sempre voluta in Islanda.

Solo che non ero del tutto certa del motivo.

Per unirmi a Vesperus?

Per rendere questo posto la mia nuova casa?

Per completare qualche altro compito, e solo allora mi avrebbe permesso di lasciare questa realtà?

Cosa…?

Cosa vuoi da me, medaglione?

Tutte domande che avrei posto al filamento senziente, non appena fosse tornato.

Solo che, per il momento, continuava a eludermi, limitandosi a pulsare da qualche parte nelle vicinanze, senza mai rivelarsi.

Ti troverò, gli promisi scendendo dal letto. *Ma prima accontenterò Vesperus e farò colazione.*

Perché aveva *corretto* il mio succo. E sapevo che non si riferiva all'alcol.

Mi feci una doccia e indossai uno dei miei nuovi abiti, un altro vestito nero. Quello aveva degli spacchi laterali e una scollatura modesta, ma lasciava scoperta la schiena. Così usai un pizzico di polvere di stelle e aggiunsi una catenella d'oro, che seguiva la mia spina dorsale e incontrava l'abito appena sopra il mio sedere. Poi mi infilai di nuovo la collana con la mezzaluna, ancora macchiata dal mio sangue.

E ora anche da quello di Vesperus, pensai, osservando il ciondolo riflesso nello specchio. Qualche sera prima aveva aggiunto anche una goccia della sua essenza, convinto che mi avrebbe marchiata come sua, e non solo come un membro temporaneo di Oro e Granato.

Nessuno mi aveva più creato problemi, dopo l'incidente con la negoziante, ma non facevano nemmeno a gara per parlare con me.

Forse avrei potuto chiedere a Cara di andare a bere qualcosa in un pub. Quel tipo di attività sarebbe stata vista come abbastanza normale da spingerli ad avvicinarsi a me. O almeno era quello che speravo.

Soddisfatta del mio piano, mi allacciai i sandali. Cara li fissava con stupore ogni volta che mi vedeva, ripetendo che erano più adatti alla spiaggia che all'Islanda. Poi mi teletrasportai in cucina.

«Oh!» esclamò Betty, la chef, lasciando cadere una padella e facendomi trasalire. «Nyx!».

«Scusami» dissi con un'espressione dispiaciuta.

«Devi smetterla di fare così» mi rimproverò. La strega era una delle poche persone che non mi temevano. Probabilmente perché quello era il suo regno, essendo a capo delle cucine.

«A essere onesta, è solo la seconda volta» dissi. Perché avevo saltato la colazione per tutta la settimana.

Per questo Vesperus mi aveva lasciato quel bigliettino.

«Beh, forse se nella colazione ci fosse il tuo sangue, mi ricorderei di mangiarla» gli avevo detto la notte prima. Si era lamentato della mia tendenza a saltare i pasti, e io gli avevo risposto a tono.

«Vesperus ha parlato di succo d'arancia» dissi a Betty, rivolgendole un sorriso speranzoso.

Alzò al cielo i suoi occhi a mandorla e si diresse verso un enorme forno. «Ci sono anche delle crêpes» mi disse, afferrando un piatto con un guanto da forno e proseguendo verso uno dei tanti frigoriferi collocati nella stanza. «E sì, ti ha preparato del succo d'arancia. Appena spremuto».

Ebbi l'impressione che l'ultima frase nascondesse un doppio senso, e sorrisi.

Apparecchiò nella sala da pranzo più vicina alla cucina. Non avevo bisogno del suo aiuto, ma avevo imparato subito che discutere con Betty era del tutto inutile. Sarei comunque finita nello stesso tavolo, a mangiare qualsiasi cosa volesse.

Dato che era un'ottima cuoca, non mi dispiaceva affatto.

Così, mi sedetti e gustai le crêpes, per poi concedermi il *succo d'arancia appena spremuto* di Vesperus.

Che buono. E non è corretto con l'alcol.

Il suo sangue era delizioso, ma non aveva il sapore di cioccolato che mi aspettavo. Era più come una dolce ambrosia, che avrei potuto bere per giorni.

Purtroppo, non sembrò darmi nessuna delle sue abilità. Altrimenti lo avrei ringraziato telepaticamente per quella bevanda squisita.

«Oh, eccoti qui» disse Cara, entrando nella sala da pranzo con uno sbuffo. «Devi chiamarmi quando lasci la tua stanza. Ricordi?».

Un paio di giorni prima mi aveva dato un telefono proprio per quel motivo, tuttavia... «L'ho lasciato sul comodino».

«Lo so» rispose, facendo scivolare il dispositivo sul tavolo di legno.

Lo guardai. «Il mio vestito è sprovvisto di tasche».

«Desiderane un paio, allora» ribatté lei.

Arricciai le labbra. *Delle tasche rovinerebbero completamente la linea del'abito.*

Studiai il telefono in cerca di una soluzione, poi ci lasciai cadere sopra un po' di polvere di stelle, desiderando che si trasformasse in un braccialetto.

Sorrisi quando il metallo mutò in un bracciale dorato con una luna incisa al centro. «Così è molto più alla moda» dissi a Cara.

La fata mi fulminò con lo sguardo, e la sua espressione suggeriva che stava per rifilarmi una ramanzina inutile.

Quindi la ignorai, mi infilai il bracciale e premetti la luna. La magia fece apparire uno schermo che mi permise di inviarle un messaggio.

Sono in sala da pranzo a bere del succo d'arancia corretto al sangue. Non ho intenzione di condividerlo.

L'occhiataccia di Cara lasciò il posto a una risata. «Sei proprio una marmocchia viziata».

«Sono una dea» la corressi, facendo sparire lo schermo.

«E non ho bisogno di una babysitter, né di fare colazione. Ma il succo d'arancia mi ha messa di buon umore, quindi sono disposta a passare sopra all'insulto di essere trattata come una bambina di cinque anni».

Posai il tovagliolo accanto al piatto e mi alzai.

«Dove posso andare per sembrare una che vive qui?» chiesi poi a Cara. «Vorrei farmi degli amici». Mi avrebbe aiutata a decidere se mi sarebbe piaciuto restare.

Cara si portò una mano al petto, come se fosse stata colpita. «Ahia».

Aggrottai la fronte. «Cosa c'è?».

«Ero convinta che io e te fossimo amiche» disse in tono drammatico.

«Siamo amiche?» chiesi, incuriosita.

Lei smise di recitare e mi guardò. «Questa settimana siamo uscite insieme tutti i giorni, Nyx. Direi che questo ci rende amiche».

«Sappiamo entrambe che sei stata incaricata di farlo» risposi.

«Sì, ma è un incarico molto piacevole». Alzò le spalle. «Molto meglio che occuparsi delle scartoffie».

«Non so se questo sia lusinghiero o triste» sospirai.

«Sicuramente la seconda. Con questo passaggio di territorio, Vesperus sta praticamente annegando nelle richieste di trasferimento. Ha trascorso quasi tutta la settimana a lavorarci con Niamh».

«È una delle sue consigliere, giusto?». Ne aveva menzionati alcuni per nome, parlandomi un po' di ciascuno di loro. «Quella che viene dall'Irlanda?».

Cara annuì. «Sì, li chiamiamo anche "sovrani". E lei è qui dalla riunione della settimana scorsa. Vesperus sta decidendo dove riassegnarla».

«Perché non ha bisogno di un consigliere in quella parte del mondo, visto che non è più il suo territorio». Sì, mi aveva parlato anche di quello. «Sono contenta che lei lo stia aiutando».

«L'hai già incontrata?».

«No. Non alloggia qui, e Vesperus cerca di tenermi alla larga dal suo lavoro». Squadrai Cara. «Mi ha dato una babysitter per distrarmi».

La fata scoppiò a ridere. «Non sono una distrazione. Se vuoi vederlo, possiamo andare da lui prima che ti cambi».

«Cambiarmi?».

«Sì» confermò. «Hai detto di voler sembrare una normale abitante di questo territorio. Per farlo, dovrai vestirti in modo adatto al clima». Indicò il suo maglione e i suoi jeans.

«Mh». Non ero più così soddisfatta dei miei piani per la giornata. Se venivo giudicata per il mio abbigliamento, allora non ero sicura di volermi fare dei nuovi amici.

«Dai» mi incoraggiò Cara. «Possiamo andare a vedere come se la cava Vesperus con la sua montagna di richieste. E se anche Niamh è lì, potrai farti una nuova amica. Poi ti aiuterò a trovarne altri in città».

Il suo tono provocatorio non mi sfuggì, ma decisi di ignorarlo e acconsentii al suo piano con un cenno del capo.

In fin dei conti, significava continuare a esplorare. Così forse sarei riuscita a individuare la mia magia errante, valutando al tempo stesso quella che avrebbe potuto essere la mia futura casa.

«Va bene». Mi ero già avviata verso l'ufficio di Vesperus, quando un formicolio mi percorse il braccio e mi bloccò sui miei passi.

Mi accigliai e lanciai un'occhiata alla pelle d'oca che mi copriva il braccio.

Hai deciso di tornare da me?, pensai, rivolta al mio incantesimo vagabondo. Mi guardai in giro, cercando di individuarne la fonte.

Tuttavia il mio medaglione non era nel palazzo, ma lì attorno.

Vicino. Molto vicino.

Cambiai direzione, andando verso il retro della casa. Passai per le cucine e uscii dalle porte che conducevano al parco.

«Nyx?». La voce di Cara mi ricordò che non ero sola. La fata si trovava qualche passo dietro di me, sul patio che abbracciava il retro della tenuta.

«Oh». Mi girai verso di lei. «La mia magia mi sta chiamando. Da questa parte».

Non entrai nei particolari, troppo desiderosa di seguire il familiare filamento di energia.

«Chiamando?» ripeté Cara, raggiungendomi sul sentiero di pietra.

Le mostrai la pelle d'oca sul mio braccio. «Sì». L'incantesimo diede uno strattone al mio spirito, così accelerai il passo. Ebbi l'impressione che ci fosse una sorta di emergenza.

Cosa c'è che non va?, gli chiesi. *Perché mi stai tirando come se fossi al guinzaglio?*

L'incantesimo rispose con una scarica elettrica che attraversò il mio stesso essere. Il panico contenuto in quella scossa mi spinse a correre, e Cara, al mio fianco, fece lo stesso.

Quando raggiungemmo il cancello nero, mi smaterializzai, per poi ricomparire dall'altra parte. Poi mi fermai e aspettai che la magia mi desse altre indicazioni.

Sentii il metallo tintinnare alle mie spalle, e Cara si unì a me con un'espressione incuriosita. «Allora?».

«Sto ascoltando» mormorai, zittendola.

Chiusi gli occhi e rabbrividii quando l'essenza magica toccò di nuovo i miei sensi.

Mi guidò verso destra, facendomi ripensare al mio primo giorno lì.

Solo che non mi condusse al negozio di Lissa, ma due isolati più in là.

Dove l'energia svanì.

«Non ne posso più di giocare a nascond...».

L'incantesimo mi trafisse il cuore, facendomi cedere le gambe e togliendomi il fiato.

Mi strinsi il petto con le mani, mentre dei vetri esplodevano dietro di me. Fui travolta da sensazioni confuse, che fecero vorticare il mondo attorno a me in una maniera delirante.

Cara urlò il mio nome, ma non riuscii a voltarmi verso di lei. Ero troppo stordita. Troppo... troppo *sopraffatta*.

Cosa... cosa sta succedendo? Perché...? Sbattei le palpebre più volte. *Perché mi stai facendo questo?*

La magia rispose con un ronzio colmo di urgenza, attirando la mia attenzione su una donna poco distante. I suoi penetranti occhi verdi scintillavano di potere.

Una strega?, ipotizzai, confusa dalla sua aura. *Così oscura. Fratturata. Un'anima... divisa.*

Percepivo la sua sofferenza, riuscivo quasi a sentirla sulla lingua. Il mio incantesimo le turbinava attorno, disperato, tentando invano di raggiungere il suo spirito frammentato. Per... per guarirlo.

Fissai la scena che si stava svolgendo davanti a me senza comprenderla appieno.

Il vento si agitava intorno a lei nell'oscurità, mentre l'edificio vicino sembrava mascherare la sua presenza.

È avvolta nell'ombra?, mi meravigliai. *Chi sei? Cosa sei?*

Cara mi chiamò di nuovo, gridando, mentre i vetri continuavano a frantumarsi e le fiamme si sprigionavano nell'aria.

Cercai di muovermi, di alzarmi in piedi, di vedere qualcosa.

Mi costrinsi ad alzarmi. Mi tremavano le gambe, la scossa causata dal mio stesso potere mi aveva resa temporaneamente inutile.

Ma la polvere aveva iniziato a diradarsi, la mia visuale a schiarirsi. Il caos che mi circondava divenne fin troppo evidente.

Un'altra esplosione.

Fissai la distruzione a bocca aperta, sconvolta.

Feci un passo avanti, spinta dall'istinto a cercare qualsiasi aura che avesse bisogno di essere salvata.

Ma la mia attenzione tornò subito alla presenza color inchiostro lì vicino, alla donna con lo spirito frammentato.

La guardai negli occhi, ma un dardo di pura fiamma mi trapassò lo sterno.

No. Non un dardo infuocato.

Un proiettile.

Ne udii lo scoppio in ritardo, la scena si svolgeva attorno a me in un modo così scomposto che non... non ero riuscita a percepirlo correttamente.

E ora...

Abbassai gli occhi, notando il sangue che mi macchiava le dita.

Mi...

Le gambe mi cedettero di nuovo, facendomi cadere a terra. Riuscii ad ammortizzare l'impatto con la mano, poi finii su un lato, dove mi rannicchiai su me stessa.

Questo... questo non è... non è un proiettile normale.

Lo sentivo... *farmi a pezzi.*

No.

Bruciarmi.

Come veleno. Come... come *acido.*

Un grido lasciò le mie labbra, un suono di pura agonia, paura, *rabbia*.

Cercai di afferrare qualsiasi cosa fosse, di estrarne la fonte da dentro di me. Ma il mondo... il mondo stava... stava diventando tutto nero.

Il mio incanto mi sfiorò la pelle, l'energia senziente era preoccupata.

Cercai di prenderla, di... di tirarla dentro di me.

Ma non ci riuscii.

Non riuscivo... non riuscivo a fare niente.

Riuscivo a malapena a... *respirare*.

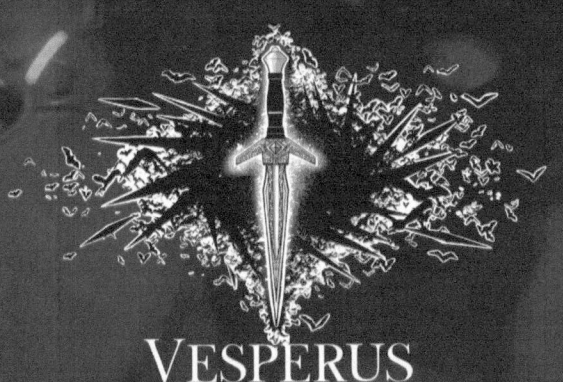

VESPERUS

«SEMBRA PROPRIO CHE SABRINA SIA CONTENTA CHE TU resti a farle da tramite» dissi, con gli occhi sull'email che avevo ricevuto da Kieran. «Quindi, se vuoi rimanere in Irlanda, puoi farlo. Ma a un certo punto potrebbero chiederti di trasferirti in Scozia».

Niamh annuì, concentrata sui rapporti sparsi davanti a lei. «Ci penserò, ma mi sembra l'opzione migliore, visto che Zabra non ha molta voglia di trasferirsi. Preferisce i mari intorno a Dublino. Come me, del resto».

«Meno freddi» mormorai. Non ero una creatura che mutava in drago marino come Niamh o la sua compagna Zabra, ma immaginavo che le acque al largo della costa irlandese fossero più ospitali di quelle gelide dell'Islanda.

Non che in Irlanda non ci fosse freddo, anzi. Solo che era meno intenso di quello che affliggeva noi.

«Potresti anche occuparti dell'addestramento di Bane e Nox» suggerii, pensando ad altri compiti che Niamh avrebbe potuto assumere nel suo nuovo ruolo. «Gli spettri si sentirebbero più a loro agio ad affrontare le prove nei pressi della loro terra d'origine».

«Non sono certa che Kaspian sarà d'accordo». Mi guardò, e i suoi occhi turchesi furono attraversati da un lampo di divertimento. Il colore era in netto contrasto con la pelle scura e i capelli neri. «Sembra che si sia affezionato a quei due».

Sbuffai. «È tutta la settimana che li picchia».

«Non è quello il suo modo di flirtare?» chiese. Un sorrisetto aleggiava sulle sue labbra. «Proprio ieri l'ho visto insieme a Nox, nel cortile dove si allenano. Lo teneva bloccato sotto di lui. E potrei giurare di averlo sentito ringhiare».

«Stai di nuovo parlando di me, tesoro?» domandò Kaspian dalla soglia. «Hai visto qualcosa che ti piacerebbe sperimentare?».

Niamh gli sorrise. «Zabra non vuole uccelli nel nostro nido».

«Peccato» mormorò Kaspian, prendendo posto di fronte a lei. «Ma Niamh ha ragione. Voglio tenermi Nox e Bane».

Inarcai un sopracciglio. «Qui in Islanda?».

Annuì. «Hanno bisogno di una mano ferma».

Niamh scoppiò a ridere, ma la ignorai.

«Sono stati addestrati da pacifisti» aggiunse il mio secondo. «Hanno un sacco di cattive abitudini che devo correggere».

«Come la pietà e la compassione?» ipotizzai.

«Esattamente».

«Uhm...» mormorai. «Basta che non li trasformi in mostri, Kas. Non tutti abbiamo la tua stessa sete di sangue».

«Qualcuno dovrà pure essere severo, da queste parti, col nostro leader che concede asilo temporaneo alle nostre prede» ribatté.

Alzai gli occhi al cielo. «È la mia compagna predestinata, Kas».

«Bella scusa» sbuffò.

«Non ascoltarlo, Ves» intervenne Niamh. «È solo geloso di non aver ancora trovato qualcuno che sopporti le sue stronzate. E, soprattutto, qualcuno in grado di tollerarlo per l'eternità». Rabbrividì visibilmente all'idea.

Kaspian ridacchiò e scosse la testa. «Non ne ho bisogno, sto benissimo così».

«Sicuro?» chiese lei, inarcando un sopracciglio perfettamente delineato.

«Non sapevo che ti importasse così tanto di me, Niamh» replicò con un sorriso. «Sicura che non vuoi che venga a trovare te e Zabra?».

Scossi la testa, ignorando le loro schermaglie, e cominciai a scrivere una risposta per Kieran.

Niamh vuole qualche giorno per...

Il mio dito scivolò sul tasto di invio, quando una scarica di energia mi attraversò lo sterno, togliendomi il respiro.

«Ves?» chiese Kaspian, che in un attimo fu al mio fianco.

Premetti una mano sul petto, colpito da una terribile stretta al cuore, che mi fece cadere la testa sulla tastiera.

Cazzo.

Cazzo!

Gemetti. Le mie viscere *bruciavano* a causa di qualcosa di intenso, violento... qualcosa... qualcosa di *letale*.

Kaspian e Niamh iniziarono a parlare in un'altra lingua. Le loro parole non avevano alcun senso.

Sentivo solo *dolore*.

Un tormento angoscioso e straziante.

Caddi dalla sedia e colpii il pavimento, mentre cercavo vanamente di riprendermi da qualsiasi cazzo di cosa mi stesse attaccando.

Ma tutto si fece nero.

E poi ci fu una luce.

E un allarme riecheggiò nel mio ufficio.

Cosa cazzo sta succedendo?

Premetti una mano sulla tempia, l'altra era sul cuore.

Cos'è? Un incantesimo? Una maledizione?

«Non lo so!». La voce familiare di Cara si insinuò tra i miei pensieri. Il panico contenuto in quelle tre parole mi costrinse ad aprire gli occhi. «Le hanno sparato. E adesso non si muove».

Sparato? Chi? Dove?

Kaspian ripeté l'ultima domanda ad alta voce. Forse perché ero riuscito a trasmetterla nella sua mente, o semplicemente perché sapeva cosa chiedere. Non ne ero sicuro. Ma soprattutto non mi importava. Volevo risposte.

Cara disse il nome di una strada e cominciò a parlare di esplosioni.

«Quanti feriti ci sono?» chiese Kaspian.

«Non lo so anc...». La telefonata si interruppe, e Kaspian imprecò.

«Chiama Larus» disse, prendendo immediatamente il controllo della situazione. «Voglio anche Manx e Langly».

«Subito» rispose Paxton. La sua voce burbera fu un'aggiunta inaspettata.

Quand'è arrivato lo stregone? Di solito stava negli alloggi di Kaspian, essendo il suo assistente personale.

«Andiamo, Veritas» mi esortò Kaspian. L'uso del mio cognome mi spinse ad alzare gli occhi su di lui. «Hanno sparato alla tua compagna, non a te. Quindi alzati, cazzo».

Cosa? Lo fissai a bocca aperta, poi mi premetti di nuovo la mano sul petto, capendo che era stata quella la causa del mio dolore improvviso. *Nyx!*

Cercai di mettermi in piedi, ma la stanza cominciò a girare e la mia visione si oscurò di nuovo. *Cazzo*. Mi sentivo davvero come se avessero sparato a me. *Com'è possibile?* Avevamo rifiutato il nostro legame. Non avrei dovuto... non avrei dovuto sentire niente.

Eppure...

Kaspian mi afferrò il braccio. «Reagisci».

Il suo ordine mi fece digrignare i denti.

Ma l'irritazione che provavo non era diretta al mio secondo in comando. Era diretta a me.

Aveva ragione.

Dovevamo andare.

Visualizzai mentalmente la strada di cui Cara aveva parlato al telefono e imposi alle mie gambe di iniziare a muoversi.

Solo che il mondo riprese a vorticare e delle ombre nere mi rubarono la vista, gettandomi in un mare di oscurità.

Ma la strada che avevo appena immaginato apparve davanti a me in un battito di ciglia.

Spalancai gli occhi, che iniziarono immediatamente a lacrimare, quando una nube di fumo si infiltrò nel mio corpo. Tossendo, mi allontanai di qualche passo e trovai Cara che gridava ordini in mezzo alla strada.

I mercenari rispondevano lanciandosi negli edifici in fiamme e recuperando corpi esanimi.

Ma la mia attenzione era rivolta a un'unica figura.

Nyx.

Corsi da lei, le mie gambe si erano improvvisamente ricordate come fare a muoversi.

«Finalmente!» gridò Cara non appena mi vide, ma le passai accanto e mi diressi dalla mia dea svenuta.

«Nyx...».

Non respirava.

E la sua pelle non aveva il solito bagliore dorato. Era pallida, quasi spettrale.

Mi inginocchiai accanto a lei, e un senso di perdita mi colpì dritto al petto. Dove avrebbe dovuto esserci il nostro legame. Dove l'avevo sentito al nostro primo incontro.

Dove Nyx dovrebbe essere anche adesso.

Cosa...?

«Vesperus». Mi accorsi appena della voce di Cara, subito rimpiazzata da quella di Kaspian, che aveva assunto il comando dei soccorsi.

«Dove cazzo è Astrella?» gridò. «Abbiamo bisogno di acqua!».

«Sta spegnendo il fuoco laggiù» gli rispose Cara. Poi si allontanò da me e si rimise al lavoro insieme a Kaspian.

Era una situazione per cui ci eravamo addestrati per anni, ma che non pensavo che si sarebbe mai verificata. Perché il mio territorio veniva sempre prima. La mia gente era tutta la mia vita.

Ma non riuscivo... non riuscivo a concentrarmi. Mi sentivo come se mi avessero strappato via l'anima e l'avessero sbattuta sul cemento davanti a me. Come se stesse morendo insieme a Nyx. *La mia compagna. Il mio futuro.*

La conoscevo a malapena. Eppure, il mio spirito... il mio spirito la adorava già.

Com'è possibile?, mi domandai per l'ennesima volta, agitando inutilmente le mani su di lei. «Cosa posso fare?». Era una dea. Non poteva davvero morire. Me l'aveva detto.

"Se in qualche modo riuscirete a distruggere la mia forma corporea, il mio spirito tornerà da Khaos e nascerà di nuovo".

Ma quanto tempo ci sarebbe voluto?

E sarebbe stato come perderla per sempre? Avrebbe distrutto la magia del nostro legame?

Il senso di perdita che provavo era forse il risultato della scomparsa dell'altra metà della mia anima?

Avevo già ipotizzato che, una volta lasciata la nostra realtà, sarebbe stato come se fosse morta. Per questo ci eravamo rifiutati a vicenda, per evitare una simile sofferenza.

Eppure, mi sentivo... mi sentivo fottutamente inutile.

Solo.

Distrutto.

Come se il proiettile avesse colpito me, non lei.

Il mio sguardo andò sulla sua ferita e sul sangue che vi si raccoglieva intorno. «Non capisco» dissi, scuotendo la testa. Era un semplice colpo di pistola allo sterno. Doloroso, *molto* doloroso, ma non mortale.

Avrei potuto sopravvivere a diverse ferite del genere e restare sveglio durante l'agonia della guarigione.

Nyx non avrebbe dovuto essere abbattuta da un singolo proiettile.

Le controllai la testa e il collo, tra gli unici punti realmente vulnerabili per una creatura immortale, e non trovai nulla.

Non aveva alcun senso.

Kaspian mi raggiunse e mi posò la mano sulla spalla. «Non vedo lesioni alla testa. Anche il midollo spinale è intatto» disse, esprimendo ad alta voce la mia valutazione. «Perché sta ancora sanguinando?».

Scossi la testa. «Non lo so». La ferita sul petto avrebbe già dovuto iniziare il processo di guarigione. «Aiutami a girarla. Forse il proiettile è ancora dentro di lei». Ma neanche quello avrebbe dovuto essere possibile. Il mio corpo rigettava sempre gli oggetti estranei, spingendoli fuori per poter guarire. E in fretta, essendo un vampiro antico. Lo stesso valeva anche per Kaspian.

Il mio secondo mi aiutò a muoverla per controllarle la schiena.

Altro sangue.

«C'è il foro d'uscita» dissi, scuotendo di nuovo la testa. «La ferita dovrebbe già essersi quasi rimarginata».

«Che il proiettile sia stato potenziato con qualcosa?» ipotizzò Kaspian. «Un incantesimo di qualche tipo?». La risistemammo sulla schiena, poi il mio secondo chiamò Paxton.

Nel nostro territorio avevamo solo una manciata di streghe e stregoni, principalmente perché Oro e Granato era piuttosto lontano da Spirito e Zaffiro, una casata notoriamente piena di creature in grado di manipolare la magia.

Accarezzai i capelli di Nyx, e mi accorsi di quanto fossero secchi. «Sa di morte» sussurrai con un groppo alla gola. «È come se fosse umana». Una rivelazione sconcertante, che mi fece capire quanto fosse davvero minuta.

Il suo potere la faceva apparire molto più maestosa, la sua forma snella sembrava forte, atletica, *indistruttibile*.

Ma ora… così… mi ricordava una mortale. Piccola. *Così fottutamente fragile.*

«Qual è la situazione, Cara?» le chiese Kaspian quando si unì a noi.

«Sopravviveranno tutti» disse. «Ma dovremo trovare una sistemazione temporanea per più di dieci famiglie».

Kaspian imprecò. «Non è stato un attacco casuale. C'è dietro una strategia. Hanno colpito proprio la zona residenziale. Ma chi?».

«Non ho visto nessuno» disse Cara in tono frustrato. «Ero troppo distratta dagli spari».

Aggrottai la fronte. «Spari?».

«Sì, qualcuno ha cercato di sparare a Nyx tre volte. È riuscita a schivare i primi due proiettili, ma il terzo…». La sua voce si spense, le sue labbra si strinsero. «Le ho gridato un avvertimento, ma era come… ipnotizzata da qualcosa.

Si è alzata in piedi e ha praticamente accettato lo sparo nel petto».

Non sembrava affatto una cosa da Nyx. L'ultima volta che si era trovata in una situazione di pericolo, aveva creato uno scudo per proteggersi. *Cosa stavi facendo?*, le chiesi mentalmente.

«Cosa stavate facendo qui?» chiese Kaspian. La sua domanda era simile alla mia, eppure completamente diversa.

«Ha percepito di nuovo la sua magia e si è messa a seguirla. Poi...». Indicò con un gesto della mano il caos che ci circondava. «Prima sono arrivati gli spari, poi le esplosioni. Non so se fosse tutto collegato, ma mi stupirebbe il contrario».

Mi accigliai. «Stai suggerendo che sia stata lei?». Mi accorsi subito che la mia domanda suonava fin troppo difensiva, ma non ero riuscito a trattenere l'incredulità. *Perché avrebbe attaccato se stessa e noi? Non ha nessun senso.*

«Sto suggerendo che ci possa essere una connessione tra il suo potere e quello che è successo» disse Cara. «Ma non penso che ci sia stato nulla di intenzionale da parte sua».

Scossi la testa, rifiutando la sua conclusione. «Non è stato il suo potere».

Nyx usava la polvere di stelle per esaudire desideri e creare la vita, non per distruggerla. Nonostante avessimo trascorso poco più di una settimana insieme, quel tratto del suo carattere mi era ben chiaro.

Ero bravo a leggere le persone.

E seguivo l'istinto.

Che, in quel momento, mi stava gridando che Nyx era innocente.

«Scusa, sono venuto più in fretta che ho potuto» disse Paxton ansimando. Si fermò accanto a noi e si inginocchiò vicino a Kaspian. I suoi occhi scuri esaminarono Nyx, e una serie di rughe si formò sulla sua fronte. «Perché non sta guarendo?».

«È quello che vogliamo sapere» disse Kaspian. «Riesci a percepire della magia su di lei? Un incantesimo? Qualcosa che stia ostacolando i suoi poteri?».

«Qualcosa che la fa assomigliare alla morte» aggiunsi in un sussurro, accarezzandole di nuovo i capelli.

Avevo un nodo allo stomaco che non voleva saperne di sparire. Continuava a dirmi che c'era qualcosa che non andava, che dovevo trovare una soluzione. Solo che non avevo idea di cosa stesse succedendo.

Paxton si schiarì la voce. «Posso toccarla?».

La domanda era rivolta a me, e trovai spaventosamente difficile rispondergli. Così mi limitai a rivolgergli un rigido cenno d'assenso.

Perché non volevo che la toccasse. Una sensazione preoccupante.

Volevo prenderla tra le braccia e sparire. Portarla al sicuro. Assicurarmi che nessuno potesse più farle del male.

Cosa cazzo c'è che non va in me?

Mi costrinsi ad allontanare la mano dai suoi capelli. Sentii il cuore frantumarsi in mille pezzi. Quei bisogni estranei mi avrebbero fatto perdere la testa.

Forse sta davvero morendo. E io sto già impazzendo per la perdita della mia compagna predestinata.

No, non era possibile.

Abbiamo rifiutato il legame!

Inspirai profondamente, ordinandomi di darmi una calmata. Tutta quell'ansia, quel bisogno di prendere a pugni Paxton perché stava toccando Nyx, e quel desiderio di agguantare la mia dea e sparire con lei erano tutte pulsioni inutili. Non avrebbero risolto nulla.

Ma volevo sapere chi aveva sparato alla mia compagna predestinata.

Perché avrei fatto a pezzi quell'essere e avrei banchettato con il suo sangue.

Le mie mani si strinsero a pugno, la mia furia aumentava ogni secondo che passava.

Osservai la carneficina intorno a noi. I segni lasciati dalle fiamme, gli edifici distrutti, i gruppetti di Soprannaturali che si aiutavano a guarire gli uni con gli altri.

Cara aveva detto che non era morto nessuno, e la scena dimostrava che Nyx era stata quella a subire più danni. *A causa di un proiettile. Come cazzo è potuto succedere?*

«Non sento nessuna magia» disse lentamente Paxton. «Almeno non un incantesimo attivo. Sapete da che parte sia andato il proiettile?».

Lo guardai con la fronte aggrottata. «Pensi che ci fosse un qualche sortilegio sul proiettile?».

«Forse». Ma non sembrava molto sicuro della sua risposta. «Voglio solo controllarlo».

Cara sospirò. «Non sarà facile. È da qualche parte lì dentro». Indicò una delle case lì accanto, una di quelle che erano state distrutte dalle esplosioni.

Paxton si alzò in piedi e osservò le macerie. «Dovremo scavare». I suoi occhi incontrarono i miei. «Nel frattempo, ti suggerisco di trattarla come una mortale».

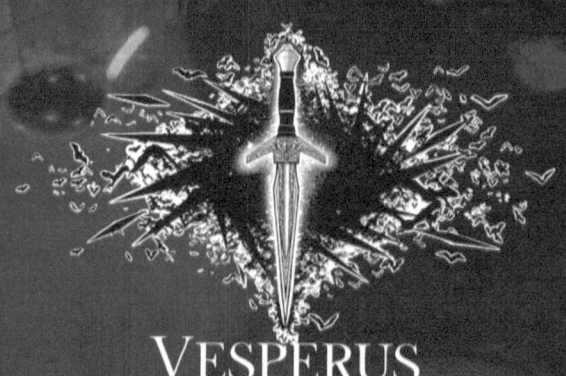

VESPERUS

Una mortale.

Borbottai una parolaccia.

Perché era quello che avevo pensato, vedendola così, ma non avevo considerato la possibilità di *trattarla* come tale.

«Ha perso molto sangue» dissi, riflettendo ad alta voce. «Ha… ha bisogno…». Fui colto da un altro pensiero. «Ha bisogno di sangue».

Del mio sangue.

Mi morsi il polso, *forte*, creando quella che per un umano sarebbe stata una ferita fatale. Ma io avevo bisogno che restasse aperta abbastanza a lungo da sanguinare.

Invece di avvicinarle il polso alle labbra, lo premetti sul suo sterno, in modo che il mio sangue si mescolasse al suo.

Nel momento in cui sentii la ferita rimarginarsi, mi morsi l'altro polso e ripetei l'operazione.

Sotto lo sguardo attento di Kaspian.

«Vuoi che aggiunga anche il mio?» mi chiese quando non sembrò succedere nulla.

Serrai la mascella. L'idea del sangue di un altro nella mia compagna mi fece venir voglia di commettere un omicidio. Ma se l'avesse salvata, allora…

Qualcosa svolazzò nell'aria, attirando la mia attenzione. Un tenue bagliore che quasi mi sfuggì, in mezzo a tutto il fumo che ci circondava. Lo fissai, non del tutto sicuro che fosse veramente lì. Ma l'intensità del suo luccichio aumentò, e si avvicinò a me.

È...?

No.

Dovevo avere le allucinazioni.

Non poteva essere l'anima di Nyx, giusto?

Non... non...

No. Il suo cuore batte ancora.

Ma allora cos'è?

«Ves?» insistette Kaspian. «Vuoi...».

«Aspetta» gli sussurrai, avvicinando la mano al bagliore dorato che fluttuava verso di me.

Sentivo che Kaspian mi fissava stranito, perché sì, mi stavo comportando da pazzo. Ma qualcosa, in quel filamento di energia, aveva un che di familiare.

Continuò a danzare nell'aria, lentamente, cautamente. Come se non fosse del tutto sicuro della mia esistenza. Mi tornò in mente la conversazione con Nyx sul suo medaglione senziente, e mi chiesi se quell'accenno di magia fosse legato alla sua creazione.

O forse c'entra con l'esplosione, pensai, ritraendo la mano.

Cara aveva detto che Nyx sembrava ipnotizzata da qualcosa.

Sei stato tu?

La magia sembrò bloccarsi. Il bagliore dorato vibrò come se stesse sbuffando irritato.

Bizzarro.

«Cosa stai guardando?» sussurrò Kaspian.

Deglutii. «Non lo so». Avrebbe potuto essere frutto della mia immaginazione. O forse... o forse qualcosa che avrebbe potuto aiutare Nyx.

O anche una trappola.

Guardai con sospetto il filamento di energia e gli avvicinai di nuovo la mano. «Tienimi d'occhio» dissi a Kaspian, rivolgendo tutta la mia attenzione all'incantesimo misterioso. «E tirami un pugno se faccio qualcosa di strano».

«Tipo tenere il braccio in aria mentre ti concentri su una specie di allucinazione?» borbottò Kaspian.

Lo ignorai, cercando invece di attirare l'energia. «Mi vuoi? Vieni a prendermi» la provocai.

La sostanza brillò come se stesse gonfiando il petto.

Poi si lanciò sul mio palmo, raggomitolandosi su se stessa in...

Una manciata di polvere di stelle.

«Per tutti gli dei...» boccheggiò Kaspian.

«No» dissi. «Per tutte le dee».

«Quindi non solo riesci a teletrasportarti, ma adesso puoi anche creare polvere di fata» disse. Sembrava colpito.

«Polvere di stelle» lo corressi, accarezzando col pollice la morbida sostanza. Il mio sguardo tornò sul viso cinereo di Nyx.

Mi aveva spiegato come funzionava. Dovevo esprimere un desiderio.

Mi sento come un bambino davanti a una fottuta stella cadente, pensai, scuotendo la testa.

Quella dolce creatura divina stava smantellando ogni aspetto della mia vita. E nonostante fossi letteralmente in mezzo al caos, non riuscivo a rimproverarle nulla.

Okay, dea, pensai, tenendo la mano sulla ferita che ancora sanguinava. *Desidero che guarisci.* Lasciai cadere la polvere e la vidi spargersi sul suo sterno, dove ogni granello si dissolse all'impatto.

Kaspian fischiò, attirando la mia attenzione verso il punto che stava osservando: il braccio di Nyx.

Dove una sfumatura dorata era sbocciata sui suoi polpastrelli. Le mie labbra si schiusero quando il colore cominciò a diffondersi, centimetro dopo centimetro, dalla mano al polso, e gradualmente lungo il braccio, scacciando dalla sua pelle la tonalità cinerea e lasciando dietro di sé un sano splendore.

«Per tutte le dee, davvero» sussurrò Kaspian.

Alla fine Paxton si era sbagliato: non dovevo trattare Nyx come una mortale. Dovevo ricordarmi che era una fottuta dea.

Un sacrificio di sangue, pensai, fissando i miei polsi, per poi abbassare lo sguardo sul suo sterno. La ferita non si era chiusa, ma non sanguinava più.

Perché sta finalmente guarendo.

Premetti la fronte sulla sua. Il respiro mi sfuggì con un sospiro di sollievo che non avevo intenzione di esternare, ma mi sentivo come se un enorme peso mi fosse stato tolto dal petto.

E dall'anima, pensai, inalando il profumo di Nyx e notando la nota di arancia che indugiava sulle sue labbra.

Se fosse stato un altro momento, avrei sorriso. Ma non ci riuscii. Ero troppo esausto, troppo abbattuto per fare qualsiasi cosa che non fosse stringerla a me.

«Devo riportarla nella mia stanza» dissi a Kaspian, chiudendo gli occhi. «Puoi occuparti tu di tutto questo?».

Non rispose, facendomi accigliare.

«Kaspian?» chiesi, costringendomi ad alzarmi e aprire gli occhi.

Solo che non era lì.

Perché io e Nyx non eravamo più sulla strada, ma sul pavimento del mio bagno.

«Ho...?». Mi interruppi e guardai la dea addormentata. «O sei stata tu?». La domanda mi uscì con un sospiro profondo, colmo di stanchezza.

Era praticamente da una settimana che non dormivo.

E ora tutto questo… Ero allo stremo.

Ma non potevo lasciare Nyx in quello stato. La sua ferita aveva finalmente iniziato a rimarginarsi, ma aveva il petto e l'abito coperti di sangue, sia suo che mio.

Anche la sua pelle stava ancora riprendendo colore.

Aveva bisogno di essere lavata. Accudita. Rimessa in sesto.

Deglutii, sfiorando di nuovo la sua fronte con la mia. «Non so cosa sia successo, ma è meglio che non si ripeta».

Almeno sapevo come mi sarei sentito senza Nyx.

Anche dopo esserci rifiutati a vicenda, ero ancora in qualche modo legato a lei.

È perché continuiamo a bere l'uno dall'altra?, mi domandai, non riuscendo a trovare un'altra spiegazione. *Non è così che funzionano i legami forgiati dal destino.*

Ma forse… forse era così che funzionavano per la sua specie?

Solo che aveva detto che quel genere di magia non esisteva nella sua realtà.

E allora cos'è? Perché sono così legato a te?

Non si trattava solo di lussuria. Ero stato sopraffatto dalla sua perdita e mi ero sentito come se avessero sparato *a me*. Un destino che andava al di là della mia comprensione ci aveva fatti incontrare, e superava ogni logica del mio mondo… e forse addirittura del suo.

Indipendentemente dal motivo, ora eravamo insieme.

Perciò dovevamo trovare un percorso che ci permettesse di muoverci *insieme*, non come due entità separate.

Perché ormai mi sembrava chiaro che non potevamo semplicemente rifiutare il nostro legame.

L'unica via d'uscita è la morte.

E stando a quello che era appena successo, la sua morte avrebbe portato alla mia e viceversa.

Mi passai una mano sul viso e sospirai. «Bene». Avrei potuto rimuginarci sopra per tutto il pomeriggio e la sera, ma non avrei risolto un accidenti di niente.

Ma potevo aiutarla in quel momento, proprio lì, assicurandomi che si svegliasse in una posizione comoda e al caldo.

Mi alzai e aprii l'acqua della vasca, trovando la temperatura giusta, e lasciai che si riempisse. Poi mi tolsi i vestiti sporchi e li gettai in un angolo per essere bruciati. Non erano molto insanguinati, dal momento che mi ero già arrotolato le maniche fino al gomito, ma puzzavano di morte.

Della morte di Nyx.

E fumo.

E carneficina.

E distruzione.

Esattamente come il suo abito, che le sfilai con cura, e i sandali.

Lanciai tutto sullo stesso mucchio, di cui mi sarei occupato più tardi.

Poi controllai lo sterno e la schiena di Nyx, notando gli strati di pelle fresca dove prima c'erano degli squarci. Il suo stato di incoscienza mi diceva che stava ancora guarendo all'interno, ma esternamente sembrava di nuovo in salute.

A parte il sangue incrostato che le copriva la pelle.

Lanciai un'occhiata alla vasca. Il livello dell'acqua era ancora basso, così decisi di farle prima una doccia. Altrimenti, avremmo fatto il bagno nella nostra stessa sporcizia.

La adagiai sulla panchina, azionai i vari soffioni e ne afferrai uno estraibile per lavarla. Non si svegliò, ma la sua pelle divenne rosea sotto il getto caldo.

Il sangue e lo sporco vorticarono nello scarico, seguiti dal sapone.

Quando finii di dare una ripulita a entrambi, il bagno era pronto; il rubinetto si era chiuso automaticamente quando aveva raggiunto il livello appropriato.

Aggiunsi all'acqua un po' di profumo agrumato, poi recuperai Nyx dalla doccia.

E la trovai seduta sulla panchina, intenta a osservarmi con un'espressione incuriosita.

Mi bloccai. Le sue iridi dorate mi fecero dimenticare come respirare.

Perché mi guardavano come se fossi una *preda*.

«Sei nudo» disse, e i suoi occhi stupendi scesero verso il basso. «E *bagnato*». Piegò la testa di lato, fissandomi l'inguine.

Che aveva cominciato a reagire al suo sguardo.

Perché anche lei era nuda.

E sembrava decisamente affamata.

Si leccò le labbra. «Mmm... è valsa la pena aspettare».

Sollevai le sopracciglia. «Non dovevi rischiare di morire per vedermi nudo, Nyx». Mi sarei spogliato per lei e avrei fatto qualsiasi altra cosa desiderasse, pur di non vederla mai più ferita e morente.

«Morire?» ripeté, riportando lo sguardo sul mio. «Cosa vuoi dire?». Si guardò attorno. «È... è per questo che non riesco a ricordare quando o come siamo finiti qui?». Un po' della sua fame sembrò placarsi, e cercò di raddrizzare la schiena.

L'azione le strappò una smorfia. Avvicinò una mano allo sterno.

«Oh» ansimò, massaggiandosi il petto. «Non...». Si accigliò. «Non ricordo niente».

«Qual è l'ultima cosa che ricordi?» chiesi, camminando lentamente verso di lei.

Scosse la testa. «È tutto così... confuso. Ma penso...».
Si sfiorò le labbra. «C'era del succo d'arancia?».

Mi accovacciai davanti a lei nella doccia, appoggiando
le mani sulle sue ginocchia, e annuii. «Ho corretto il tuo
succo d'arancia. Volevo assicurarmi che mangiassi
qualcosa». Perché continuava a saltare i pasti. E per
quanto sapessi che non aveva *bisogno* di mangiare, la parte
più istintiva di me voleva comunque che si nutrisse.

Posò le mani sulle mie. Le punte delle sue dita erano
più fredde di quanto avrebbero dovuto. Ma la sua pelle
aveva ripreso un colorito sano, e il bagliore dorato era
tornato.

«Come ti senti?» le chiesi dolcemente.

Scosse di nuovo la testa. «Confusa». I suoi occhi mi
scrutarono il viso. «Cos'è successo?».

«Cara ha detto che stavi seguendo la tua magia,
quando qualcuno ti ha sparato». Guardai il suo petto.
«Lì».

«Con cosa?» chiese. «Qualcosa di grosso?».

«No. Un proiettile».

Si irrigidì. «Un proiettile? Cioè... uno solo?».

«Sì».

«Ma non... non avrebbe dovuto...».

«Non avrebbe dovuto essere in grado di ucciderti, o
quasi?» suggerii, completando la frase per lei. «Sì, sono
d'accordo. Ho usato un po' della tua polvere di stelle per
riportarti indietro».

«Polvere di stelle?» ripeté, arricciando il naso. «Ma
come...?». Si interruppe con un brivido, e sentii la sua
pelle raffreddarsi ancora di più.

Il suo corpo stava ancora guarendo, spostando
l'energia dove ne aveva più bisogno.

«Penso che la tua magia mi abbia aiutato» ammisi.
«È... è comparsa dal nulla, per poi raccogliersi nella mia

mano in un mucchietto di polvere di stelle». Le strinsi le cosce. «Così ho desiderato che guarissi».

Mi guardò a bocca aperta. «Hai dovuto desiderare che guarissi?».

«Sì. Stavi morendo dissanguata».

«Non è possibile».

«Lo so, ma è quello che è successo» le dissi, rialzandomi in piedi. «Continuiamo a parlare nella vasca da bagno. Ti terrà al caldo». Le punte delle sue dita erano ormai gelate.

Invece di aiutarla ad alzarsi, mi piegai e la presi tra le braccia. Non si lamentò, limitandosi a fissarmi mentre la portavo verso la vasca. I rubinetti si erano chiusi automaticamente e si erano attivati dei getti che facevano vorticare l'acqua.

Nyx mi sembrava ancora praticamente priva di peso. Le sue dimensioni mi erano molto più chiare, ora che l'avevo vista in uno stato così fragile.

Era sempre stata più piccola di me, solo che non mi ero reso conto di quanto.

Ma non avevo dubbi che fosse perfettamente in grado di reggere il mio potere.

A patto che non le sparassero.

«Paxton pensa che si sia trattato di un proiettile incantato» le dissi, sedendomi nella vasca con lei in grembo. «Stanno cercando dei frammenti per confermarlo».

«Un proiettile incantato» mormorò, continuando a studiarmi. «Che mi ha impedito di guarire da sola?».

Annuii. «Al momento, è l'ipotesi più plausibile».

«E chi… chi è Paxton?».

«L'assistente personale di Kaspian» spiegai. «È uno stregone».

«Capisco». Aggrottò le sopracciglia, e il suo sguardo si

spostò dal mio viso all'acqua. Poi scosse di nuovo la testa. «Non ricordo niente».

«Stai ancora guarendo, Nyx» mormorai, accarezzandole una coscia. «Datti tempo. La tua mente recupererà tutto».

Deglutì e mosse appena il capo in un cenno d'assenso. «Ma sto guarendo molto lentamente».

«A causa di ciò che ha cercato di ucciderti» le ricordai.

«Sì, lo capisco. Ma anche con la polvere di stelle…». I suoi occhi tornarono sui miei. «Hai desiderato che guarissi, giusto?».

«Sì».

«Allora dovrebbe essere già successo» rispose. «È… è così che funziona. Non è un procedimento graduale. È immediato».

«Ho sbagliato qualcosa?». *O forse…* «È perché sono stato io a… come dire, evocare la polvere di stelle, e non tu?».

«No, non penso». Mi osservò per qualche istante, poi sollevò le mani. Le punte delle sue dita avevano ricominciato ad avere una sfumatura cinerea. «Credo… credo di aver bisogno di più energia. Forse dalla luna?».

Scossi la testa. «Non è ancora sorta». Era mezzogiorno, il sole era alto nel cielo.

«Allora ho bisogno di qualcos'altro».

«Sangue?» suggerii.

«Forse» sussurrò, rimettendo le mani nell'acqua. «Non mi sento… *completa*».

Capivo cosa intendeva, perché era quello che provavo anch'io. Quasi come se quella sensazione di vuoto nel petto non fosse ancora svanita.

Perché il nostro legame non c'è più.

Eppure non mancava davvero, come avevamo potuto verificare nelle ultime ore.

«Forse ho solo bisogno di dormire» aggiunse. Sbadigliò e si spostò un po', in modo da poter appoggiare la testa sulla mia spalla.

Il movimento, però, la fece irrigidire di nuovo.

«O forse…». Spostò il viso, avvicinando la bocca alla mia gola. «Forse ho bisogno di te».

NYX

Ogni parte di me sembrava così pesante. *Debole.* Addirittura letargica.

Tranne... tranne quel desiderio proibito che continuava a tormentarmi. Un intenso bisogno di toccare Vesperus. Di assaggiarlo davvero.

Mi ero svegliata trovandomi davanti agli occhi il suo splendido sedere, così sodo, e le sue gambe lunghe e muscolose. Poi si era alzato in piedi, mostrandomi la sua schiena massiccia e i folti capelli neri.

Era stato come un sogno. Un sogno in cui avrei voluto perdermi, senza risvegliarmi mai più.

Gli leccai la gola, inseguendo una gocciolina con la lingua. Il sapore della sua pelle mi strappò un gemito.

Delizioso.

Ero affamata di lui, bramosa in un modo mai provato prima. Morivo dalla voglia di avere un pezzo di lui. Di sentirmi completa.

Non potevo teletrasportarmi, ammantandomi d'ombra. La mia anima era troppo debole per materializzarmi in un'area del mondo in cui già brillava la luna.

Avevo bisogno di energia, ma avrei dovuto sfruttare qualcosa di diverso.

E il mio spirito mi stava dicendo di prenderla da Vesperus. Di assorbirlo. Di *unirmi* a lui.

Era riuscito a richiamare a sé un po' della mia polvere di stelle. Questo doveva pur significare qualcosa.

Poi l'aveva usata per riportarmi indietro. E aveva desiderato che guarissi.

Aveva funzionato, ma solo superficialmente. Perché una parte della mia anima soffriva ancora per la sua mancanza.

«Ho bisogno di te» ripetei con maggiore determinazione. «Sento… sento un'energia che mi attrae inesorabilmente verso di te. Un bisogno intenso che non riesco a spiegare. Lo…».

«Senti e basta» terminò per me. «Lo so. Anch'io provo lo stesso».

«Davvero?» sussurrai, con le labbra posate sul suo collo.

«Ti ho sentita morire, Nyx». Insinuò le dita tra i miei capelli e mi cullò il capo. «E mi sono sentito morire insieme a te».

Allontanai il viso da lui per incontrare il suo sguardo. «Ma abbiamo rifiutato il nostro legame».

«Sì, lo abbiamo fatto» confermò. Il suo sguardo brillava di potere. Il *mio* potere. Perché le sue iridi si erano invertite di nuovo, donando ai suoi occhi le sembianze di un'eclissi.

Così belli.

Affascinanti.

Invitanti.

«Non dovremmo essere connessi» aggiunse. «Eppure lo siamo».

«Lo siamo» gli feci eco, percependo nel petto il pulsare di quella connessione. «È il sangue?».

«Non lo so. Hai detto che tra i membri della tua specie non esiste questo tipo di legame».

«No, infatti». Ma ciò non significava che la mia magia non si fosse evoluta, accettando la possibilità di avere un compagno predestinato.

Ero un'entità della creazione. Tutto ciò che riguardava me e il mio potere si evolveva per manifestare più vita. Più esperienze. Più incantesimi.

Forse ero a caccia di qualcosa di più di una semplice casa. Forse ero alla ricerca di un nuovo scopo.

Di un compagno.

Forse era per quello che il mio medaglione aveva scelto quella realtà. Per accoppiarmi con il compagno ideale.

E il nostro rifiuto non era stato sufficiente a sciogliere il legame che ci univa. Perché ero un essere che esisteva *al di là* della magia.

Ne ero la fonte.

«Hai assorbito i miei poteri» sussurrai, osservando i lineamenti di Vesperus. «Il mio sangue ti sta facendo evolvere». Non mi era mai accaduto prima. Tutti quelli che mi avevano morsa, in passato, non erano riusciti a gestire nemmeno una goccia della mia essenza.

Vesperus, invece, aveva bevuto il mio sangue come se fosse stato un vino pregiato.

E io avevo fatto lo stesso con lui.

«Siamo compagni» mormorai. «Il nostro legame va al di là della magia».

«Penso che tu abbia ragione».

«Ecco perché desidero di più» gli dissi, avvolgendo il

palmo attorno alla sua nuca. «Sei la mia metà. E io ho *bisogno* di te».

Il colorito spento sui miei polpastrelli si era esteso ai polsi, cancellando il mio bagliore dorato e confermando la mia mancanza di energia.

Non avevo mai provato nulla di simile. Né la necessità di essere guarita, né quella tinta grigiastra.

Di solito, la mia pelle impallidiva durante il giorno, per poi riprendere colore di sera, quando ricaricavo il mio spirito con la polvere di stelle del cielo notturno.

Ma questa qualità cinerea...

Vesperus premette le labbra sulle mie, mettendo a tacere i miei pensieri e riportando la mia attenzione su di lui con una sferzata della lingua.

Gemetti e affondai le unghie nella sua nuca, esigendo di più.

Lui rispose mordendomi il labbro inferiore. Poi leccò via il dolore, esortandomi a ricambiare.

Era un approccio violento. Di natura quasi selvaggia.

Eppure era esattamente ciò di cui avevo bisogno: mi ricordava che non ero distrutta o persa, ma che ero sua pari in tutto e per tutto.

Ero soltanto un po' ammaccata.

E lui mi stava offrendo ciò di cui avevo bisogno per sopravvivere. Per risollevarmi. Per *rigenerarmi*.

Ma non volevo il sangue dalla sua bocca. Lo volevo dalla sua giugulare. Un vero assaggio, uno che non mi ero ancora concessa.

Non lo avvertii.

Lo morsi e basta.

Strinse la presa sui miei capelli, sibilando in risposta alla mia decisione improvvisa e ai miei movimenti animaleschi. Ma non cercò di allontanarmi.

No.

Mi tenne ferma. Incoraggiandomi a bere. Sfidandomi a mandarne giù il più possibile, proprio come aveva promesso.

Solo che si stava riferendo a un'altra parte di lui, quando aveva pronunciato quella frase sul testare la mia resistenza.

La parte di lui che si trova sotto di me. Dura. Pronta. Pulsante di desiderio.

Aveva lo stesso ritmo del mio battito impetuoso, corrispondeva all'intenso desiderio che mi attanagliava il ventre ed esigeva di essere soddisfatto.

Era tutto così selvaggio.

Un desiderio nato da un intento feroce. Qualsiasi magia esistesse tra noi stava assumendo una nuova forma, creando un modo diverso di prosperare e imponendo alle nostre anime di unirsi.

Il suo sangue non era abbastanza.

Il suo bacio non era abbastanza.

Il suo *tocco* non era abbastanza.

Gli afferrai le spalle e mi misi a cavalcioni su di lui, accorgendomi di come il grigiore mi stesse raggiungendo i gomiti. *Impoverendo la mia energia. Facendomi assomigliare alla più pallida delle lune. Una notte senza stelle. Un cadavere.*

Rabbrividii. Quella visione mi aveva fatta trasalire, distogliendomi per un attimo da quello che stavo facendo.

Ma Vesperus si inarcò, ricordandomi di cosa ci fosse sotto di me, su *chi* mi fossi appena messa a cavalcioni, e di *cosa* mi stesse offrendo.

Energia. Adorazione. Un legame logorato da falsi rifiuti.

Non c'era tempo per i preliminari o per preparare i nostri corpi alla loro unione.

Avevo bisogno di lui. E ne avevo bisogno *subito*.

«Completami» lo implorai. Le mie labbra erano ancora una volta sulle sue. «Ti prego, Vesperus».

Mi afferrò la gola, e il suo sguardo intenso si specchiò nel mio. «Metti le gambe attorno a me, dea».

Obbedii. Le mie membra tremavano per la debolezza, la mia anima invocava la luna, la notte, qualsiasi cosa potesse sostenermi.

E poi lo sentii premere sul mio calore. Il suo tocco intimo mi attraversò lo spirito come una scarica di elettricità, rinvigorendo il mio cuore ferito.

Le eclissi nei suoi occhi pulsavano, attirandomi, intrappolandomi e ancorandomi a quella realtà, mentre Vesperus, con una spinta verso l'alto, ci unì nel modo in cui eravamo sempre stati destinati a unirci.

Quello era ciò che avremmo dovuto fare fin dal nostro primo incontro.

Quello era il futuro che avremmo dovuto accettare fin dal principio.

La nostra esistenza superava le regole e le aspettative di un normale corteggiamento. Eravamo due meteore destinate a scontrarsi, un incontro fatale nella notte, due poteri gemelli determinati a trovarsi durante l'esplorazione dei mondi.

Finalmente lo sentivo. Sentivo la verità dei nostri destini sussurrare nella mia stessa anima, mentre accettavo Vesperus dentro di me.

«Oh» ansimò, con le labbra sul mio collo e il palmo ancora attorno alla mia gola. «Mi sento…».

«Viva» terminai per lui. Il mio corpo si stava ancora adattando alle sue dimensioni. «Elettrizzata. *Completa*». Iniziai a muovermi lentamente su di lui, desiderosa di sperimentare ogni centimetro, di assaporare il momento, quella unione, *lui*.

Il mio compagno, pensai. *È il mio compagno*.

La sua mano si spostò verso la mia nuca, mentre con l'altra mi afferrò il fianco, spostandomi dove mi voleva.

Mi accorsi a malapena dell'acqua che ci circondava. Non mi importava che si muovesse con noi, che assecondasse il nostro legame e ci tenesse al caldo. Perché ero troppo persa nella sensazione di Vesperus, del suo potere, di ogni spinta del suo bacino.

Dei suoi occhi.

Ora ardevano, e le eclissi erano così vivide e luminose che le sentii bruciare il mio stesso essere, reclamandomi interamente, marchiando la mia anima come sua.

«Baciami» lo implorai. «Baciami, Vesperus».

Le sue labbra trovarono subito le mie, la sua mano si spostò dal mio fianco alla schiena, tenendomi ancora più stretta a lui, assicurandosi che i nostri corpi fossero uniti in ogni modo possibile.

Per poi dominarmi con la lingua.

Mi offrii completamente a lui, confidando che ci portasse fino in fondo, abbandonando anche le ultime vestigia di controllo che possedevo, inchinandomi alla sua grazia virile.

Era la forza fatta persona, il suo corpo era un dono del cielo. Mi riempì così completamente, così *splendidamente*, che riuscivo appena a respirare.

Ma non importava, perché avevo la sua bocca a guidarmi. Il suo tocco a tenermi salda. E la sua anima a darmi energia.

Sentivo il nostro legame ridarmi vigore a ogni spinta dei suoi fianchi.

Non si trattava solo di piacere. Era un momento di unione. Eravamo diventati un tutt'uno.

Mi aggrappai a lui. Le lacrime mi rigarono il viso, e la luna baciò il mio spirito, vincolandomi a quell'uomo, quel compagno, quel *futuro*. Non sapevo cosa avrebbe significato il giorno dopo, o anche più tardi, tra poche ore.

Ma in quel momento non esisteva nient'altro.

«Nyx». Mi diede un piccolo morso al labbro inferiore, accarezzandomi la schiena. «Voglio sentirti venire mentre sono dentro di te. Sentirti serrare intorno a me, gridando il mio nome».

Fremetti. Le sue parole mi avevano incendiato il sangue. Avevo inseguito la nostra energia congiunta, godendo del nostro legame, e lui mi stava ricordando che si trattava di molto di più.

Si trattava di *noi*.

Del nostro bisogno animalesco.

Del nostro amplesso selvaggio.

Del mio desiderio di assaggiarlo. Di sapere che espressione aveva quando veniva. Per ricordare i suoi gemiti e imparare come ricrearli.

Sì, sì.

Rallentai il ritmo, preferendo dei movimenti languidi che mi permettessero di strusciare il clitoride su di lui. Intense ondate di eccitazione mi percorsero la spina dorsale, il mio ventre si contrasse a ogni... carezza... sensuale...

Oh, ero così piena di lui.

Non mi ero resa conto di quanto fosse grosso, troppo presa dal bisogno di *unirmi* a lui. Avrei dovuto lasciare che mi preparasse un po'.

Ma era così bello. Perché potevo davvero sentire ogni centimetro del suo sesso rivendicarmi con una tale e *perfetta* determinazione.

Ansimai sulla sua bocca, il suo nome mi sfiorò la lingua.

«Così, splendore» sussurrò, scaldandomi il cuore. «Fammi vedere cosa si prova a stare dentro di te quando vieni».

Avevamo imparato lentamente a conoscerci, giocando

nella parte meno profonda della piscina, per poi tuffarci direttamente nell'abisso.

E non riuscivo a immaginare una progressione migliore.

Perché ormai ero completamente investita nel nostro legame. Avevo accettato il nostro nuovo inizio e avrei assecondato il nostro destino.

Il mio cuore si librò per quella consapevolezza, le mie cosce si strinsero attorno a lui. *Così vicino. Così… così vicino.*

«Oh, Nyx» boccheggiò, spingendosi dentro di me con una brutalità che mi gettò oltre il limite.

Non capii come avesse fatto a sapere che stavo… per… *volare.*

Ma… ma non mi importava.

Perché la sua spinta colpì un punto dentro di me che pochi altri erano riusciti a trovare, e mi fece annegare in un maremoto di estasi.

Un'ondata dopo l'altra.

Ancora.

Ancora.

Mi stava demolendo, strappandomi brividi e grida scioccate, paralizzandomi con delle sensazioni di pura euforia.

La mia visuale si oscurò, e fui completamente scossa dal tremore.

Poi la lingua di Vesperus mi riportò da lui, la sua bocca mi fornì l'ossigeno di cui avevo bisogno per riemergere dal mio oceano di oscura beatitudine.

Mi avvolse un braccio attorno alla vita. Aiutandosi anche con l'altra mano, che mi cingeva la nuca, mi sollevò dall'acqua. Strinsi le gambe attorno a lui, restandogli aggrappata. I nostri corpi continuavano a essere profondamente uniti.

Non era ancora esploso dentro di me. Il suo desiderio era una presenza palpabile sulla mia lingua, una presenza che mi fece ansimare, quando la mia schiena colpì il materasso.

Niente asciugamani. Non c'era tempo. C'era soltanto Vesperus che si avventava su di me.

Affondai le unghie nella sua nuca, mentre con l'altra mano mi tenevo stretta alla sua schiena, beandomi del suo potere. E finalmente cedette al bisogno di scoparmi sul serio.

Fu come se avesse liberato la sua bestia interiore. Il suo lato vampiro prese il sopravvento, facendo impazzire entrambi.

Venni di nuovo, urlando; la sua abilità mi aveva gettata nell'oblio con un susseguirsi di spinte violente.

Ma stavolta si unì a me. Il suo ringhio mi vibrò nel petto, facendomi desiderare di strappargli quel suono affascinante ogni giorno, in eterno.

Molte volte al giorno, pensai. *Ogni ora. Sì, sì…*

Mi baciò di nuovo. Il sapore del sangue di entrambi indugiava sulle nostre lingue, un sapore che desideravo gustare per il resto della vita.

Non era cioccolato. Non era definibile. Solo… *ambrosia*.

Udii i nostri respiri rallentare appena, mentre ci riprendevamo dall'orgasmo. I nostri cuori battevano all'unisono. Mi guardò con i suoi occhi meravigliosi e disse: «Aggrappati alla testiera del letto».

Sbattei le palpebre, sorpresa dalla sua richiesta.

Ma sollevai le braccia, che avevano riacquistato il loro bagliore dorato, e afferrai il legno dietro di me.

«Molla la presa solo quando vuoi che mi fermi» disse. Le sue parole racchiudevano una promessa peccaminosa che mi fece arrossire dall'eccitazione. «Devo testare la tua resistenza, ricordi?». Mi fece l'occhiolino e cominciò a tracciare un sentiero di baci sul mio corpo, scendendo sul mio seno, dove si fermò per qualche istante ad adorare i miei capezzoli, per poi proseguire ancora più giù.

E leccarmi a fondo.

Stelle, pensai, inarcandomi verso di lui, entusiasta di ciò che stava facendo e al tempo stesso gelosa.

Doveva averlo capito perché si arrampicò di nuovo sul mio corpo e mi diede un assaggio delle nostre essenze mescolate, permettendomi finalmente di assaporarlo come desideravo. E spingendomi a voler ricambiare il favore.

Ma non aveva ancora finito.

Tornò al suo compito, leccandomi ovunque, soffermandosi poi sul mio clitoride, dove mi distrusse con la sua bocca esperta.

Ancora e ancora.

Cantilenai il suo nome. La mia stretta sulla testiera rischiò quasi di spaccare il legno. Non riuscivo a capire se fosse lui a venerare me o io a venerare lui.

Alla fine lo pregai di fermarsi, come aveva preannunciato.

E poi mi scopò di nuovo, ma più lentamente, dedicandosi alla mia bocca con una dolcezza che mi fece piangere di nuovo.

Volevo disperatamente assaggiarlo, per restituirgli il favore e dimostrare la mia resistenza, ma ero esausta.

Le sue labbra sfiorarono le mie quando mi adagiai accanto a lui, diverse ore dopo, con la mia luna finalmente apparsa nel meraviglioso cielo notturno.

Ma non fui solo io a essere benedetta dalla polvere di stelle.

Lo fu anche Vesperus.

Come mio compagno.

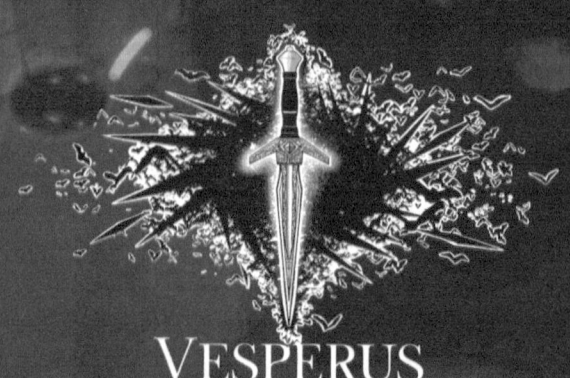

VESPERUS

Accarezzai i capelli setosi di Nyx, felice di vedere le sue ciocche nere finalmente in salute.

La sua pelle aveva riacquistato di nuovo il suo bagliore dorato.

E ora anche la mia brilla, mi meravigliai, studiando le mie braccia. *Immagino che adesso non si possa più tornare indietro.*

Quel pensiero non fu accompagnato da emozioni negative. Nessun senso di colpa, dubbio o disagio, solo accettazione.

Perché era da quando l'avevo sentita morire che tutto mi era diventato chiaro: le nostre anime sarebbero state legate in eterno.

Con l'arrivo di Nyx era cambiato tutto. O forse *a causa* dell'arrivo di Nyx. Tutte le leggi e le magie secondo cui avevo vissuto non avevano più importanza.

Avevo percepito il suo ingresso nella nostra realtà, e quel sottile cambiamento era stato il catalizzatore che mi aveva spinto ad accettare la taglia posta su di lei. Non ero stato direttamente io a darle la caccia, ma la mia casata.

Anche se Slater era riuscito a localizzarla, ero stato io a catturarla.

O, per essere precisi, era stata lei a catturare me.

E ora… ora ci eravamo catturati a vicenda.

Le baciai la fronte, sorridendo per il suo sapore agrumato. Il suo sangue aveva un gusto simile: era dolce, ma con una sfumatura più intensa. Una perfetta rappresentazione di Nyx.

Potente. Bella. Indipendente.

Una leader nata. Ora la domanda era: avremmo potuto governare Oro e Granato insieme? O saremmo stati costretti ad andarcene?

Ci riflettei sopra tenendo Nyx tra le braccia, spostando lo sguardo tra lei e la luna che brillava fuori dalla finestra del balcone.

Faceva molto freddo, ma non lo sentivo. Il mio corpo era ancora rovente per il tocco di Nyx. Avevo tutte le intenzioni di scoparla di nuovo, non appena si fosse svegliata.

O forse prima l'avrei divorata per colazione.

Mentre il suo sangue ricordava un miscuglio inebriante di potere acidulo e agrumi rinfrescanti, la sua eccitazione era pura delizia. Come un vino pregiato, invecchiato alla perfezione.

Avrei potuto gustarla tutto il giorno, ogni giorno, per il resto della mia vita, senza mai stancarmi del suo sapore.

Un'ottima cosa, dato che saremmo rimasti insieme per l'eternità.

A meno che qualcuno non le spari di nuovo, pensai. La mia espressione si incupì.

Controllai l'orologio per verificare se nelle ultime ore mi fosse arrivato qualche aggiornamento.

Niente. Aggrottai le sopracciglia. *Non è possibile*.

Nyx si accoccolò sul mio petto ed emise un mugolio soddisfatto, poi mise la gamba sulla mia coscia. Era ancora decisamente addormentata e stava usando il mio braccio come cuscino. Fortunatamente, era il braccio che non mi serviva.

Con un leggero movimento del polso, feci comparire uno schermo per inviare un messaggio a Kaspian: *Hanno trovato il proiettile?*

La magia aveva già messo il dispositivo in modalità notte, in modo da non disturbare Nyx con una luminosità troppo intensa.

Mentre aspettavo la risposta, baciai di nuovo la testa della mia dea.

Il mio polso non vibrò, l'orologio era consapevole dell'ora tarda. Non che mi importasse particolarmente: spesso restavo sveglio a lavorare per tutta la notte. Ero un vampiro. La notte era più adatta ai miei sensi.

Anche se, a dire il vero, ultimamente il sole non mi dava più molto fastidio. L'altro giorno non avevo nemmeno indossato gli occhiali da sole.

Che sia il risultato dei poteri di Nyx mescolati ai miei?, mi domandai.

Perfino la mia voglia di sangue era scemata. Ero anche convinto di averne bevuto più del necessario, nonostante mi fossi nutrito solo poche volte, durante la settimana. Inizialmente, pensavo che fosse a causa delle mie serate con Nyx.

Ora capivo che la cosa era legata a lei, ma non nel modo in cui credevo. Il suo sangue aveva fatto molto di più che placare la mia fame.

Controllai lo schermo per vedere se Kaspian avesse risposto, e il suo messaggio mi strappò una smorfia infastidita: *Sì.*

E?, chiesi, inviandogli la mia domanda sia sotto forma di messaggio che nella sua mente.

Dobbiamo parlare, rispose lui. *Sono nel tuo ufficio, ma se vuoi vengo su.*

Nel mio ufficio?!, gli dissi telepaticamente.

Questo poteva solo significare che aveva scoperto qualcosa di importante e che al momento stava agendo in qualità di leader della casata, per lasciarmi un po' di intimità con Nyx.

Kaspian era davvero un buon amico e un ottimo governante.

Preferirei che venissi di sopra, se non ti dispiace, risposi mentalmente.

Arrivo, comparve sullo schermo. *C'è anche Cara.*

Mi ci volle uno sforzo considerevole per staccarmi da Nyx, ma volevo sapere cosa avessero trovato. E anche cosa stessero facendo nel mio ufficio.

Posai un bacio sui capelli di Nyx e la sistemai sul mio letto. Borbottò un piccolo verso di disappunto, ma poi affondò la testa sul mio cuscino.

Sorrisi quando la sentii sospirare; il mio odore aveva cancellato la sua irritazione.

"*Cioccolato*", mi aveva detto. "*Mi ricordi una deliziosa coppa di gelato con nocciole e caramello*".

Il suo dessert personale.

Le rimboccai le coperte per assicurarmi che fosse al caldo, pensando al mio dessert preferito. Quello che c'era tra le sue cosce. *Torno per colazione*, pensai, attento a non parlarle accidentalmente nella mente.

Mi bastava concentrarmi sulla persona con cui volevo comunicare telepaticamente, per trasmetterle i miei pensieri.

Ero nato con quell'abilità, che poi avevo padroneggiato da giovane e perfezionato nel corso degli anni. Lo stesso valeva per il mio talento nel percepire le bugie.

Ma ora avevo un nuovo potere, che sentii vibrare lungo la mia spina dorsale; mi stava sfidando a usarlo di nuovo.

Pensai al guardaroba e dissi al mio corpo di teletrasportarmi lì.

La stanza si sciolse attorno a me, riformandosi in una fila di abiti. Sorrisi e mi voltai per aprire una delle cassettiere dell'armadio. Preferivo qualcosa di più comodo, dato che non avevo intenzione di rimanere vestito a lungo.

Presi un paio di pantaloni da ginnastica grigi e una maglietta bianca, poi visualizzai il corridoio all'esterno della mia stanza.

Dove trovai Cara e Kaspian che mi aspettavano accanto alla porta dei miei alloggi.

Quando Cara mi vide, le sue sopracciglia schizzarono in alto. «Cazzo. Sei raggiante».

Accolsi il suo complimento con un sorrisetto, consapevole che lo intendeva letteralmente, ma trovando un certo umorismo nella sua osservazione. «Grazie».

Kaspian, al contrario, non sembrava per nulla divertito. Mi osservò con un'espressione preoccupata. «Credo sia lecito supporre che ora siete completamente legati».

«Sì» confermai.

Il mio secondo annuì. «Allora vorrai sapere cosa abbiamo trovato sul proiettile».

Il sorriso mi morì sul volto. «Dimmi».

Cara infilò la mano nella tasca della sua giacca di pelle e ne estrasse un sacchettino con numerosi frammenti metallici. «Non sembra si sia trattato di un incantesimo, ma di una tossina».

Aggrottai la fronte. «Una tossina?».

«Una sostanza letale che provoca erosione e decadimento». Kaspian lanciò un'occhiata ai pezzetti di metallo. «Paxton dice che se davvero è stata creata con un incantesimo, lui non l'ha neanche mai sentito nominare. È più probabile che si tratti di un composto chimico».

«Capisco». Fissai il sacchettino per un lungo istante, pensando a come avesse distrutto l'energia di Nyx, rendendole impossibile guarire. Anche dopo essere tornata in salute, la tossina aveva ricominciato a indebolirla.

Facendole seccare e ingrigire la pelle.

Qualcosa di simile al decadimento, in effetti.

«Questa è una novità» aggiunsi. «Neanch'io ho mai sentito parlare di niente di simile».

«Nemmeno io» disse Kaspian. «Ma di recente abbiamo acquisito due spettri che potrebbero saperne qualcosa».

«Noxious» mormorai, incontrando lo sguardo del mio secondo. «Pensi che sia stato lui?». Aveva ammesso la sua predilezione per le sostanze chimiche e le armi, scegliendo perfino il suo nome sulla base di questa passione.

E Bane aveva rivelato il proprio talento nell'utilizzare le creazioni di Noxious.

Era possibile. Erano entrambi nuovi. «Ma quale sarebbe il movente?» riflettei a voce alta senza dare a Kaspian l'opportunità di rispondere alla mia domanda precedente. «Perché l'avrebbe, o forse *avrebbero*, fatto?».

«C'è solo un modo per scoprirlo» rispose Kaspian, nel cui tono aleggiava un'emozione oscura.

Se erano stati Bane e Noxious a tradirci, allora Kaspian si sarebbe occupato della loro punizione. Perché era stato lui ad assumersi il compito di addestrarli. E, se i nostri sospetti si fossero rivelati fondati, si sarebbe sentito attaccato personalmente.

«Dovremo coinvolgere Kieran» gli dissi. «Questo tipo di violazione ha un impatto sulla sua casata, e potenzialmente anche sui nostri rapporti». Perché avrebbe anche potuto essere uno stratagemma concepito da Morte e Diamante. Forse Bane e Noxious erano stati mandati lì per seminare il caos.

Ma cosa avrebbero potuto guadagnarci Kieran e Sabrina?

Erano già molto occupati con le assegnazioni per il loro nuovo territorio, ed erano stati più che disponibili a lavorare con Oro e Granato per assicurarsi che la transizione procedesse senza intoppi. Allora perché rischiare tutto, mandando Bane e Noxious a causare problemi vicino al mio quartier generale?

A meno che non volessero davvero attaccare la mia gente, ma eliminare Nyx.

Uhm... no, nemmeno quello aveva molto senso. Kieran non sembrava molto preoccupato della mia compagna.

D'altro canto, come mi ero aspettato, lo aveva detto a Elias. E forse i miei alleati non erano così solidali come speravo. Forse Noxious e Bane erano stati mandati a uccidere Nyx.

Ma no, neanche quello aveva senso. Erano arrivati a Dublino *con* Kieran. Ed era stato prima che chiunque sapesse che la creatura a cui avevamo dato la caccia per mesi era la mia compagna predestinata.

«Niente di tutto questo ha senso» conclusi con un sospiro. «Abbiamo bisogno che Kieran venga qui, fosse solo per provare a leggerlo meglio». Assaggiare le sue verità, determinare le sue bugie.

Kaspian annuì. «Lo chiamo subito».

«No, ci parlo io» dissi. «Ho bisogno che tu trovi Bane e Noxious».

«Stanno riposando a casa mia» rispose Kaspian. «Paxton ha creato una barriera magica. Se provano ad andarsene, lo saprò immediatamente».

«A casa tua?» chiesi, inarcando un sopracciglio. Quella era una novità.

«Non hanno ancora un posto dove stare» mi ricordò lui.

«Abbiamo degli alloggi per i mercenari». E sapevo che c'erano dei posti liberi, perché avevo trascorso le ultime settimane a esaminare tutte le proprietà all'interno del nostro territorio. Anche con i trasferimenti resi necessari dall'esplosione avvenuta nel pomeriggio, c'era ancora molto spazio disponibile.

Kaspian non disse nulla, limitandosi a fissarmi.

Così lasciai perdere.

Se il mio secondo voleva giocare alla famigliola felice con degli spettri, non glielo avrei negato. Inoltre, considerando l'amicizia che si era venuta a creare tra quei tre, speravo di sbagliarmi sul loro coinvolgimento nell'attacco.

Non mi piaceva vedere qualcuno soffrire, tantomeno il mio migliore amico.

«Puoi chiamare Kieran, allora» gli dissi, capendo che aveva bisogno di quella distrazione. Anche solo per non andare a casa e ammazzare gli spettri, ancor prima che noi potessimo parlare con loro. Era bravo a mascherare la rabbia, celandola sotto una maschera impassibile. Ma doveva essere furioso.

«Assicurati di dirgli che non sappiamo ancora nulla di certo» aggiunsi. Le mie parole erano più per Kaspian che per Kieran, nonostante le avessi pronunciate come una richiesta. «Prima dobbiamo interrogarli».

Un muscolo si contrasse nella mascella di Kaspian, ma il mio amico annuì.

«Kieran potrebbe portare con sé un'altra strega. Anche se Paxton non ha riconosciuto nessun incantesimo, non è detto che non ci sia» suggerì Cara, rimettendosi il sacchettino in tasca.

Abbassai il capo in un cenno d'assenso. «Buona idea.

Può portare Trixie, se è ancora nel suo territorio. E forse anche il supervisore di cui parlavano Noxious e Bane. Max, giusto?».

Bane aveva detto che il loro ex capo non gradiva gli esperimenti. Forse avrebbe riconosciuto la sostanza usata per i proiettili.

«Ne parlerò con Kieran» disse Kaspian. «Se riesco a convincerlo a partire subito, tra qualche ora potremo iniziare l'interrogatorio».

Lanciai un'occhiata alle porte che conducevano ai miei alloggi. «Non credo che Nyx si sveglierà tanto presto». Per quanto non vedessi l'ora di adorarla per ore, anzi, *giorni*, sapevo che aveva bisogno di riposare.

«Posso stare con lei» si offrì Cara. «Se quando arriva Kieran non si è ancora svegliata, intendo».

«Lo apprezzerei molto» dissi. «Non ricorda nulla di quello che è successo, ma penso che le cose cambieranno, quando si sveglierà».

O almeno era quello che speravo. Avrebbe potuto fornirci dei dettagli importanti sull'incidente.

«Appena ho parlato con Kieran ti scrivo» disse Kaspian. «Poi vediamo come procedere».

«Okay» risposi, d'accordo col suo piano. Rimisi la suoneria all'orologio; volevo essere sicuro di ricevere tempestivamente i suoi aggiornamenti.

Quando mi passò accanto, gli afferrai il braccio. Mi guardò con un'espressione vagamente sorpresa. «Grazie, Kaspian» gli dissi. «Per tutto».

Mi aveva sempre coperto le spalle, in qualsiasi situazione. E sentivo che anche quella volta sarebbe stato lo stesso. Anche se il mio aspetto e i miei poteri erano palesemente mutati, sapevo che, se fosse stato necessario, avrebbe combattuto al mio fianco.

Certo, speravo che non ci fosse bisogno di combattere e che avremmo trovato un modo per far funzionare le cose.

Ma almeno ero sicuro che se fosse successo qualcosa, se per qualsiasi motivo fossi stato rimosso dalla mia posizione, Oro e Granato sarebbe stato in mani capaci. *Le mani di Kaspian.*

Ci scambiammo una lunga occhiata, e la sua espressione mi rivelò che aveva capito tutto quello che avevo appena pensato. E che accettava il fardello che gli stavo silenziosamente passando.

Se dovesse accadermi qualcosa, sarai tu a governare. E lo farai bene. Non glielo dissi nella mente, ma lasciai che me lo leggesse negli occhi. *Perché sai già come essere un re.*

Lo aveva dimostrato tante volte, incluso quel giorno.

Alla fine, mi rivolse un altro cenno d'assenso. «Sarai sempre il mio re, Vesperus».

«Lo so» risposi. «Ma questo non significa che tu sarai per sempre il mio secondo».

Mi guardò per un lungo momento, poi mi diede una pacca sulla spalla. «L'oro ti dona, amico mio. Si abbina ai colori della casata. E al tuo trono». E con quel commento, si voltò e ricominciò a camminare. «Ti scrivo tra poco».

Cara lo seguì ridacchiando. «Però ha ragione, Ves. L'oro ti si addice. E anche Nyx». Mi passò accanto facendomi l'occhiolino, poi raggiunse Kaspian e gli urtò il fianco col suo. Lui le avvolse un braccio attorno alle spalle e la strinse a sé in un gesto cameratesco che probabilmente avrebbe fatto arrabbiare Larus.

E forse era proprio quello il punto.

A Kaspian piaceva flirtare.

Ma non ci avrebbe mai provato sul serio con Cora. Rispettava i legami di accoppiamento e, sebbene scherzasse sul fatto di non volere un compagno, sapevo che nel profondo lo desiderava. Uomo o donna, non gli importava. Voleva solo qualcuno da amare.

Ne ero certo, perché fino a qualche settimana prima ero esattamente come lui. Dicevo di non volermi impegnare, di non desiderare una compagna. Eppure, averne una che mi aspettava nel mio letto mi fece rendere conto di quanto in realtà mi sentissi solo. Di quanto bramassi una simile connessione. Un... un legame soprannaturale.

Non era amore. Non esattamente. O meglio, *non ancora*. Si trattava piuttosto di essere compatibili. E di aver trovato l'altra metà della mia anima.

La mia Dea della Notte.

Non era sicuramente quello che mi aspettavo. Ma di certo non ne ero rimasto deluso.

Mi teletrasportai nella mia stanza, anzi, la *nostra* stanza, e la guardai dormire per qualche minuto, per poi unirmi di nuovo a lei sotto le coperte.

Si strinse immediatamente a me, e le sue labbra mi sfiorarono la gola. Come se, anche nel sonno, cercasse il mio sapore.

Sorrisi e la abbracciai, dandole tutta la forza di cui aveva bisogno attraverso il nostro legame incantato. Poi chiusi gli occhi, in attesa che Kaspian mi comunicasse le ultime novità.

NYX

Mmm, PENSAI, INALANDO IL DOLCE PROFUMO DEL cioccolato. L'aroma intenso mi solleticò il naso, seguito da note di caramello e marshmallow.

Aprii gli occhi e trovai l'origine di quel profumo delizioso sul comodino accanto a me, in una specie di tazza incantata.

Insieme a un biglietto.

Attenta. È corretto.

— V

Mi misi a sedere, impaziente di assaggiare il dono del mio compagno. Afferrai la tazza e bevvi un sorso del liquido caldo.

«Stelle» gemetti, estasiata dalla straordinaria bevanda. «Ha il sapore di un orgasmo».

«Lo vedo» disse una voce femminile, attirando la mia attenzione verso la figura in piedi sulla soglia della camera da letto.

Ero talmente presa dalla voglia di assaggiare il regalo di Vesperus, che non mi ero accorta dell'arrivo di Cara.

«Buongiorno, Campanellino» mi salutò.

«Ciao, Fatina dei fiori» mormorai mettendomi comoda contro la testiera del letto, con la mia tazza fumante tra le mani. «Sei tornata a farmi da babysitter?».

«Non proprio» disse lentamente, aggrottando appena la fronte. «Ti ricordi qualcosa di quello che è successo ieri?».

Bevvi un altro sorso di cioccolata calda, sorridendo furtivamente. «Ricordo bene cos'è successo ieri *sera*». E la splendida connessione creata con Vesperus.

Il suo spirito aveva dato energia al mio, facendomi sentire viva in un modo di cui avevo estremamente bisogno.

Fui quasi sul punto di sospirare, compiaciuta della vivacità del nostro legame.

Ma ripensare agli ultimi avvenimenti mi rubò il sorriso.

Ero quasi morta. *Per un proiettile.* Mi massaggiai lo sterno, e il flash di un ricordo si affacciò alla mia mente.

«Mi hanno sparato» dissi piano. «E... e c'era una donna». La ricordavo bene. Era in piedi in un vicolo, circondata dall'oscurità, e irradiava un dolore intenso. «Era distrutta». Come se la sua anima fosse stata fatta a pezzi.

Appoggiai la tazza sul comodino. Il ricordo di quella presenza mi fece correre un brivido lungo la schiena.

«Una donna?» ripeté Cara.

Annuii. «Nascosta nell'ombra».

«È stata lei a spararti? La donna?».

Scossi la testa. «No. Non credo. Non aveva una pistola. Ma il mio medaglione le vorticava attorno freneticamente. Io...».

Ripensai alla scena, cercando di ricordare esattamente cosa fosse successo.

«Quando mi hanno sparato, la stavo fissando. Lo sparo

è arrivato da un'altra direzione. Non è stata lei». Però in qualche modo doveva essere coinvolta, perché era lì. «Ma ha assistito a tutto». Restando avvolta nell'ombra.

Chi sei? E perché la magia del mio medaglione ti vorticava attorno?

Forse Vesperus ha un archivio di immagini da qualche parte, qualcosa che mi aiuti a identificare la donna.

O forse sarei potuta tornare sul luogo dell'esplosione a cercarla.

Ma con un'armatura, pensai, incupendomi di nuovo. Perché la domanda di Cara mi fece capire che non sapevano chi mi avesse sparato. O perché il proiettile mi avesse causato dei danni quasi irreparabili.

Guardai Cara. «Dov'è Vesperus?».

«Sta interrogando Nox e Bane» rispose. «Non voleva che ti svegliassi da sola, per questo sono qui. Non per farti da babysitter, ma per tenerti aggiornata. E anche per sapere se ti ricordi qualcosa».

«Sì, i miei ricordi sono tornati» confermai, scendendo dal letto. «E ho bisogno di parlare con Vesperus». Iniziai a camminare verso il bagno, poi mi bloccai. «Un attimo. Hai detto che sta interrogando Nox e Bane?».

«Sui frammenti del proiettile c'è una specie di tossina che favorisce la decomposizione». Cara mi squadrò da capo a piedi, come se stesse valutando i danni. «O almeno questa è la nostra teoria. Paxton non ha percepito nessun incantesimo, quindi pensiamo che si tratti di un agente chimico di qualche tipo».

«Capisco». Andai alla ricerca di qualcosa da mettere, riflettendo sulle sue parole. Invece di indossare uno dei miei soliti abiti, scelsi un paio di pantaloni neri e un maglione, creando un outfit simile a quello di Cara. Mi avrebbe aiutata a passare inosservata, nel caso in cui avessi dovuto lasciare il palazzo.

I miei abiti erano il mio segno distintivo. E se qualcuno era davvero in grado di uccidermi, preferivo farmi notare il meno possibile.

Raccolsi i capelli in una coda di cavallo, legandoli con un elastico dorato. Poi evocai la mia collana con la mezzaluna e la indossai sopra il maglione nero.

Completai il mio nuovo look con un paio di calzini e degli stivali alti fino al ginocchio.

Quando uscii dal bagno, Cara sussultò. «Caspita. Ti sei messa i vestiti che ho scelto per te».

Feci un piccolo inchino. «Oggi voglio essere più discreta».

Arricciò le labbra. «Non credo che sia possibile, Campanellino».

Mi strinsi nelle spalle. «Mi metterò una giacca col cappuccio».

Scoppiò a ridere e scosse la testa. «Sono felice che tu non sia morta, Nyx. Per un attimo mi sono davvero spaventata».

«Sarei tornata comunque» le dissi. «Credo». In quanto entità della creazione, la mia anima avrebbe dovuto essere indistruttibile. Ma la persistente carenza di energia mi spinse a chiedermi se ciò fosse sempre vero.

Perché mi ero sentita... *svuotata*. E non solo a causa della perdita di sangue, ma anche dell'affievolirsi del mio potere. Come se la morte stessa mi avesse scagliato un sortilegio.

Una tossina può davvero fare una cosa del genere?, mi domandai. Mi sembrava poco probabile.

«Voglio parlare con Vesperus» dissi, già diretta verso la porta. «Non credo siano stati Nox e Bane. Ma ho un paio di domande per loro». Erano degli spettri, di conseguenza avevano una certa familiarità con la morte. Forse avevano qualche idea su cosa avesse potuto ridurmi così.

Cara mi precedette, informandomi che Vesperus non era nel suo ufficio. Si trovava in un'altra zona della sua proprietà che non avevo ancora visto: i sotterranei.

Non c'erano delle vere e proprie segrete, o almeno non erano come le avevo immaginate. Le luci erano troppo forti, e i pavimenti, i soffitti e le pareti erano in buone condizioni. Erano solo un po' spoglie, e l'atmosfera cupa era data principalmente dalla mancanza di finestre.

Inoltre, non c'erano celle né porte chiuse a chiave, come feci notare a Cara.

«Non teniamo qui i nostri prigionieri» mi spiegò lei. «Questa è solo un'area tranquilla, dove Vesperus ama condurre le sue conversazioni private».

Una volta raggiunta la stanza in fondo al corridoio, capii cosa intendeva. Perché all'interno c'erano solo cinque creature: Vesperus, Kaspian, Kieran e i due spettri.

Nessuno era legato.

E non c'erano strumenti insanguinati.

C'era solo un semplice tavolo rotondo a cui tutti erano seduti.

Kaspian, però, era il più vicino alla porta. Ed era armato.

«Torno su a fare compagnia a Larus nel tuo ufficio» disse Cara a Vesperus. «Oh, e, a proposito, Nyx si ricorda tutto».

E con quello se ne andò.

Vesperus si alzò in piedi e osservò il mio abbigliamento.

«Oggi ho sentito il bisogno di mimetizzarmi un po' meglio» spiegai, prima ancora che mi chiedesse qualcosa.

Lui sorrise e mi accarezzò la guancia. «Dubito che tu possa passare inosservata, dea».

«È quello che ha detto anche Cara».

«Aveva ragione» rispose, posandomi un bacio sulle labbra. «Come ti senti?».

La sua dolcezza era in netto contrasto con la tensione che permeava la stanza. Ma lui mi guardava come se fossi l'unica cosa importante, come se non ci fosse stato nessun altro.

Perché forse per lui era proprio così. Di certo lo era per me.

«Mi sono svegliata con una fantastica cioccolata calda» dissi. «Ha soddisfatto un po' della mia fame, ma ho ancora voglia di leccarti».

Vesperus sorrise. «Quando avremo finito qui, metterò di nuovo alla prova la tua resistenza».

«Appena accoppiati» borbottò Kaspian.

«Sì, è una bellissima sensazione, che non vedo l'ora di provare di nuovo anch'io. Non appena potrò tornare da Sabrina» disse Kieran. «Vesperus?».

Il Re della Casata dell'Oro e del Granato lo ignorò per un attimo, il suo sguardo era ancora sul mio. «Cosa ricordi?».

Ripercorsi in dettaglio gli eventi del giorno prima, raccontandogli tutto, da quando avevo percepito il mio medaglione fino a quando mi avevano sparato.

«All'inizio, ho pensato che fosse stata di nuovo la mia magia ad attaccarmi» dissi, ricordando quando mi aveva fatta cadere per terra. «Ma ora mi rendo conto che stava cercando di proteggermi. E poi ha attirato la mia attenzione sulla donna nell'ombra».

Descrissi il suo spirito spezzato e altre caratteristiche evidenti, tra cui i capelli biondo scuro, i penetranti occhi verdi e la corporatura sinuosa.

«La conosci?» chiesi. «Sai cosa l'ha ridotta in quel modo?».

Vesperus mi guardò per qualche secondo, probabilmente rimuginando sulle mie parole, poi si girò verso il tavolo. «Kaspian?».

Il suo secondo scosse il capo. «Non ne ho la più pallida idea».

Vesperus si voltò verso l'altro leader. «Tu?».

«Lo chiedi a me?». Kieran ridacchiò. «Non lo so, Vesperus. Sembra si tratti di una donna rifiutata. Hai fatto incazzare qualcuno, ultimamente?». Posò lo sguardo su di me. «Magari prendendoti un'altra compagna?».

«No» fu la risposta secca di Vesperus.

«Il nostro re predilige la monogamia» spiegò Kaspian. «Ma è una domanda sensata, Ves. Non ti viene in mente nessuno che possa essersi sentito offeso da qualcosa? Forse dal voto a favore della creazione di Morte e Diamante?».

Vesperus si mise al mio fianco e mi accarezzò la parte inferiore della schiena, riflettendo sulla domanda. «Ho ricevuto soprattutto messaggi positivi. È arrivata anche qualche lamentela, ma ci siamo impegnati subito a risolvere i problemi sorti a causa della separazione del territorio. E mi sono sembrati tutti abbastanza comprensivi».

«Di certo aiuta che tu offra agli interessati di poter scegliere la casata che preferiscono, e anche dove vivere» commentò Bane, lasciando trasparire il suo forte accento scozzese.

Qualsiasi conversazione avessero avuto prima del mio arrivo, sembrava aver messo lui e l'altro spettro a loro agio. Quindi dovevano essere stati assolti da ogni accusa. Altrimenti, dubitavo che sarebbero rimasti seduti lì.

Sebbene l'atmosfera fosse comunque carica di tensione, sembrava trattarsi più di un residuo, che di uno specchio della situazione. O forse era dovuta a quello di cui stavamo parlando.

«Ha ragione» confermò Nox. «Personalmente, non ho sentito nessuno lamentarsi. Tutti apprezzano la collaborazione tra le due casate».

«Hai sentito, *Ves*?» commentò Kieran. «Sono contenti che stiamo diventando amici».

«Ne sono felice, *Asp*» rispose Vesperus, non suonando per nulla felice. A quanto sembrava, lui e l'altro governante non erano ancora a un livello di amicizia in cui accettava di essere chiamato "Ves".

«Mh». L'ibrido tra fata e vampiro lo scrutò con i suoi occhi grigi. «Veritas?».

«Aspen?» replicò Vesperus. Quindi "Asp" era l'abbreviazione di "Aspen". Che doveva essere il cognome di Kieran.

L'altro annuì. «Okay».

«Fantastico». Vesperus si voltò verso Kaspian. «Sono a corto di idee. Ti viene in mente qualcuno che possa voler attaccare la nostra casata?».

«O Nyx» aggiunse Kieran.

Vesperus lo guardò di nuovo, e l'altro alzò le mani.

«È stata colpita da un proiettile incantato che l'ha quasi uccisa, Veritas. A me sembra un attacco mirato, considerando che tutti gli altri stavano bene» spiegò. «Quasi come se fosse stata una vendetta».

Aggrottai la fronte. «Una vendetta per cosa?» chiesi. «Credo che il mio unico sbaglio sia stato entrare nella vostra realtà in modo… insolito».

«Illegalmente» mi corresse. «E non sto parlando di una vendetta nei tuoi confronti, ma di quelli del tuo compagno. Fare del male a te ferisce anche lui. Quindi te lo chiedo di nuovo, Veritas: ultimamente hai fatto incazzare qualcuno?».

«Puoi sentire la verità nelle mie parole, Aspen» rispose Vesperus.

«Non è esattamente così che funziona il mio potere. E, dopotutto, il fatto che tu stia dicendo la verità o meno non risponde alla mia domanda, giusto?» insistette Kieran.

«Solo perché così, su due piedi, non ti viene in mente nulla, non significa che sia effettivamente vero».

«Anche lui riesce a percepire se qualcuno sta mentendo?» chiesi, osservando il raro ibrido tra vampiro e fata.

«Sì. A quanto pare, è stato trafitto da una spada infusa con il sangue di un dio, e ora può costringere gli altri a dire la verità». Vesperus gli lanciò un'occhiata di apprezzamento, poi riportò il suo sguardo su di me. «È quello di cui stavamo parlando quando sei arrivata. Beh, di quello e del fatto che non c'era abbastanza tempo perché portasse qualcun altro con sé. O almeno questa è stata la sua scusa».

«Non era una scusa» intervenne l'altro leader.

«Hai ragione. Era una bugia» disse Vesperus.

Kieran si limitò ad alzare le spalle, senza neanche preoccuparsi di negarlo.

«Si fa presto con gli interrogatori, quando nella stanza ci sono due macchine della verità in carne e ossa» mormorò Kaspian. «Ma almeno sappiamo che gli spettri sono innocenti».

«Già, sui frammenti del proiettile ci sono tracce di magia. Non si tratta di una tossina» rispose Kieran. «È una magia antica, ma non sono riuscito a riconoscerla».

«Riesci a percepirla?» chiesi, ancora più incuriosita da quella strana creatura.

«Riesco a percepire il sangue che c'è dentro» mi corresse. «Sangue *antico*». Si rivolse a Vesperus. «È stata una visita molto interessante, mio caro amico indebitato. Sembra proprio che ti stia aiutando a risolvere ogni enigma».

«E io che pensavo non ti importasse di nessuno se non di te stesso, Aspen».

Tamburellò con le dita sul tavolo di legno. Aveva

un'espressione pensosa. «Mi importa di Sabrina. E a lei importa di Morte e Diamante. Quindi comportarmi bene con il monarca locale e la sua compagna è una scelta pratica».

Di sicuro Kieran non aveva un accento scozzese. Da quello che avevo capito, proveniva dalla Casata del Sangue e del Berillio, che si trovava sulla costa occidentale di quelli che un tempo erano noti come Stati Uniti.

«Stiamo divagando» intervenne Kaspian. «Dobbiamo cercare una donna che potrebbe avere un motivo per vendicarsi. E dal momento che ha attaccato Nyx, deve trattarsi di un motivo personale, che riguarda Vesperus».

«Non credo che sia stata lei ad attaccarmi» dissi. «Penso… penso sia solo coinvolta. In qualche modo». Altrimenti, perché sarebbe rimasta lì? E perché la mia magia era attratta da lei?

«Questo significa che dobbiamo scoprire chi è e farle qualche domanda» concluse Kaspian. «Ma sono d'accordo: tutto questo è legato a Nyx. L'attacco aveva lo scopo di farti del male, Ves. Forse addirittura di eliminare la tua compagna predestinata. La domanda è: *perché*?».

«Hai detto che sembrava distrutta?» mi domandò Vesperus. «Come se la sua anima fosse stata fatta a pezzi?».

Annuii. «Sì, come se stesse provando un dolore insopportabile».

Vesperus ci pensò su per qualche istante, e la sua mano lasciò la mia schiena. «Come se il suo spirito fosse stato lacerato. Probabilmente per la perdita del suo compagno». Il suo sguardo si spostò su Kaspian, che aveva già premuto un pulsante per far scendere uno schermo dal soffitto.

«Ho capito dove vuoi arrivare» disse Kaspian, facendo comparire una tastiera apparentemente dal nulla. «A quanto mi risulta, di recente c'è stata solo una morte che ha coinvolto una coppia predestinata».

«Chi è la donna rimasta sola?» chiesi.

«Fallon Doyle» rispose, digitando il nome e premendo il tasto di invio.

La foto che apparve sullo schermo mi fece sussultare. «Stelle...». Era lei. Eppure non lo era. In quell'immagine sembrava molto più vivace. Aveva le labbra incurvate in un sorriso gentile e un'espressione allegra negli occhi verdi. *Bella*, pensai. *Non distrutta.*

«È lei?» mi chiese Vesperus.

Annuii senza dire nulla, ancora colpita dalla differenza tra le due immagini della stessa donna. La fotografia in cui sembrava felice, e il ricordo in cui era avvolta dall'oscurità. «Sì» sussurrai infine. «Ma non... non ha più questo aspetto».

Ora sembrava devastata. Annientata. *Morta.*

«Ha...? Ha perso il suo compagno?» chiesi, leggendo i dettagli sotto la foto. «Klas?».

«Uno dei mercenari che ti stavano dando la caccia» mormorò Vesperus. «È morto nell'esplosione».

«E immagino che questa donna pensi che Nyx ne sia responsabile» disse Kieran, alzandosi in piedi. «Rimane comunque il mistero di chi ha attaccato il pub. Ma confido che lo scoprirete».

«È il tuo modo di dire che te ne tiri fuori?» gli chiese Kaspian, con un sorriso nella voce.

«No, è solo che non voglio esservi d'intralcio» rispose. «A meno che non abbiate bisogno che resti?».

Vesperus scosse la testa. «Hai già fatto abbastanza. E siamo in debito con te. Di nuovo».

Kieran sorrise. «Ma guarda un po'. Un'amicizia che gioca a mio favore. Elias ne sarà orgoglioso».

«Presumo che lo terrai aggiornato». Vesperus aveva formulato la frase come un'affermazione, ma la pronunciò inarcando un sopracciglio.

L'altro si limitò a stringersi nelle spalle. «Probabile».

«Mh». Vesperus lo studiò per qualche istante. «Non sei poi così male, Aspen».

«Neanche tu, Veritas». Indicò lo schermo con un cenno del mento. «Buona fortuna». Poi guardò gli spettri. «Se decidete che non li volete, rimandateli indietro. Morte e Diamante sarà felice di riaverli con sé».

Un commento a più livelli, il cui obiettivo era anche far sapere a Bane e Nox che avevano altre opzioni. Il fatto che offrisse loro una scelta mostrava che genere di leader sarebbe diventato. Stava dicendo senza mezzi termini che, in caso di necessità, li avrebbe sempre aiutati.

«Grazie» rispose Nox. E la gratitudine traspariva dai suoi lineamenti. «Ma cercheremo di far funzionare le cose».

Bane annuì. «Non ci hanno prima imprigionati, per poi farci domande solo in seguito. Ci hanno esposto onestamente i loro dubbi, proprio come immagino avresti fatto tu».

«Mio suocero avrebbe qualcosa da ridire» mormorò Kieran, lanciando un'occhiata a Vesperus. «Veritas».

«Aspen».

«Conosco la strada» disse l'ibrido. «Chiamami se hai bisogno di altri consigli».

Vesperus grugnì; il commento faceva sicuramente riferimento ai loro trascorsi. Ma colsi un piccolo sorriso nello sguardo di Vesperus, che però svanì quando si voltò di nuovo verso lo schermo. «Voglio che la troviate».

«Ho già scritto a Slater» rispose Kaspian. «È il migliore in queste cose».

«Sì» concordò Vesperus. «Forse riuscirà a collegare le tracce della magia rimasta sul proiettile con quelle lasciate al pub». Si sedette di nuovo e mi porse la sedia di Kieran. «Esaminiamo il suo fascicolo. Magari fa' anche scendere

Niamh. Potrebbe avere qualche informazione utile, visto che Fallon faceva parte del suo territorio».

«Okay» disse Kaspian, per poi indicare gli spettri con un cenno del capo. «Vuoi che se ne vadano?».

Vesperus li guardò per qualche istante, poi scosse la testa. «No, credo si possa dire che ora sono coinvolti. Questa può essere la loro prima prova».

Bane e Nox si sporsero in avanti, palesemente interessati, mentre io prendevo posto accanto a Vesperus.

«Non c'è niente di meglio che gettarli direttamente in pasto ai leoni» mormorò Kaspian con un sorrisetto. «E ora cerchiamo di saperne di più su Fallon Doyle».

NYX

Fallon Doyle era una strega.

Ma non particolarmente potente, almeno stando al suo fascicolo.

Niamh non sapeva molto di lei, e anche la documentazione presente nel sistema non rivelava granché. Tuttavia, la sua appartenenza alla specie delle streghe aveva spinto Kaspian e Vesperus a concludere che doveva essere in qualche modo responsabile per la magia presente sul proiettile.

«E se non è stata lei a sparare o a lanciare l'incantesimo, di certo saprà chi è il colpevole» aveva detto Kaspian.

Vesperus aveva annuito, d'accordo con il suo secondo.

Pur comprendendo il loro punto di vista, io continuavo a non essere sicura del suo reale coinvolgimento. O almeno che avesse delle cattive intenzioni. Forse era a causa della sua anima lacerata, ma non riuscivo a dimenticare la sofferenza emanata dal suo spirito. Come se stesse cercando un antidoto. Come se stesse *implorando* di essere aiutata.

E la mia magia non avrebbe mai cercato di assistere una creatura crudele.

Forse era proprio quello a farmi dubitare della sua colpevolezza.

Ad ogni modo, ero rimasta in silenzio ad ascoltare Vesperus e Kaspian formulare un piano. Avevano selezionato una manciata di mercenari, inclusi Bane e Nox, e li avevano incaricati di cercare Fallon, ma con discrezione.

«Forse non sa che l'abbiamo identificata» disse Kaspian. «Possiamo sfruttarlo a nostro vantaggio».

«Sa che io l'ho vista» mormorai dal divano di Vesperus.

Avevamo spostato la riunione nel suo ufficio, dove stavano lavorando Larus e Cara. Niamh si era unita a noi per un po', ma poi se n'era andata per fare delle telefonate personali e vedere se riusciva a scoprire qualcosa in più su Fallon.

«Ma non sa che sei sveglia» osservò Kaspian. «Siamo in pochi a saperlo».

«Non è vero. Tutto lo staff del palazzo ne è al corrente» disse Cara. Era seduta sul pavimento; davanti a sé aveva sparpagliato delle armi e aveva cominciato a pulirle.

Larus era accanto a lei e la stava aiutando. «Per questo io e Cara abbiamo sparso la voce che non ricorda nulla dell'attacco» disse.

Kaspian e Vesperus si scambiarono un'occhiata che si concluse con dei sorrisi di approvazione.

«Ottima idea» concordò il mio compagno. «Ma immagino che la strega si sia rintanata da qualche parte, o che stia usando una pozione per camuffarsi».

«Se fosse davvero in grado di farlo, perché non l'ha usata anche durante l'attacco?» chiesi.

«Hai detto che era avvolta dalle ombre» rispose. «Quindi forse non ha davvero bisogno di cambiare aspetto».

«Perché è già nascosta» capii, annuendo. «Questo spiegherebbe perché Cara non l'ha vista».

La fata sbuffò, ma non disse nulla.

«Quindi i nostri mercenari potrebbero essere inutili» concluse Kaspian. «Ma Slater e Nolan stanno arrivando. Darò loro i frammenti del proiettile per vedere se riescono a usare il sangue o l'incantesimo per rintracciarla».

«E se non ci riescono?» chiese Cara.

«Organizzeremo una retata» disse Vesperus. Sembrava molto stanco. «La futura Regina della Casata dell'Oro e del Granato è stata quasi uccisa. Il popolo capirà».

«Ammesso che siano disposti ad accettarla come loro regina». Kaspian lo disse a voce bassa, ma il suo commento gravò come un macigno.

Vesperus restò in silenzio per qualche secondo, poi mormorò: «Hai ragione».

«Devono solo avere la possibilità di conoscerla» intervenne Cara. «Allora capiranno quant'è fantastica. Voglio dire, scintilla. Letteralmente».

Larus ridacchiò e scosse la testa. Col movimento, i suoi capelli scuri fluttuarono nell'aria, intrisi di magia.

Ma Kaspian e Vesperus non sembravano altrettanto divertiti dalle parole di Cara. Si scambiarono un'altra delle loro lunghe occhiate.

Dopo qualche istante, Kaspian si schiarì la voce e disse: «Sapete una cosa? Ho proprio bisogno di riposare. Sono state ventiquattr'ore molto lunghe. O trentasei. O quante cazzo erano. Slater e Nolan non saranno qui prima di mezzanotte. Abbiamo già deciso quali mercenari mandare in avanscoperta. Credo che per adesso abbiamo finito».

Vesperus gli rivolse un sorriso pieno di gratitudine.

Cara, al contrario, sembrava pronta a mettersi a discutere. Ma Larus le posò la mano sulla nuca, fermandola prima ancora che potesse aprire bocca. E le disse qualcosa con i suoi occhi azzurro argenteo, a cui lei rispose con voce strozzata: «Sì, un pisolino è un'ottima idea».

Kaspian annuì. «Perfetto». Si alzò in piedi e afferrò il sacchettino con i frammenti metallici che si trovava sulla scrivania di Vesperus. «Aggiornerò Nolan e Slater appena saranno qui».

Inarcai un sopracciglio. *Prima, durante o dopo il tuo agognato riposo?*

«Grazie» disse Vesperus. «Fammi sapere come va».

«Certo». Kaspian indicò la porta con un cenno del capo. «Andiamo, piccioncini».

Cara si alzò e gli mandò un bacio, che Larus catturò immediatamente al volo. «No».

Kaspian ridacchiò, facendo l'occhiolino alla fata civettuola, e condusse entrambi fuori dall'ufficio di Vesperus.

Aspettai che la porta si chiudesse, poi dissi: «I tuoi vice non sono molto sottili».

Vesperus scoppiò a ridere e si alzò in piedi. «Di solito sono più bravi. Ma sanno che io e te abbiamo alcune cose di cui discutere, e non hanno pensato di dover fingere che non sia così».

«Allora perché non hanno detto: "Diamo a Vesperus e alla sua nuova compagna un po' di privacy per parlare del loro futuro", invece di usare come scusa il bisogno di riposare?».

Vesperus si appoggiò al bordo della scrivania e allungò

le gambe, incrociandole all'altezza delle caviglie. «Non tutti sono diretti come te, Nyx».

«Un approccio diretto è la scelta più pratica nella maggior parte delle situazioni, re».

«Sono d'accordo». Le sue iridi argentate erano tornate alla normalità, ma, quando mi guardò, le sue pupille si dilatarono. «Preferisci parlare di sopra, sul tetto? O qui nel mio ufficio?».

Lanciai un'occhiata alla finestra; il sole stava tramontando. «Non è una scelta difficile, re». Mi alzai e mi sfilai il maglione, poi calciai via gli stivali e mi chinai per togliermi i calzini.

«Mi stai facendo venire voglia di restare qui» mormorò.

Sorrisi. «Sicuro?». Mi smaterializzai e ricomparvi sul tetto, dove continuai a spogliarmi.

Lui apparve qualche secondo più tardi, con in mano il mio maglione e gli stivali. Invece di commentare la sua miracolosa capacità di prendere in prestito i miei poteri, si limitò a posare le scarpe a terra e a piegare il maglione, che poi appoggiò su una panchina lì accanto.

«Quindi adesso puoi teletrasportarti» osservai, come se non fosse nulla di che.

«A quanto pare» mormorò «Un trucchetto molto utile. Quanto lontano posso andare?».

«Di solito, conta quello che riesci a visualizzare, non la distanza» spiegai, finendo di togliermi i pantaloni. «Ma più vai lontano, più energia consumi».

Vesperus annuì, cominciando a sbottonarsi la camicia. La sua pelle brillava come la mia. «Pensi che questa nuova abilità sia dovuta al nostro legame o al tuo sangue?».

Ci pensai su per qualche istante, mentre scendevo i gradini della piscina. «Forse a entrambi. Ma le tue iridi non ricordano più delle eclissi, come accade quando bevi il mio sangue. Quindi potrebbe essere il risultato del nostro legame».

«Eclissi?» ripeté. La maglietta di cotone si unì alla camicia in una pila ordinata sulla panchina.

«Quando mi mordi, i tuoi occhi assomigliano a un'eclissi solare». Sorrisi. «Sono molto belli da vedere».

«Potrei dire lo stesso di te» rispose, fissandomi il seno.

«Il tuo corpo ha già espresso questo complimento» dissi, abbassando lo sguardo sul suo inguine.

Per nulla intimidito dal mio commento audace, si tolse i pantaloni e i boxer, offrendomi una visuale migliore. Ma poi si voltò per piegarli e riporli sulla panchina, chinandosi anche a raccogliere i miei pantaloni per aggiungerli alla pila.

«Così educato e ordinato» lo presi in giro.

«Mia madre ne sarebbe orgogliosa». Si raddrizzò e venne verso di me, con tutto il suo splendido corpo in bella mostra. «Hai intenzione di rimanere lì, o di entrare in acqua con me?» chiese, passandomi accanto sui gradini.

Mi concessi un'altra lunga occhiata al suo corpo nudo, poi lo seguii nella piscina. «Sto cominciando a pensare che l'acqua sia un po' il nostro elemento» mormorai.

Molto appropriato, considerando il mio controllo sulle maree. Anche se quello era più legato alla mia relazione con la luna.

«Acqua e verità» disse, dandosi una spinta col piede e mettendosi a galleggiare sulla schiena. «Okay, credo che sia giunto il momento di parlare di cosa signifchi per noi essere compagni, visto che ormai non possiamo più tornare indietro».

«Penso che lo sappiamo entrambi» dissi, nuotando verso di lui. «Che siamo pronti o meno, i nostri destini sono legati».

«Già». Chiuse gli occhi, mentre gli ultimi raggi di sole

sparivano nel crepuscolo. «Gli altri monarchi non saranno felici delle mie nuove abilità. Riesco a teletrasportarmi e a evocare la polvere di stelle. Non sembra che abbia bisogno della stessa quantità di sangue che mi serviva in passato. E il sole non mi dà più fastidio. Posso guardarlo senza sentirne il bruciore».

«È una cosa insolita?» chiesi, riferendomi all'ultima parte. «Perché qui ho visto molti vampiri passeggiare sotto il sole».

«Non ci fa male. Ma i nostri sensi si acuiscono con l'età, quindi spesso mi dà fastidio. O almeno lo faceva. Fino a oggi». Si raddrizzò dalla sua posizione supina e piegò le gambe sott'acqua, in modo che i nostri occhi fossero alla stessa altezza.

Imitai la sua postura, sistemandomi di fronte a lui. «Quindi sei preoccupato che gli altri capi non accettino questi cambiamenti». Era un riassunto di ciò che aveva già detto, ma sospettavo che fosse il punto chiave della conversazione.

«Sì». Il suo sguardo scivolò sulla mia bocca, per poi tornare lentamente sul mio. «Circa cinquant'anni fa, a Portland, in Oregon, si è aperto un portale. Non era la prima volta che succedeva, ma è stato il primo che non abbiamo potuto nascondere agli umani. Perché si è aperto proprio nel bel mezzo dell'autostrada».

«Oh». Spalancai gli occhi. «Deve aver scatenato il caos».

«Per usare un eufemismo». La sua espressione mi disse che lo considerava un evento tragico. «Da quel momento, il mondo è cambiato drasticamente. La magia ha iniziato a manifestarsi negli umani, creando varie specie e livelli di potere, e causando una serie di stravolgimenti che hanno portato al Grande Sacrificio».

«Il genocidio» dissi, ricordando la nostra precedente

conversazione sull'argomento. «Quello che ha condotto alla tregua tra le casate».

«Esatto. Ma è stata anche una guerra. Uno sterminio di massa. Perché tutti combattevano per motivi diversi. Ma lo scopo di Oro e Granato è sempre stato raggiungere la gloria e mantenere l'onore. Abbiamo protetto le nostre case. E abbiamo lucrato sul sangue degli altri».

«Insomma, avete fatto quello che dovevate fare per sopravvivere» dissi.

«No, abbiamo fatto quello che dovevamo fare per *prosperare*» mi corresse. «Eravamo più preparati degli altri, grazie alle abilità assimilate facendo i mercenari. Abbiamo perso molto, ma abbiamo anche vinto molto. E l'unità è stata una delle nostre più grandi ricompense».

Annuii. Avevo capito cosa intendeva. «I membri di Oro e Granato lavorano bene insieme».

«Già». Inclinò la testa all'indietro per guardare il cielo. I suoi capelli neri si immersero nell'acqua.

Seguii il suo esempio, lasciando che l'acqua calda mi scaldasse la testa. Poi mi raddrizzai e incontrai di nuovo i suoi occhi.

«Dopo quella notte fatidica, le casate hanno stipulato una tregua» continuò. «Ecco perché per alcuni è una celebrazione, mentre per altri è un momento per ricordare chi non c'è più. Quel giorno, molte vite sono andate perdute, *sacrificate*. In nome di una fragile pace».

«Oro e Granato celebra quel giorno, o lo considera più come una giornata commemorativa?» gli domandai.

«Nonostante siamo dei mercenari, non celebriamo mai la morte» rispose. «Ricordiamo i nostri caduti. E li onoriamo restando uniti».

Le sue parole rispecchiavano tutto quello che avevo imparato sul suo territorio e sul suo modo di governare. «Non vedi quella notte come una vittoria».

«No» ammise. «La vedo come un punto di svolta nella nostra storia, da cui dovremmo imparare per non ripetere gli stessi errori».

«E questo ci riporta alla tua preoccupazione sul fatto che gli altri monarchi non accettino i tuoi nuovi poteri» dissi.

«O meglio, ci riporta alla mia preoccupazione che gli altri monarchi non ci permettano di regnare» precisò. «Ma non si tratta solo di questo. Si tratta del mio popolo. Kaspian aveva ragione quando ha detto che potrebbero non accettarti come loro regina. Ma quello che non ha espresso ad alta voce è che potrebbero anche non accettare il nuovo me».

«Se per Oro e Granato le cose più importanti sono la gloria e l'onore, allora saranno felici dei tuoi nuovi poteri» dissi. «No?».

«Sì e no. Li rispetteranno, certo, ma sapranno anche che il resto del mondo potrebbe non esserne altrettanto entusiasta. E quell'insicurezza farà agitare i membri della mia casata».

Deglutii, capendo cosa intendeva. Era lui a proteggere la sua gente, non il contrario. Ma forse sarebbero stati costretti a imbracciare le armi per lui, se gli altri leader non avessero accettato le sue nuove abilità.

«La tua presenza in una posizione di potere li metterebbe a rischio» dissi dopo qualche istante. «Ma solo se le altre casate si dimostrano contrarie a questi cambiamenti».

«Sì». Mi si avvicinò e avvolse la mano attorno alla mia nuca, stringendomi a sé.

«Ma mi hai parlato anche del falso Odin e del fatto che nessuno mette in discussione il suo immenso potere» gli ricordai. «Quindi forse ci basterebbe dimostrare a tutti che possiamo governare come fa lui».

«Per prima cosa, non è un "falso Odin"» mormorò Vesperus. I suoi occhi brillavano di divertimento. «Ma spero davvero che un giorno tu glielo dica».

«Beh, per me lo è» insistetti. «Perché conosco il vero Odin».

«Sì, quello del tuo mondo. Me lo ricordo».

«Esatto, quello che vive nella mia realtà».

«In questa, però, è lui il *vero* Odin. E hai ragione, è molto rispettato. Quindi non è detto che ci impediscano di regnare. Ma ciò che mi preoccupa è la rapidità con cui si è evoluta la situazione. Temo che le altre casate ci vedano esclusivamente come una minaccia».

«E se non ne parlassimo con nessuno?» suggerii. «Possiamo mostrare i nostri poteri a poco a poco, dando prova di riuscire a controllarci. Questo li tranquillizzerebbe».

«Siamo davvero in grado di controllarci?» chiese Vesperus, studiando la mia espressione. «Penso sia quella la preoccupazione principale di Kaspian. E anche la mia, se devo essere sincero».

«Io non ho problemi a controllare i miei poteri» risposi, accigliandomi. «L'ho fatto per migliaia di anni».

«Ma le tue capacità superano di gran lunga tutto ciò che è noto in questa realtà, dea» sussurrò, risalendo la mia gola col pollice in una carezza sensuale. «Che tu riesca a controllarli o meno, i tuoi poteri intimoriscono chi non li comprende».

«Questo perché gli abitanti del tuo mondo non mi danno la possibilità di parlare. Vogliono solo spararmi».

«Lo so» rispose dolcemente. «Ed è questa la cosa che mi spaventa di più, Nyx. Ora so come ci si sente a rischiare di perderti, e sono terrorizzato all'idea di provarlo di nuovo».

VESPERUS

Era stata la mia anima a parlare.

Avevo sentito morire Nyx. E una parte di me se n'era andata con lei, facendomi capire quanto fossero connessi i nostri spiriti. Nonostante il nostro legame non fosse ancora stato consolidato.

E ora... era diventata a tutti gli effetti la mia compagna.

Perderla mi avrebbe distrutto a un livello impossibile da eguagliare. Ciò significava che, per la prima volta nella mia vita, avevo un punto debole.

Fortunatamente, Nyx era una dea ed era in grado di badare a se stessa.

Purtroppo, però, al momento era l'obiettivo di tutti i leader mondiali.

«La maggior parte di loro ha chiesto che fossi eliminata o rispedita nella tua realtà» dissi. «Se queste sono le mie uniche opzioni, scelgo la seconda. Ma dovrò venire con te».

Mi osservò con attenzione. «Vuoi venire con me?».

Annuii. Avevo già deciso. «Le nostre anime sono legate, nel bene e nel male, Nyx».

«E la tua casata? Il tuo trono? La tua vita qui?».

La guardai col cuore in gola. «Un buon re sa quando sacrificarsi per il suo popolo».

Non disse nulla, ma il rispetto che le lessi negli occhi mi rivelò che aveva capito.

«Se questo mondo non mi permette di averti, dobbiamo trovarne uno in cui sia possibile stare insieme». Era la nostra unica possibilità. «Se te ne vai da sola, per me sarebbe come se morissi. E sappiamo già che effetto avrebbe su di me. Basta vedere cos'è successo a Fallon».

Pensare alla strega distrutta dalla morte di Klas mi strappò una smorfia. Pur non approvando le sue azioni, un po' le capivo. Almeno fino a un certo punto.

Perché per qualche breve istante avevo sperimentato cosa comportasse la perdita del proprio compagno. Ed era più di una settimana che lei viveva quell'esperienza straziante.

Ciò non giustificava il suo comportamento o le sue scelte, ma ne spiegava la follia.

«E anche se in qualche modo sopravvivessi alla tua partenza, che leader sarei?» continuai. «Essere re significa proteggere la mia casata, onorarla e tenere la mia gente al sicuro. Se fossi a pezzi, non riuscirei a farlo».

Era proprio per quello che volevo evitare di legarmi completamente a Nyx. Tuttavia, il destino aveva altri piani. Piani che avevo accettato, perché non potevo fare nulla per cambiarli.

Piani che forse non avrei cambiato comunque, nemmeno se avessi potuto.

«Inoltre, non posso proteggere la mia casata, se i miei poteri sono causa di conflitto con gli altri governanti. La mia gente finirebbe per combattere per me, invece del contrario. Un destino che non ho nessuna intenzione di accettare, né per me, né per loro. Non li metterò a rischio solo per rimanere sul trono».

Nyx mi posò la mano sul petto, proprio sul cuore. «Sei un ottimo leader, Vesperus Veritas. Sei forte e saggio, e sarei onorata di essere la tua regina. Ma capisco che governare insieme, in questa realtà, potrebbe dimostrarsi impossibile».

Un accenno di sorriso si fece strada sulle mie labbra. «Onorata di essere la mia regina, eh? Anche se non te l'ho ancora chiesto ufficialmente?».

«Non puoi chiedere a una dea di regnare. Lo fa naturalmente». Lo disse con un pizzico di ironia, ma colsi la serietà nel suo sguardo.

Era una donna che non si sarebbe mai inchinata.

Nemmeno davanti a un re.

Ma forse si sarebbe inginocchiata davanti a me, se l'avessi invogliata come si deve.

Le avvolsi un braccio attorno alla vita, mentre con l'altra mano le stringevo ancora la nuca. «Cos'altro fai *naturalmente*, dea?» chiesi. Le mie labbra erano a un soffio dalle sue.

Mi conficcò le unghie nel petto, afferrandomi il fianco con l'altra mano. «Faccio un sacco di cose naturalmente» mormorò. Ogni parola mi sfiorava la bocca. «Gemo. Lecco. *Succhio*».

«Mmm». Cedetti all'impulso di assaggiarle il labbro inferiore, per poi risalire verso il suo orecchio tracciando un sentiero di baci. «E ingoi?».

«Solo se il sapore mi piace» sussurrò, avvicinando le labbra al mio collo. «E si dà il caso che il tuo mi piaccia molto». Affondò i denti nella mia gola, succhiò la mia essenza e la *ingoiò*.

Non era quello che intendevo, e lei lo sapeva, ma glielo lasciai fare lo stesso. Perché avere la sua bocca su di me, con la lingua che tormentava la ferita per evitare che si chiudesse, mentre le sue endorfine mi inondavano il sangue... beh, era una sensazione bellissima.

«Cazzo, Nyx» ansimai, premendo il mio sesso sul suo ventre.

Ero già stato morso da altri vampiri, ma non avevo mai provato nulla di simile. Il morso di Nyx era un afrodisiaco. Me l'aveva fatto venire talmente duro che mi sembrava di essere sul punto di venire.

Ma lei me lo afferrò alla base, per distrarmi e bloccare l'orgasmo crescente. E me lo accarezzò lentamente, seguendone la lunghezza con le dita.

La sua bocca lasciò il mio collo, tracciando un sentiero con la lingua fino alle mie labbra.

E poi mi baciò.

Non il contrario.

La dea stava mettendo in ginocchio il re, esattamente l'opposto di quello che volevo ottenere. Ma non mi importava. Mi ero completamente abbandonato alla sua bocca. Al suo tocco. Alla sua essenza divina.

Strinsi la presa sulla sua nuca, e quella attorno alla sua vita si fece di cemento.

La mia dea. Mia.

Le sue unghie, che mi stavano graffiando il petto, mi dissero che anche lei stava pensando qualcosa di simile. *Il mio re. Mio.*

«Sta sorgendo la luna» bisbigliò, mentre l'energia dell'astro lambiva la sua pelle e la mia. «La senti?».

«Sì». Sfiorai il suo labbro inferiore con le zanne. «E ne sento anche il sapore». La morsi. Avevo bisogno del suo sangue. Lei mi stritolò il sesso, facendomi gemere.

«No. È il mio turno di assaggiarti, re». Cominciò a spingermi all'indietro, fissandomi con i suoi occhi dorati che mi ricordavano due lune piene. Scintillanti. Seducenti. *Totalizzanti.*

Lasciai che mi conducesse dove voleva, ipnotizzato dalla sua espressione affamata.

Quella donna era mia pari in tutto e per tutto. Forse addirittura superiore.

Avevo tentato di darle la caccia. Per domarla. Per farla obbedire. Ma lei aveva dimostrato di essere una predatrice, non una preda.

E, in quel momento, io ero il suo pasto.

Raggiunto il bordo della piscina, mi ci sedetti. Le avevo letto negli occhi ciò che desiderava, le parole non servivano più.

Ma ciò non mi impedì di dire: «Ti conviene fare molto più che assaggiarmi, dea. Voglio che tu mi faccia vedere le stelle».

«Sei molto esigente, per essere un re» commentò. Appoggiò le mani sulle mie cosce, sistemandosi in mezzo per baciarmi di nuovo.

Fu un bacio più delicato del precedente, più simile a una provocazione che a un assalto.

«È così che si comportano naturalmente i re, dea. Esigiamo. E tutti gli altri si inchinano».

«Tranne me» sussurrò.

«Tranne te» confermai.

La sentii sorridere sulle mie labbra, poi mi baciò la mascella e cominciò a scendere lungo il mio corpo, senza smettere di leccarmi.

Non si mosse rapidamente, preferendo esplorare con calma ogni centimetro di me. Le sue labbra andarono sui miei pettorali, per poi avventurarsi sulla spalla e proseguire sul braccio.

La sua lingua seguì i contorni del tatuaggio della mia casata, mentre i suoi occhi studiavano la spada dorata intinta nel sangue.

Si soffermò sulla corona incisa nell'impugnatura, poi seguì la catena e le gocce di sangue fino al mio palmo.

Dove mi mordicchiò la pelle, per poi prendere in bocca il mio dito medio.

E succhiarlo.

«Che seducente ninfa lunare» dissi, afferrando il bordo della piscina con una forza tale che ebbi paura di frantumare il marmo.

«Dea» mi corresse.

«La mia regina» ribattei.

I suoi occhi brillarono di approvazione. Risalì di nuovo il mio braccio e tornò sui miei pettorali, lasciandosi dietro una scia di baci e leccate. Ma non si fermò lì. Cominciò a scendere lungo la peluria che mi copriva il ventre.

Lasciai il bordo della piscina per affondare le dita tra i suoi capelli umidi e setosi. Alzò lo sguardo verso di me, e nelle sue profondità vi scorsi un sorriso di sfida. «Ora ti leccherò davvero» mormorò sulla punta della mia erezione.

E mantenne la promessa, incendiandomi il sangue. La sua lingua vellutata mi trascinò sull'orlo della follia con un'unica carezza. «Mi stai uccidendo, dea».

«E pensare che ho appena cominciato» sussurrò sulla mia pelle, memorizzando la mia lunghezza e alimentando i miei istinti.

Volevo prendere il controllo della situazione, dirle come soddisfarmi, farla *ingoiare*.

Ma non volevo che il gioco finisse troppo presto.

Nyx voleva dominarmi, e io ero più che felice di lasciarla tentare. *Tentare e riuscirci*, mi meravigliai con un gemito. Aveva avvolto la bocca intorno a me. *Così bagnata e perfetta*. Dei movimenti magistrali.

E quegli occhi. *Cazzo, quegli occhi…*

Non aveva smesso di guardarmi neanche per un attimo, con le sue iridi dorate fiammeggianti di potere.

Quella splendida creatura si era inchinata a modo suo, assicurandomi al contempo che eravamo ancora alla pari.

Era un regalo.

E un test di resistenza che sembrava determinata a passare. Lo dimostrò prendendomi ancora più in profondità.

«Questa immagine accompagnerà i miei sogni per l'eternità» le dissi con voce roca. Avevo la bocca secca.

Lei mugolò di approvazione. Le brillavano gli occhi.

Oro liquido.

Labbra piene.

Una lingua incredibile.

Dea, sto per impazzire, le sussurrai mentalmente, accettando la sconfitta. *Continua. Sì. Così…*

Le sue mani mi risalirono le cosce, facendomi venire la pelle d'oca.

Gridai quando mi prese di nuovo fino in fondo, massaggiando la parte inferiore del mio sesso con la lingua. Per un attimo mi si oscurò la vista.

Ma poi la vidi di nuovo, col suo sorriso seducente, che mi trascinava sempre più verso il limite. «Fa' un bel respiro, dea» le dissi, sentendo i muscoli tendersi. «Perché sto… sto per *annegarti*».

Rabbrividì, e il suo entusiasmo, colmo di aspettativa, mi fece stringere il ventre. Accentuai la presa sui suoi capelli. Tutto il mio corpo si era irrigidito, cercando disperatamente di godere ancora per qualche istante di quella magnifica bocca.

Ma la sua lingua mi danzò sulla punta, il suo sguardo esigeva che venissi.

«*Nyx*». Pronunciai il suo nome in un rantolo, mentre

l'estasi mi travolgeva, costringendomi a esplodere nella sua gola.

Lei cominciò a deglutire con le labbra ancora avvolte intorno alla mia erezione, prolungando il piacere e facendomi correre un brivido lungo la schiena. Mantenni lo sguardo fisso sul suo per tutto il tempo, permettendole di vedere tutto quello che mi stava facendo.

L'orgasmo mi sembrò infinito, il piacere stava incendiando ogni fibra del mio essere.

Ma Nyx non si fermò, decisa a dominarmi.

Non mi opposi.

Mi arresi e le lasciai vincere quel round. Cazzo, mi aveva distrutto nel più meraviglioso dei modi. Glielo dissi telepaticamente con un paio di termini molto espressivi.

Quando finì, era raggiante. «Impressionato?» mi domandò, sollevando più volte le sopracciglia.

«Al punto che potrei essermi innamorato di te» ammisi, dandole un piccolo strattone ai capelli per farla alzare e avvicinare a me. «Che sapore ho?».

«Ambrosia» mormorò sulle mie labbra, dandomi un assaggio con la lingua. «Penso che ti leccherò ogni giorno, re Veritas».

«Solo se potrò ricambiare il favore, dea Nyx» risposi, afferrandole i fianchi.

Strillò quando usai la mia velocità da vampiro per scambiarci di posto. La feci sedere sul bordo della piscina e le spalancai le gambe. Ma non mi avventai subito tra le sue cosce, preferendo prima dedicarmi al suo seno, dove succhiai via la polvere di stelle dai suoi capezzoli rosei.

Le sue gambe si strinsero attorno a me in segno di approvazione. Mi affondò le dita tra i capelli, guidando i miei movimenti.

Nyx era il tipo di donna che mi diceva cosa voleva senza il bisogno di parlare. Ma le sue indicazioni non erano necessarie. Sapevo già cosa fare. E glielo dimostrai anticipando ognuno dei suoi strattoni, fino ad avventurarmi tra le sue cosce per adorarla come meritava.

Mi conficcò le unghie nello scalpo, esortandomi a proseguire, gemendo il mio nome.

Quante volte pensi che riesca a farti venire, dea?, le chiesi. *Ti avevo promesso che avrei continuato finché non mi avessi implorato di smettere...* Com'era accaduto la sera prima. Ma perché non ripetere l'esperienza?

Almeno tre, rispose. La sua voce era calda e sensuale e...

Mi bloccai con la bocca che aleggiava sul suo clitoride, e alzai lo sguardo verso di lei. *Ho sentito la tua risposta nella mia mente.*

Mi fissò. *Davvero?*

Sì.

Spalancò gli occhi. *Oh.*

Sorrisi. *Già, oh.* Perché avrebbe reso le cose ancora più divertenti. Glielo provai leccandola a fondo, e ringhiando di soddisfazione per quello che le lessi nella mente. Era come se avessimo creato un nuovo legame, che ci permetteva di *sentirci* a vicenda, non solo di parlare.

Ne saggiai i limiti con la lingua e con i denti, portandola a nuove vette di piacere, per poi infilare due dita nel suo calore.

Gemette e inarcò il bacino verso di me. Il mio nome riecheggiava nei suoi pensieri.

Era prossima all'orgasmo. La leccai, accompagnandola oltre il limite, adorando il modo in cui si era serrata attorno a me.

Ma aveva detto tre.

Quindi volevo dargliene almeno quattro.

Vesperus, sibilò, con le gambe che le tremavano.

Trascinai le zanne sul suo clitoride, portandola facilmente a una seconda esplosione che la fece gridare.

Talmente forte che avrebbero potuto udirla anche dall'altra parte del globo.

E questo mi diede un'idea su come farla veramente impazzire.

Ti fidi di me, Nyx?, le domandai, mordicchiando il suo bocciolo sensibile.

Ansimò, stringendomi ancora di più i capelli. *Sì.*

Percepii la verità della sua risposta nel mio stesso sangue. Il suo corpo vibrava sotto il mio tocco. Sapeva cosa stavo per fare, e ne era elettrizzata.

Capisco perché il destino ci ha legati, dea, le sussurrai. *Siamo fatti l'uno per l'altra.*

Rispose con un borbottio incomprensibile, che terminò in un urlo. Perché l'avevo morsa. Proprio lì. Nel suo punto più sensibile.

Facendola precipitare immediatamente in un terzo orgasmo.

Il sapore della sua eccitazione, mescolato a quello del suo sangue, mi strappò un gemito. Il predatore che era in me gioiva.

Avevo appena scoperto il mio nuovo drink preferito. Continuai a leccarla, a conficcarle le zanne nella carne, a spingere le dita dentro di lei.

Il suo oblio divenne la mia euforia.

Finché entrambi non ci ritrovammo ad ansimare all'unisono. Le sue guance avevano assunto una stupenda tonalità di rosa che si era estesa fino al seno; unita al suo naturale splendore dorato, le aveva donato un colorito che mi fece venir voglia di ricominciare a scoparla.

Ma non era quello il punto.

Si trattava della nostra connessione. Del nostro legame. Del nostro *futuro*.

Così la tirai giù dal bordo e la presi tra le braccia.

Nuotammo insieme fino al centro della piscina, dove ci fermammo ad ammirare la luna.

Era rossa.

Strano. Per quella notte non era prevista una luna di sangue.

È una benedizione, mormorò Nyx. *La luna approva la nostra unione.*

Strusciò il viso sulla mia gola mentre riflettevo sul significato delle sue parole. *Che la luna rossa stia causando qualche problema magico, da qualche parte del mondo?*

Nyx scosse il capo. *È una proiezione, possiamo vederla solo noi. Ma significa che c'è un cambiamento all'orizzonte. E probabilmente è anche un messaggio di Khaos.*

Khaos, ripetei. *Il tuo creatore.*

Sì. Immagino sia una specie di padre per me. Sorrise. *La luna rossa è il suo modo di dire che anche lui è felice della nostra unione.*

Il suo mondo d'origine era pieno di meraviglia. Un nuovo universo che potevo esplorare. Potenzialmente, una nuova esistenza.

E significava che avevamo delle opzioni.

Perché anche se il mio mondo non la accettava, sembrava proprio che il suo mondo accettasse me. *Noi.*

Ci occuperemo del problema con Fallon, pensai, condividendo le mie considerazioni con lei. *Poi decideremo come procedere.*

Non volevo lasciare la mia casa o la mia gente. Ma riconoscevo anche di averli serviti per molto tempo. Li avevo protetti. Li avevo addestrati. E li avevo preparati a una vita senza di me.

Era quello che faceva un buon re: si assicurava che il suo popolo fosse pronto per l'inevitabile. Perché nonostante i membri della mia specie potessero vivere in eterno, la mia posizione comportava dei rischi. Come una morte prematura.

Nel corso della mia lunghissima vita, ero sopravvissuto a molte avversità.

Se Nyx era il motivo per cui avrei perso il mio trono, lo avrei accettato.

Perché avevo già accettato lei.

La mia compagna.

Il mio futuro.

In un universo con una miriade di alternative e opportunità.

Possiamo comunque cercare di convincerli a farci restare, sussurrò Nyx. *Non voglio strapparti alla tua gente.*

Le baciai la tempia, tenendola stretta a me. *Come ho già detto, dea, un buon leader sa quand'è il momento di sacrificarsi per il suo popolo. E sento che quel momento si avvicina. Hanno bisogno di qualcuno di stabile. Qualcuno che possa prendere il testimone e proseguire il viaggio.*

Qualcuno come Kaspian, rispose.

Qualcuno come Kaspian, ripetei, annuendo. *Praticamente sta già governando lui. È ora che abbia anche la mia corona.*

Sarei diventato un re in pensione.

Destinato a esplorare un universo che nemmeno sapevo esistesse.

Con una splendida dea al mio fianco.

Mi sembrava un futuro molto allettante.

Ma bisognava vedere se il destino sarebbe stato d'accordo.

NYX

Lᴀ ᴍᴀɢɪᴀ ᴍɪ ᴄʀᴇᴘɪᴛò sᴜʟʟᴇ ʙʀᴀᴄᴄɪᴀ, sᴛʀᴀᴘᴘᴀɴᴅᴏᴍɪ ᴀʟ sonno. Mi ricordò il giorno in cui avevo incontrato Vesperus, solo che stavolta sembrava che la situazione fosse molto più urgente.

Mi venne la pelle d'oca e mi si rizzarono i peli sulla nuca. «Vesperus» sussurrai, appoggiandogli la mano sulla spalla. Per una volta, era a letto con me. Aveva gli occhi chiusi, e sembrava perso in un sogno da cui non riuscivo a destarlo.

«Vesperus» ripetei a voce alta. Il mio battito stava accelerando.

C'era qualcosa che non andava.

Non avrebbe dovuto essere così difficile svegliarlo.

E la sua pelle era gelida al tatto. «*Vesperus*». Posai il palmo sul suo petto. «Apri gli occhi».

Niente.

Nessuna risposta.

Nemmeno un cambiamento nel ritmo del suo respiro.

Era come se fosse in coma.

E l'incantesimo continuava a tormentarmi, stimolando tutti i miei sensi.

Magia oscura, pensai con un brivido. *Magia mortale. Cos'è questa strana tela?* Mi ricordò dei filamenti di pece, che strisciavano sulla mia pelle, lasciandosi dietro un residuo appiccicoso.

Non riuscivo a vederlo, solo a *sentirlo*. Così come sentivo la mia magia esortarmi a reagire. A fare qualcosa. Ad *ascoltare*.

Stava ronzando freneticamente nell'aria, lottando contro la rete oscura che si infiltrava nei miei sensi. Sbattei le palpebre e diventò tutto nero. Poi il mondo riapparve. E poi sparì di nuovo.

Cos'è?, mi domandai, tremando incontrollabilmente.

Forse...

Forse dovrei...

Sbadigliai, solo per ricevere una nuova scossa di energia. Spalancai gli occhi. «*Cosa sta succedendo?*» urlai. La polvere di stelle che mi copriva la pelle somigliava a della cenere. Valeva lo stesso anche per Vesperus, che era ancora più freddo di prima.

Mi costrinsi ad alzarmi dal letto. Lo sforzo mi fece tremare le gambe. *Mi sento morire*, pensai. *E Vesperus sembra... No. Sta respirando. Ma...*

Stava diventando tutto grigio.

Come è successo a me quando mi hanno sparato. L'ennesimo brivido mi corse lungo la schiena. «Cosa sta causando tutto questo?» biascicai. Guardai il mio incantesimo. Era in guerra con quella strana oscurità. E, da quello che riuscivo a capire... stava perdendo.

Ciò significava che non avevo molto tempo prima che la magia ignota avesse di nuovo la meglio su di me.

Afferrai i vestiti che indossavo la sera prima, quelli che

Vesperus aveva riportato indietro dalla piscina, e li infilai. *Lentamente. Troppo lentamente.*

Tutto sembrava rallentato, come se il mio corpo non avesse più l'energia necessaria a muoversi. Ma mi sforzai di farlo, lottando contro l'oscura foschia in cui era intrappolata la mia mente, costringendo le mie membra ad agire. Mentre, in lontananza, la mia magia si stava pian piano affievolendo.

Cos'è questo potere in grado di annientare la mia creazione?

Deglutii a fatica, raddrizzai la schiena e ricordai ancora una volta alle mie gambe come fare a muoversi.

La magia del medaglione turbinava furiosamente, come se mi stesse dicendo: *Fa' in fretta!*

«Ci sto provando» risposi sottovoce. Perché parlare richiedeva molta energia. E camminare ancora di più.

Non riuscirò a teletrasportarmi in queste condizioni, pensai, lasciando la stanza. *Devo trovare qualcuno...* chiunque... *che possa aiutarmi.*

Percorsi il corridoio trascinando i piedi, il mio battito stava rallentando sempre di più. Nel frattempo, la mia magia mi danzava attorno disegnando nell'aria dei punti esclamativi. Non so se mi stesse esortando ad andare più veloce o se stesse facendo il tifo per me. Non ne ero sicura, ma tutta quell'agitazione mi faceva girare la testa.

Sono così stanca.

È tutto così... così nero.

Dov'è la luce? Perché fa così freddo?

Rabbrividii, e le mie palpebre si sollevarono. Mi accigliai. Non mi ero resa conto di aver chiuso gli occhi. *Mi sono appena addormentata sulle scale?*

Il calore mi avvolse di nuovo, ma la luce dorata del mio incantesimo era contornata di nero. Ed era anche più fioca di prima. L'energia senziente aveva perso il suo slancio.

A causa della sua battaglia contro l'oscurità.

Cercai di muovermi più velocemente, di accelerare il passo, ma la rete era così pesante. *Come se cercassi di uscire da una tomba*, pensai, con i polmoni che funzionavano a malapena.

A causa della mancanza di ossigeno, davanti ai miei occhi apparvero delle macchie nere.

Ma mi rifiutai di fermarmi.

Mi rifiutai di dormire.

Finalmente raggiunsi il piano terra, solo che non c'era anima viva. Cercai di aprire la bocca per chiamare qualcuno, ma non avevo abbastanza fiato.

Avanti, dissi alle mie gambe.

Che però cedettero e mi fecero rotolare giù, lungo gli ultimi gradini. Tutto girava, e la testa e la schiena mi dolevano per la caduta.

Alzati, ordinai a me stessa. *Alzati. Alzati. Alzati.*

Ebbi l'impressione che anche la mia magia volesse dirmi la stessa cosa. La sua luce fioca lampeggiava, implorando che quella non fosse la fine. Eppure sentivo della... della *terra*... gravare su di me, tenendomi sul pavimento. *Era così pesante.*

Cosa mi sta succedendo?

Deglutii, e avvertii il sapore della terra in bocca.

Non è possibile.

Sono...?

Tossii. Un suono estraneo e inaspettato e pieno di... di...

Mi toccai le labbra, e sulle dita rimase della *cenere*.

Niente di ciò che stava accadendo aveva alcun senso. Era come un incubo. *Sto sognando?*

Chiusi di nuovo gli occhi, ma quando li riaprii vidi tutto nero. Ero completamente circondata dall'oscurità. Il profumo della terra mi si infiltrò nelle narici. E un guizzo di energia lampeggiò su di me.

La mia magia morente. Alzai la mano verso di lei, e mi accorsi che la mia pelle aveva riacquistato quell'allarmante colorito grigiastro. Ero troppo pallida.

Impossibile.

Chiusi gli occhi ancora una volta e, riaprendoli, mi ritrovai nel palazzo. Era come se fossi in due luoghi contemporaneamente.

Mi girava la testa e avevo la bocca secca. Guardare fuori dalla finestra, verso il cielo notturno, richiese uno sforzo immane.

Guariscimi, implorai. *Dammi la forza di rimediare a tutto questo.*

La luna non era in una posizione ottimale. Il cielo era scuro, ma non abbastanza.

Allungai la mano verso la finestra, mentre un rivolo di energia scivolò nell'aria, verso di me. Una quantità di polvere di stelle sufficiente a teletrasportarmi.

Fuori, pensai. *Portami fuori.*

Visualizzai il parco dietro la tenuta.

Ma non fu quello che apparve attorno a me.

Un cimitero, riconobbi quasi immediatamente. Gli odori erano simili a quelli del mio sogno. O della mia realtà. O di qualsiasi cosa si trattasse.

Ignorai tutto, concentrandomi sulla luna, di cui era ancora presente un accenno nel cielo notturno.

Inspirai, cercando di assorbire tutta l'energia che era in grado di fornirmi, e lasciai che scacciasse il gelo da cui ero avvolta.

Ma la magia che mi stava opprimendo la consumò subito, continuando a restare appiccicata alla mia pelle. Invisibile, ma terribilmente presente.

Ringhiai, irritata da qualsiasi sortilegio avessero scagliato su di me. Su di *noi*. Permeava l'aria, opprimendo l'atmosfera, e sembrava essersi diffuso in tutta la città. Ma la fonte era vicina.

Riuscivo ad assaporarne la magia letale.

Scorsi il mio medaglione. Era sbiadito, gli ultimi sprazzi di vitalità stavano svanendo. Era poco distante da me e fluttuava, pulsando.

Su una tomba.

Affondai le dita nella terra cercando di mettermi almeno in ginocchio, ma il movimento mi fece venire le vertigini.

La luna tentò di sostenermi, la polvere di stelle mi svolazzava intorno in inutili onde dorate. Non riusciva più a fare breccia nell'oscurità che aveva ricoperto il mio essere.

Il gelo mi artigliò le braccia, scavando nella carne e infiltrandosi nel mio sangue.

Ma continuai a strisciare, sforzandomi di ignorare il dolore, per raggiungere il mio medaglione.

Nel peggiore dei casi, posso cambiare realtà, pensai. *Ma poi… poi potrei non essere in grado di tornare indietro.*

E Vesperus?

Non potevo lasciarlo lì. Non così. Senza sapere cosa gli sarebbe successo.

Non… non voglio lasciarlo e basta.

È mio.

Io sono sua.

Le nostre anime sono legate in eterno.

Quindi, no. Cambiare realtà era fuori discussione.

Ma forse il mio medaglione avrebbe potuto darmi l'energia di cui avevo bisogno per sopravvivere, per distruggere quella tela oscura. Dopotutto, era parte di me. Era una creazione senziente.

La polvere di stelle continuava ad accumularsi intorno a me, nel tentativo di penetrare la magia invisibile che soffocava il mio essere. Non riuscivo a vederla, ma sapevo per certo che era nera.

Carica di morte.

Insistetti, strisciai e mi spinsi in avanti, riuscendo finalmente a raggiungere il mio medaglione. Ormai stremata, la magia gli aveva restituito la sua forma originaria. Solo che era annerito e si stava pian piano decomponendo. Stava morendo, esattamente come il mio corpo.

E forse addirittura la mia anima.

Il gelido bacio dell'aldilà mi invitava ad arrendermi, seducendomi con pensieri di pace eterna.

È una sensazione così forte. Così allettante. Così... così... sbagliata.

Rifiutai di cedere, concentrandomi esclusivamente sul metallo che stringevo tra le dita. *Il mio medaglione.* Fremette, facendomi venire le lacrime agli occhi.

Ti ho deluso, pensai, avvicinandolo al petto. *Ma ti porterò indietro. Te lo prometto.*

Non c'era altra scelta. Non potevo usarlo per saltare in un altro mondo. Non così. *Non posso lasciare Vesperus. È la mia metà. La mia anima.*

Com'è possibile che tutto sia cambiato così in fretta?, pensai, con lo sguardo sull'oggetto familiare che tenevo in mano. *Tu lo sapevi, vero? Sapevi che in questa realtà c'era il mio cuore, così ti sei assicurato che lo trovassi. E ora...*

Ora l'avrei ricompensato uccidendo l'ultimo barlume di energia che gli era rimasta.

Riassorbendola dentro di me.

Per combattere... per combattere cosa, esattamente? L'incantesimo oscuro?

La magia ancora presente nel medaglione sarebbe stata sufficiente?

C'era solo un modo per scoprirlo. *Mi dispiace, amico mio.*

Sei stato una compagnia... interessante. Vorrei... vorrei che ci fosse un altro modo.

Rispose tremando sul mio palmo... e dissolvendosi in cenere. Proprio come aveva fatto mesi prima, sulla spiaggia. Non a causa mia, ma per sua scelta.

Fuggendo. Nascondendosi. Confondendomi ancora una volta.

Non... Mi interruppi, percependo l'energia crepitare sul terreno sotto di me.

Terra fresca. Il ricordo olfattivo che mi aveva suscitato era talmente forte che l'odore mi fece vacillare.

Ne sentii di nuovo il sapore sulla lingua. La mia vista si oscurò, mentre cambiavo posizione... finendo *sotto* la superficie.

Sbattei le palpebre e fui di nuovo sull'erba del cimitero. Gli ultimi residui di magia del mio medaglione sparirono nella notte.

Il mio cuore palpitò. Con un groppo alla gola, capii che non c'era più. Il mio incantesimo era morto. Ucciso da quella folle e oscura sciagura.

Tutto per mostrarmi cosa giaceva sotto la tomba appena scavata.

Non ci rimuginai sopra, interrogandomi sul come e sul perché; iniziai subito a scavare. Era stato l'ultimo desiderio della mia magia morente: scoprire cosa ci fosse là sotto.

Forse è tutto un sogno, ipotizzai ancora una volta. Ma la terra sotto le unghie sembrava più vera che mai. Così come il cappio gelido attorno al mio collo. Il freddo che mi attanagliava braccia e gambe. La polvere di stelle che cercava disperatamente di aprirsi un varco in quella cappa di inchiostro che minacciava di distruggermi.

Ignorai tutto quanto, determinata a raggiungere qualsiasi segreto mi aspettasse là sotto.

Troppa terra. C'è troppa terra!

Gemetti per la frustrazione. Avevo bisogno di qualcosa per aiutarmi, le mie mani non erano sufficienti. Ma l'energia…

No. Non puoi arrenderti proprio adesso.

Ero una dea. Una creatura della notte. E il cielo oscuro era ancora mio. La *luna* apparteneva a me.

Chiusi gli occhi, lottando per trovare qualcosa a cui aggrapparmi, per liberarmi almeno temporaneamente di quella morsa oscura e letale.

Ho bisogno che la luna sia più vicina.

Era l'unico modo.

Un leggerissimo strattone.

Ma anche quello avrebbe avuto ripercussioni in tutto il globo, cambiando le maree e facendo del male a persone innocenti.

Allora prenderò qualcos'altro, pensai, sondando le stelle per determinare cosa avrebbe potuto darmi la forza di proseguire. Per raggiungere il mio obiettivo. Per sconfiggere quella follia una volta per tutte.

Mi sedetti sui talloni e alzai il viso verso il cielo. *Aiutami. Dammi la tua oscurità per spezzare questo sortilegio.*

Le stelle scintillarono in risposta. La luna brillò un po' di più. E una cascata di polvere si riversò su di me.

Coprendo il terreno.

E tutto ciò che mi circondava.

Ma quella dannata tela invisibile che mi opprimeva era ancora lì.

Arrivò altra polvere di stelle. Mi ricordava una nevicata, solo che era d'oro. Pulsava di energia, esigendo di essere usata, assorbita, *accettata*.

«Penetra nel terreno» le dissi a denti stretti. «Scopri qualsiasi cosa ci sia sotto».

Rabbrividii quando le stelle ascoltarono la mia richiesta, travolgendomi col loro splendido potere. La polvere scintillante assunse le sembianze di una lama, che squarciò la magia oscura per raggiungere il terreno sottostante.

Strisciai via dalla tomba, dandole spazio per completare l'opera.

L'energia vibrava e pulsava, le stelle lottavano contro l'incantesimo e ordinavano allo scudo mortale di arrendersi. Era un combattimento devastante, che probabilmente stava riecheggiando in tutto il mondo. La notte era venuta in mio soccorso, liberando la sua regina dalla rete oscura che l'aveva avviluppata.

Ma il freddo continuava a gelarmi il sangue, rendendo i miei movimenti sempre più difficili.

Ormai riuscivo a malapena a sbattere le palpebre.

Il terreno, però, aveva iniziato a muoversi. Le stelle stavano rivelando il mistero che si celava sotto la superficie. Mostrandomi quello che il mio medaglione voleva che vedessi.

Non era l'altra metà della mia anima, né un'altra parte di me. Era una donna con i capelli sporchi di terra, la carnagione spettrale e gli occhi verdi che ormai non brillavano più.

La riconobbi subito, grazie al dolore impresso nei suoi lineamenti immobili.

La mia magia aveva cercato di condurmi da...
Fallon Doyle.

NYX

Fissai la donna davanti a me, mentre la polvere di stelle tornava a fluttuare in cielo. Il mio desiderio era stato esaudito. Ma non capivo cosa fosse successo. *Com'è finita qui? E perché?*

Non era davvero morta. Sentivo il suo spirito aleggiare ancora nelle vicinanze. Quindi, probabilmente, era stata messa lì di recente.

E seppellita a diversi metri di profondità.

In modo che ogni volta che la sua immortalità la riportava indietro, moriva di nuovo.

Da quanto va avanti questo orrore? E perché?

Continuai a osservarla. Non ero più in grado di muovermi, a causa del sortilegio che mi stava trasformando in un cadavere.

Mi domandai se anche Fallon ne fosse vittima, ma dopo qualche istante vidi i suoi occhi riaccendersi di vita. Cominciò subito a tremare febbrilmente, annaspando e artigliando l'aria. Poi prese a tossire e vomitare terra, emettendo dei suoni che mi fecero rivoltare lo stomaco.

Ma ancora non potevo muovermi né reagire, riuscivo solo a seguirla con lo sguardo. Chissà cosa avrebbe fatto, quando si fosse accorta della mia presenza.

Forse percependo di essere osservata, si bloccò.

Invece di guardarmi, però, chinò il capo e sussurrò: «Mi... mi dispiace. Ti prego, non... non...».

Tremava. Le sue parole furono un rantolo che riuscii a malapena a cogliere. Era così sola e distrutta. Sentivo, più che vedere, che la sua anima era letteralmente a brandelli.

Ci vollero diversi istanti di inquietante silenzio prima che si muovesse di nuovo, girando la testa da una parte e poi dall'altra, lentamente, cautamente. Da dove mi trovavo, non riuscivo a vedere la sua espressione. «Klas?» sussurrò.

Sta chiamando il suo compagno morto?

Non potei dire nulla, le mie labbra erano congelate.

«Klas?» ripeté. «Sei...?». I suoi muscoli si tesero, come se si aspettasse di essere colpita. Ma quando nessuno le rispose, e non accadde nulla, si mise a sedere. Poi si guardò attorno, e vedendomi sussultò.

Balzò in piedi e camminò all'indietro, sconvolta, portandosi una mano alla bocca. Poi abbassò lo sguardo sulla tomba e scrutò il resto del cimitero.

«Oh, no...». Scosse furiosamente la testa, con gli occhi verdi che si riempivano di lacrime.

Rimorso per aver lanciato l'incantesimo? O si tratta di qualcos'altro?

Poi mi resi conto che forse avrei potuto chiederglielo. *Grazie a Vesperus.*

Riesci a sentirmi?, le domandai, curiosa di scoprire se avessi assorbito il potere del mio compagno.

Fallon non rispose, continuando semplicemente a fissarmi.

Forse lo sto facendo in modo sbagliato. Cercai di

concentrarmi sulla sua mente, su di *lei*, e le chiesi di nuovo se riusciva a sentirmi.

Ma non ottenni nessuna reazione.

Vesperus?, tentai. Forse sarei riuscita a parlare con lui, nonostante il mio stato semi-comatoso.

Silenzio.

Avrei voluto aggrottare la fronte, ma non potevo. Così sbattei le palpebre, sperando che la donna capisse che non ero ancora morta.

Dovette funzionare, perché spalancò gli occhi. «Cosa sei?» chiese, esaminando il mio corpo alla ricerca di qualche indizio. «No, aspetta. *Ti conosco*. Da... dalla strada...». Spalancò anche la bocca. «Klas ti ha sparato».

Klas?, ripetei. *Il tuo compagno morto?*

«Come...?»». Mi squadrò di nuovo da capo a piedi. «Come fai a essere viva?».

Perché sono difficile da uccidere, avrei voluto rispondere. *Anche se la tua magia è sulla buona strada.*

O almeno pensavo che l'incantesimo fosse opera sua.

Vedevo il potere lampeggiarle negli occhi, riuscivo a sentire l'oscurità di cui era intrisa la sua energia. E quell'aura frammentata che la circondava mi fece dubitare della sua sanità mentale.

La sua attenzione si spostò sul cimitero e sugli alberi al di là della schiera di tombe. «Dei, è stato lui, vero?». Le sue parole erano un sussurro. Strinse le mani a pugno, scuotendo tristemente la testa. «Alla fine c'è riuscito».

È riuscito a fare cosa?, avrei voluto chiederle. *E stiamo ancora parlando di Klas?*

Giocherellò con un braccialetto. «Ho cercato di fermarlo. Ma... non ci sono riuscita. È... è il mio compagno». Scosse di nuovo la testa, poi si guardò la mano con un'espressione spaventata. «Il mio ciondolo...».

Si voltò verso la tomba, il suo terrore era palpabile. Si

inginocchiò e si mise a scavare freneticamente nel luogo in cui era stata sepolta.

«Dov'è? Dove sei?». Sembrava completamente folle. «Dove sei?!». Ormai era in preda al panico. Con gli occhi pieni di lacrime, cominciò a ripetere: «No, no, no. Dimmi che non ti ha preso. Dimmi che non ti ha trovato».

Cosa stai cercando?, le chiesi, incapace di comprendere il suo comportamento.

Si bloccò, e il suo sguardo tornò lentamente su di me. «Hai detto qualcosa?».

Non ad alta voce.

Sgranò gli occhi. «Come fai?».

Riesci a sentirmi?, replicai.

«Certo che ci riesco. Sei nella mia mente». Si prese la testa tra le mani e rabbrividì. «Sto impazzendo. Alla fine c'è riuscito. È riuscito a distruggermi completamente».

Chi?, domandai, preferendo non sottolineare che chiaramente era impazzita già da un po'.

«Klas» sibilò. «Il mio compagno predestinato».

Prese a camminare avanti e indietro, continuando a tenersi la testa tra le mani.

È morto.

Grugnì. «No. Decisamente no». Fece una smorfia, poi lanciò un'occhiata verso la sua tomba. «E ha preso il mio ciondolo».

Il tuo ciondolo?

Annuì. «Mi dava pace». Aggrottò la fronte. «Mi ha anche condotta da te, l'altro giorno. O quello che era. Prima... prima che Klas...». Deglutì e mi osservò, titubante. «Come hai fatto a sopravvivere all'incantesimo? Era una magia molto potente. E com'è possibile che tu sia sveglia?».

La notte, dissi, spostando lo sguardo sul cielo. *Mi sta*

dando quel poco che riesce… per mantenermi in questo stato. Ma il tuo incantesimo è…

«Il mio incantesimo?». Spalancò gli occhi. «Oh, no. Non sono stata io. Cioè, sì. Sono stata io. Però no».

La fissai. *Sei stata tu… ma non sei stata tu?*

«Esatto. È il mio potere, ma… non sono io che lo sto usando». Si guardò attorno in modo furtivo e sussurrò: «È lui».

Lui… cioè Klas?, tentai, faticando a seguirla.

«Esatto» ripeté. «Beve il mio sangue e… e usa la mia magia». Sembrava vergognarsene. Le sue spalle si afflosciarono, e si strinse le braccia attorno al corpo. «Non avrei dovuto dirtelo».

Che tipo di magia possiedi?, chiesi, ignorando l'ultima parte. *Come… voglio dire, com'è possibile che lui la stia usando?*

«È una forma di necromanzia». Aveva abbassato di nuovo la voce, come temendo che qualcuno potesse udirci. «Magia della morte».

Oh. Ecco perché mi sentivo in quel modo, e perché ero quasi morta.

Il suo dono era esattamente l'opposto del mio. Io creavo la vita. Lei controllava la morte.

E il tuo compagno ha usato la tua magia, mormorai, ripensando a quello che mi aveva detto. *A quale scopo?* Era uno dei mercenari di Vesperus. Perché aveva usato i poteri di Fallon per danneggiare Oro e Granato?

«Vuole distruggere…».

Il terreno cominciò a tremare, interrompendo la sua spiegazione e facendole perdere l'equilibrio.

«Oh, no» sussurrò. «Ha dato inizio alla prossima fase».

La prossima fase di cosa?

«Risuscitare i morti» disse.

Inizialmente non capii. Ma, mentre la terra continuava

a muoversi, mi resi conto di cosa intendesse: i corpi presenti nel cimitero. *Perché?*

«Per ucciderli tutti» rispose, rimettendosi in piedi. «Devo andare».

No, sbottai, e lei si bloccò sui suoi passi. *Devi aiutarmi, così potrò fermarlo.*

Mi fissò. «Non posso. Se cercassi di contrastare l'incantesimo, lo sentirebbe».

Quindi sei d'accordo con quello che sta facendo?, chiesi con sincera curiosità.

«N... no» balbettò. «Ma... ma è il mio compagno».

Non ti seguo.

«Non posso... non posso dirgli di no. Lui... lui è la mia metà». Fece una smorfia, e nei suoi occhi lampeggiò un fuoco che contraddiceva le sue stesse parole. «Devo aiutarlo». Iniziò a voltarsi, ma i suoi movimenti erano rigidi. Un po' come se una parte di lei volesse restare, mentre l'altra la costringeva ad andarsene.

Aspetta, cercai di trattenerla. *Dimmi del tuo ciondolo. Dimmi come faceva a darti pace.*

Perché se l'aveva condotta da me, almeno stando al suo racconto, non doveva essere un semplice pezzo di metallo.

E il modo in cui si fermò, come se stesse lottando contro il bisogno di muoversi, mi suggerì c'era qualcos'altro in ballo. *Qualcosa legato alla sua aura frammentata.* Ma quell'ultima considerazione la tenni per me. O almeno così speravo, visto che non aveva reagito.

Fallon si toccò di nuovo il polso. «Mi dava pace» sussurrò voltandomi le spalle. «Devo... devo trovarlo». Tornò alla sua tomba, cercando qualcosa che ormai non c'era più. Un oggetto il cui ultimo desiderio era stato condurmi da Fallon.

Per chissà quale motivo, il mio medaglione aveva legato i nostri destini. Forse perché voleva che guarissi la sua anima infranta. O forse aveva visto qualcosa che io non ero stata in grado di cogliere.

In ogni caso, ora eravamo insieme.

E avevo bisogno che mi liberasse da quel sortilegio, prima che l'esercito di morti emergesse dal terreno.

Dopo qualche istante, la terra smise di tremare. Qualsiasi incantesimo avesse lanciato Klas, si stava depositando sulle tombe intorno a noi.

Ammesso che sia stato lui, e non lei, pensai. No. Le... le credevo. C'era qualcosa, nel modo in cui mi aveva parlato e nel suo comportamento, che mi disse che era tutto vero.

Un altro dono ereditato da Vesperus?, mi domandai cercando di contattarlo. Ma trovai solo silenzio. La mia anima, però, riusciva ancora a percepirlo, donandomi un po' di pace.

Una pace che temevo non sarebbe durata a lungo.

«Dov'è?» chiese Fallon, ricominciando a muoversi freneticamente. «Ho bisogno di te. Ti prego. Sei l'unica cosa che mi aiuta. Riesco... riesco a pensare... chiaramente... solo... solo con te...». Iniziò a ringhiare. La sua furia si incanalò in un'ondata di energia che travolse i miei sensi, facendomi spalancare gli occhi.

Poi Fallon si voltò verso di me e mi colpì con una scarica di potere. Sussultai, ma subito sentii che la rete invisibile si era sollevata dal mio spirito, liberandomi dalla sua morsa letale.

La strega indietreggiò di qualche passo, vacillando, e cadde nella sua tomba. «Oh, no» boccheggiò. «Oh, no. Oh, no. Oh, no. Non... non avrei dovuto farlo» ripeté tra sé e sé. «Si arrabbierà. Noi... io... io supporto... io... Siamo compagni. I compagni si sostengono a vicenda. I compagni si amano. I compagni si *aiutano*. Sì...».

La sua voce era passata da un borbottio spaventato a una specie di cantilena. Le parole che stava pronunciando non sembravano sue.

Un incantesimo, capii.

Si rialzò lentamente dalla fossa in cui era stata sepolta. Il suo potere mi lambì, riempiendomi di un senso di terrore.

Non volevo lottare contro di lei. Il suo compagno l'aveva distrutta, probabilmente l'aveva addirittura soggiogata con un qualche incantesimo.

O forse è stato qualcun altro, pensai, mentre il mio corpo assorbiva avidamente tutta la polvere di stelle che fluttuava nell'aria.

«Dobbiamo aiutarlo» disse. La sua voce suonava ancora distante, come se non le appartenesse. «È il mio dovere. È il mio posto. È questo che sono: la compagna di Klas».

Sì, si tratta indubbiamente di un incantesimo, conclusi. *Mi servirà molto potere per riuscire a spezzarlo.*

Perché avevo bisogno che la strega fosse dalla mia parte, non contro di me.

Potevo tentare di contrastare la sua magia, ma restituirle la sua vita sarebbe stato molto più semplice. Ero una dea della creazione; ricomporre un'anima spezzata era assolutamente in mio potere.

La polvere di stelle si raccolse nel mio palmo, preparandosi al mio comando. Le labbra di Fallon avevano cominciato a recitare un canto antico, pieno di oscuri rivoli di potere.

«Non vuoi farmi del male» mormorai. «Questa non sei tu». Lo sapevo per certo, perché avevo visto la *vera* Fallon in quello sguardo fiero, e nell'esplosione di potere che mi aveva liberata dal sortilegio che mi opprimeva.

«Questo è il mio potere. Questo è il mio posto. Questo è ciò che sono, come compagna di Klas» disse ancora una volta, seppure con una leggera variante.

«Nella vita c'è molto di più che essere la compagna di

qualcuno» affermai. «Il dovere di un compagno è comportarsi come un partner, non seppellirti in una tomba e abusare dei tuoi poteri. Il tuo posto non è con lui, Fallon Doyle. Il tuo posto è *con te stessa*».

Soffiai la polvere di stelle nella sua direzione, desiderando che fosse di nuovo integra, che fosse padrona di se stessa, che *guarisse*. I cristalli dorati la inondarono di calore e di nuova vita.

Inizialmente non reagì, limitandosi a fissarmi con gli occhi spalancati.

Ma poi gridò, e un lampo di energia fuoriuscì da lei, abbattendosi sul terreno.

Persi l'equilibrio, ma mi materializzai dall'altro lato della strega, osservando la sua anima frammentata che cominciava a ricomporsi.

Cadde a terra e si strinse le ginocchia al petto, tremando violentemente, in risposta al mio potere. Riuscivo quasi a vedere l'incantesimo che si spezzava; qualsiasi guinzaglio la cingesse strisciò via, svanendo nel buio.

E lasciando dietro di sé una donna furibonda.

«Ciao, Fallon» dissi, camminandole lentamente attorno. Mi fermai di fronte a lei, incontrando il suo sguardo infuocato. «Io mi chiamo Nyx. Credo che abbiamo della magia in comune». Lanciai un'occhiata verso il suo polso, dove immaginavo tenesse il ciondolo. «O almeno era così, finché il tuo compagno non l'ha uccisa».

Mi guardò. Il suo viso era una maschera di rabbia. «Ha usato un incantesimo di obbedienza» spiegò a denti stretti. «Che mi obbligava ad *adorarlo*».

Come sospettavo. «Questo significa che ora mi aiuterai a fermarlo?».

«Oh, farò di meglio» ringhiò.

Inarcai un sopracciglio, in attesa che continuasse.

«Ti aiuterò a uccidere quel bastardo». Si alzò da terra. Tremava un po', ma forse era una conseguenza della sua furia.

«Dov'è ora?» chiesi.

Scosse la testa. «Da qualche parte nel villaggio. Ma so come farlo uscire allo scoperto».

Assorbii altra polvere di stelle, di cui avevo bisogno per rafforzare il mio spirito, e cercai di spingerla verso Vesperus sfruttando il nostro legame. «Ti ascolto» dissi. «Cosa suggerisci?».

«Questo». Tenendo i palmi paralleli al terreno, lo colpì con una scarica di potere che mi costrinse a teletrasportarmi di nuovo per evitare di cadere.

Poi gridò, distruggendo l'incantesimo che ancora aleggiava nell'aria, liberando tutto dal tocco della morte.

Sentii il sortilegio andarsene come una nebbia minacciosa che si dissolveva in lontananza, mentre il potere residuo si era dissipato quasi immediatamente.

Fallon scagliò un'altra esplosione sul terreno, che immaginai fosse destinata a fermare qualsiasi cosa Klas avesse tentato di fare nel cimitero.

E poi mi guardò. «Ora aspettiamo».

«Cosa?» le domandai.

«Che lui venga da noi».

VESPERUS

«Ti avevo detto di non sottovalutarla» sibilò una voce che non riuscii a identificare, strappandomi all'incoscienza. «Non appartiene a questa realtà».

«Per questo abbiamo il nostro piano B» rispose una voce maschile. «Molto tempo fa, ho imparato a non fare mai affidamento su una donna, soprattutto non su una *compagna*». Il veleno di cui era intriso quel termine gelò l'atmosfera.

Però... no. Non era stato quello a causare il freddo che sentivo. Era qualcos'altro. Qualcosa che mi pervadeva completamente, fin nel profondo dell'anima. *Gelo. Freddo. Morte.*

Mi ricordò la prima volta che avevo bramato il sangue. Nonostante fossi nato vampiro, fu solo nei miei vent'anni che diventai immortale. Ovvero, quando la sete di sangue mi travolse per la prima volta.

A quel tempo, il mondo era un luogo molto diverso.

E io avevo ucciso senza provare alcun rimorso, consapevole che avevo bisogno di sangue per sopravvivere.

Ma l'omicidio mi aveva lasciato un profondo senso di gelo, e il sapore della morte era rimasto a lungo sulla mia lingua. Un po' come in quel momento, solo che non era il risultato di un attacco famelico, ma di un incantesimo.

Nyx?, sussurrai, cercando la sua mente, mentre prestavo attenzione anche agli intrusi che si erano intrufolati nella mia stanza.

Si stavano avvicinando al letto.

Le mie membra erano troppo intorpidite per reagire, la mia mente era l'unica parte di me che sembrava essere abbastanza vigile. *Nyx?*, tentai di nuovo.

Vesperus, mormorò. *Sei sveglio.*

Non esattamente, risposi. *Sono… Beh, non so in che stato sono.*

È l'incantesimo di una necromante, disse. *Fallon possiede la magia della morte. E il suo compagno, Klas, l'ha assorbita bevendo il suo sangue.*

Klas?, ripetei.

«Sbrigati» disse una delle voci. Mi sforzai di ricordare a chi appartenesse, perché tutto d'un tratto mi era sembrata molto familiare. «Si sveglierà presto».

«Fallon ha appena spezzato l'incantesimo» disse l'altro. «Abbiamo tempo. Fidati di me».

Non avevo parlato con Klas abbastanza a lungo da sapere se fosse lui o meno. Ma… *Klas è morto.*

No, non lo è. Non ho ancora scoperto abbastanza, ma penso che abbia usato la magia della sua compagna per fingersi morto. La verità contenuta nelle parole di Nyx si sedimentò nella mia mente.

Come fai a saperlo? Dove sei?

In un cimitero, rispose. *Mi sono svegliata grazie al mio medaglione. Ma ora… ora non c'è più.*

Cosa intendi dire?

Te lo spiego dopo, disse in fretta. *Ho bisogno di te. Stiamo preparando una trappola per Klas.*

Non penso che verrà, dissi, mentre qualcosa mi pungeva il braccio. *È… è… è qui.*

Cosa?

In… Cazzo, brucia. Il mio corpo andò in fiamme, ma io ero imprigionato nella mia mente, incapace di reagire. *Cazzo!*

Vesperus?, gridò Nyx. *Vesperus?!*

È… qui… Nyx. In camera. Cazzo, mi sentivo… mi sentivo… Deglutii. O almeno ci provai. Era tutto… tutto nero.

E silenzioso.

Misteriosamente silenzioso.

Troppo silenzioso.

Nyx…?

Nessuna risposta.

Perché non c'erano suoni.

Non c'era… niente.

NYX

VESPERUS!, GRIDAI, COL CUORE CHE BATTEVA all'impazzata.

No, no, no. È successo qualcosa di brutto.

Lo sentivo insinuarsi nelle vene, bruciandomi le viscere. Incendiandomi l'anima. *Distruggendo* la magia presente nel mio cuore.

Il mio Vesperus.

Il mio compagno.

«Dobbiamo andare» dissi a Fallon.

«No, dobbiamo aspettare» rispose lei. «Fidati di me. Sta venendo qui».

Scossi la testa. «No. È con Vesperus. Gli ha... gli ha fatto qualcosa». Mi posai la mano sul petto, sentendo il dolore espandersi. «Dobbiamo andare da lui».

«Cosa?».

«Dobbiamo andare da Vesperus» insistetti, con la voce ridotta a un rantolo. La mia energia si stava esaurendo rapidamente. «O... ora». Cercai di teletrasportarmi, ma finii a meno di una decina di metri più in là.

Ogni parte di me doleva, il nostro legame si stava distruggendo… e con lui anch'io. Stavo morendo.

No, lui sta morendo.

Oh, stelle… Alzai gli occhi verso il cielo, dove la luna stava ormai tramontando. *No. Non lasciarmi proprio adesso.*

Avevo bisogno della sua forza. Avevo bisogno della notte. Avevo bisogno di Vesperus.

Feci appello a tutta la mia energia, concentrandomi per teletrasportarmi in una parte del mondo in cui la luna splendeva alta nel cielo.

Ma tutto ciò che ottenni fu una manciata di polvere di stelle.

Oh, no.

Sentii una mano afferrarmi la spalla e rimettermi in piedi. Non mi ero nemmeno resa conto di essere caduta. Mi tremavano le gambe. «Cosa senti?» mi chiese Fallon.

«*Morte*» risposi con un brivido. «Ma è… rovente. Come il proiettile…».

La strega annuì. «Deve aver sparato a Vesperus prima che potesse riprendersi dall'incantesimo del sonno».

«Incantesimo del sonno?» ripetei, battendo i denti.

«Sì. L'ha scagliato sull'intera città, facendo cadere tutti in un sonno simile alla morte. Da cui ci si può svegliare solo se si viene liberati, e solo se questo accade in tempo per riuscire a riprendersi». Mi guardò. «È l'incantesimo che ho appena spezzato».

Quella Fallon era molto diversa dalla donna che avevo dissotterrato. Era molto più sicura di sé.

E mi fissava con un'espressione cupa.

«Se ha sparato a Vesperus…».

«No, non dirlo. Dobbiamo… dobbiamo andare da lui». *Ho bisogno della mia luna*, pensai, alzando di nuovo lo sguardo sul cielo. Provai ancora una volta a smaterializzarmi, ma non ci riuscii. La mia anima mi impediva di muovermi.

Ma Fallon mi aiutò a camminare, conducendo entrambe fuori dal cimitero e lungo una strada lì accanto.

Non avevo idea di dove ci trovassimo, né di quanto fossimo lontane dal palazzo e da Reykjavik. Non sapevo nemmeno se mi stesse realmente portando lì.

Eppure, sentivo nel profondo dell'anima che potevo fidarmi di lei. Era un istinto che, mi resi conto, apparteneva più a Vesperus che a me.

Riesce a leggere le persone, capii. *Ha letto me.*

Probabilmente era per quel motivo che si era fidato di me fin dal nostro primo incontro. Ed era sempre per quello che non si era realmente opposto al nostro legame.

Forse il nostro rifiuto non aveva funzionato perché nessuno dei due era veramente convinto. Lo strappo che avevamo sentito era solo una rottura superficiale. Una separazione accettata dalle nostre menti, ma non dalle nostre anime.

Perché non appartengo a questa realtà, pensai. *Sono qualcosa di diverso. Qualcosa che nessuno degli abitanti di questo mondo ha mai incontrato.*

Avevo giocato secondo le loro regole, più o meno, ed ero stata gentile. Avevo limitato il mio potere, dimostrando di averne pieno controllo, senza che se ne rendessero conto.

Ma forse era giunto il momento di essere realmente me stessa. E al diavolo le conseguenze.

Ne vale la pena. Per Vesperus, pensai. *Lui è mio.* Una semplice dichiarazione nata dalla mia anima. Dovevamo avere tutta l'eternità per capire come procedere, non qualche settimana.

Il mio medaglione mi aveva costretta a restare per delle

ottime ragioni. Voleva che salvassi Fallon Doyle. E voleva che trovassi Vesperus Veritas.

«Stai iniziando a brillare» sussurrò Fallon.

«Perché sono incazzata» dissi. La mia espressione si indurì, mentre ripercorrevo tutto quello che avevo affrontato fin dal mio arrivo in quella realtà. Tutto quello che avevo trovato. Tutto quello che stavo per perdere.

E non sapevo nemmeno *perché*.

«Perché sta facendo tutto questo?» le chiesi. La mia ira aumentava sempre di più, riempiendomi di un nuovo tipo di rabbia. Una rabbia che esigeva sangue. Una rabbia che mi spingeva a massacrare chiunque fosse sulla mia strada.

«Il voto» borbottò Fallon. «Vesperus ha votato a favore di Morte e Diamante. La creazione del nuovo territorio ci ha fatto perdere la casa. Klas non l'ha presa bene».

Tutto questo è successo a causa del voto?, pensai.

«Ma era già arrabbiato» continuò. «È stato un mercenario di basso rango per anni, ed era convinto che avrebbe dovuto fare carriera più in fretta di così. Poi ha scoperto che Vesperus aveva approvato la separazione del territorio, e questo, secondo lui, dimostrava che al nostro re non importava nulla di lui».

«Quindi l'ha presa sul personale».

«Esatto. Ma Klas è fatto così. Tutto gira intorno a lui. Se qualcuno ci guarda, anche di sfuggita, è perché lo sta giudicando. Se qualcuno ci taglia la strada, è per farlo incazzare. Se gli è stato assegnato un ruolo poco importante, è perché Vesperus e gli altri lo sottovalutano. È…».

«Un narcisista» terminai per lei, incapace di celare la rabbia nel mio tono. La causa di tutto era che Klas si era sentito tagliato fuori da una decisione che non spettava a lui. Una decisione che aveva avuto un impatto per lo più positivo.

Kieran e Vesperus avevano dato a tutti la possibilità di scegliere. Avevano collaborato per garantire il comfort di chiunque fosse affetto dalla loro decisione, per non parlare delle lunghe ore trascorse a valutare attentamente tutte le richieste. Avevo assistito in prima persona agli sforzi di Vesperus, e sapevo quanto gli fossero costati. Aveva davvero a cuore il benessere della sua gente.

Ed era così che il suo mercenario aveva scelto di ringraziarlo? Seminando il caos?

«Sì» disse Fallon dopo un po'. «"Narcisista" mi sembra un'ottima descrizione. Quando c'è stato il voto, Klas era furioso. Così ha deciso di mettere alla prova Vesperus».

Svoltammo in una strada che riconobbi, confermando che eravamo ancora a Reykjavik. Ma anche molto lontane dal palazzo.

Con il cuore in gola, lanciai l'ennesima occhiata al cielo, che si stava schiarendo. *Ti prego, non lasciare che muoia. Fammi arrivare in tempo.*

«Ha... ha presentato una richiesta di trasferimento in Islanda. E quando non è stata approvata immediatamente... ha deciso di far fuori la concorrenza» continuò Fallon. Le sue parole riuscirono miracolosamente a raggiungermi, nonostante il cuore che mi martellava nelle orecchie. «A Dublino».

Aggrottai la fronte, cercando di placare un po' della rabbia che mi offuscava la mente. «Ha fatto saltare in aria il pub». Avrei già dovuto saperlo. «Per inscenare la sua morte». Per coprire le sue tracce e venire in Islanda. *Per far del male al mio compagno.*

«Ha assoldato una strega per fare il lavoro sporco» spiegò. «L'esplosione avrebbe dovuto uccidere Slater e Nolan. Ma tu li hai salvati. E questo lo ha fatto infuriare ancora di più. Quindi sì, ha inscenato la sua morte. E ha deciso di venire qui per vendicarsi».

Riflettei sulle sue parole e su quello che era successo a Dublino. Su come Vesperus mi aveva detto che c'erano *tre* corpi, non due.

Klas era il terzo.

Stelle, pensai. *Perché non gli ho fatto altre domande?*

Perché ero troppo ossessionata dalla magia del nostro legame per concentrarmi.

Perché ero troppo offesa dall'insinuazione che avessi attaccato il pub per preoccuparmi del numero dei morti.

Scossi il capo. Ormai non importava più. L'unica cosa che contava era raggiungere Vesperus e…

Il rumore di uno sparo squarciò l'aria, spingendomi a evocare il mio potere per smaterializzarmi. Solo che era ancora inesistente. E lo stesso valeva per la mia abilità di creare uno scudo.

Così mi abbassai di scatto.

Trovandomi, in qualche modo, sotto a Fallon.

Sentivo tutto il suo peso addosso. Il che era strano, perché non era particolarmente robusta. Era formosa, ma non molto alta. Cercai di spostarmi da sotto di lei per vedere da dove fosse giunto l'attacco. Ma la strega non si muoveva.

Era come se fosse a peso morto.

Quando ne compresi il motivo, fui colta dalla nausea.

«Fallon» sussurrai. Qualcosa di appiccicoso mi stava colando sul collo. Allungai la mano verso la sua spalla. *Sangue.*

Dalla ferita lasciata dal proiettile.

Fallon si era gettata su di me per proteggermi. E l'aveva fatto perché… perché… *perché le avevano sparato.* E ora non rispondeva più. *È… è morta?*

Scossi furiosamente la testa. *No. No, non sta succedendo. No.*

Non ne potevo più di quelle stronzate.

Non ne potevo più di quel mondo.

Non ne potevo più di tutta quella gente che prima sparava, poi faceva domande.

Non ne posso più di essere gentile e assistere a cose del genere.

Non ne posso più di sentirmi debole.

Non ne posso più!

Chiusi gli occhi. Sentii dei passi avvicinarsi, sentii il suono degli stivali che colpivano l'asfalto a ritmo con il battito del mio cuore. Sentii delle parole. Voci. Qualcuno che pronunciava il mio nome.

Ma non vi prestai alcuna attenzione.

Stavo parlando alla luna.

Alla notte.

A ciò che era mio per diritto di nascita.

Vieni da me, sussurrai. *Vieni da me, mia cara luna. Ho bisogno del tuo potere. E non ho più nessuna intenzione di limitare la mia forza.*

Avevo cercato di controllarmi. Avevo tentato di sopravvivere senza sfruttare appieno le mie abilità.

E non era servito a niente.

Incantesimi letali. Scelte narcisistiche. Esplosioni. Morti inutili. Dolore.

La possibilità di perdere la mia metà. Il mio compagno.

Basta. Niente più gentilezza. Niente più scrupoli.

Non ho più intenzione di recitare la parte della dea benevola.

Sono la Signora della Luna, la Dea della Notte.

E. Voi. Vi. Inchinerete!

Il terreno cominciò a tremare. La luna aveva ascoltato la mia chiamata. Quello che stavo facendo avrebbe avuto delle conseguenze durature, le previsioni di tutti i futuri incroci tra sole e luna sarebbero cambiate.

Ma non avrebbe danneggiato troppa gente.

Ci sarebbe stata solo qualche marea anomala.

In quella realtà, tutti usavano la magia. Sarebbero

riusciti a gestire la situazione. Avrebbero protetto i loro confini, avrebbero usato degli incantesimi per respingere le ondate più violente e per proteggere le loro città che si trovavano sotto il livello del mare.

Le mie azioni non avrebbero avuto un impatto eccessivo sugli abitanti del pianeta.

Ma se anche fosse stato così, forse se lo meritavano.

«Cosa cazzo sta succedendo?» sentii qualcuno chiedere. La sua voce era vicina, eppure distante. Perché non ero concentrata su di lui o sugli altri che si stavano avvicinando.

La mia attenzione era tutta rivolta alla mia luna.

Lo so che fa male, le sussurrai. *Lenirò il bruciore che senti, te lo prometto. Ma ho bisogno di te. Ho bisogno che tu mi sostenga, che mi inondi con la tua magia. Che mi permetta di trionfare. Lascia. Che. Regni.*

Perché ero una dea. E regnare era quello che facevamo.

«È...?».

«Sì...»

«Cazzo».

«Già...».

Fui quasi sul punto di zittire le voci maschili, infastidita dalla loro intrusione. Ma la luna se ne occupò per me, pervadendomi con la sua gloriosa presenza, mentre tornava nel cielo islandese. La rotazione si sarebbe modificata di circa una settimana, regalandomi un'inaspettata luna piena.

«Santo cielo...».

«Sta... sta...».

«Sta *bruciando*» dissi, rivolgendo la mia attenzione verso i tre uomini che si erano uniti a noi. *Kaspian. Nox. Nolan.* «È arrabbiata. Sta *sanguinando*. È in fiamme». Avendo ritrovato la mia energia, mi teletrasportai a qualche metro di distanza dal corpo di Fallon. «Voi rubate vite innocenti» dissi, furiosa per il loro comportamento. «*Avevamo bisogno di lei*».

Fallon era l'antidoto per quella follia. L'unica persona in grado di capire e fermare il suo stesso potere.

Ma ora c'ero io.

Io e la mia luna di sangue.

Ed era reale, non solo un messaggio di Khaos o un segno di approvazione. Era una luna di sangue fatta di rabbia, fiamme ed eruzioni vulcaniche, perché la sua padrona l'aveva costretta ad anticipare il suo percorso di una settimana.

Al termine della battaglia, avrei curato le sue ferite.

Ma prima dovevo trovare Vesperus.

«Klas ha avvelenato il mio compagno. Non so se sia ancora nel palazzo. In ogni caso, gli darò la caccia e lo ucciderò. E *voi* dovrete trovare il modo di guarire *lei*». Indicai la strega con un cenno del capo. Era sopravvissuta alla sepoltura grazie a una sorta di incantesimo di rigenerazione, che l'aveva fatta tornare in vita anche dopo essere morta soffocata. Speravo che funzionasse ancora.

Ammesso che non abbia infranto l'incantesimo quando ho rimesso insieme i pezzi della sua anima.

Non aspettai che gli altri mi rispondessero. Erano ai miei ordini. Avrebbero obbedito.

Mentre io andavo alla ricerca del nostro re.

NYX

Vesperus non era nella sua stanza.

O nel suo ufficio.

O da qualsiasi altra parte nel palazzo.

Quando uscii, trovai Kaspian ad aspettarmi. Aveva un'espressione diffidente. «Non c'è». Era un'affermazione, non una domanda, quindi non mi preoccupai di rispondergli.

Alzai invece gli occhi verso la mia luna rossa. Dalle fratture sulla superficie sgorgava lava infuocata. Per milioni di anni, quei vulcani erano rimasti dormienti. Ma le mie azioni avevano risvegliato la bestia, costringendo la luna a eruttare la furia che sentivo nel cuore.

«Mostrami dov'è» le chiesi. «Usa le stelle per indicarmi la via».

Non erano passati nemmeno cinque minuti da quando avevo lasciato Fallon, ma ero già ansiosa di sapere dove avessero portato Vesperus. Non riuscivo più a sentirlo. Non riuscivo a sentire nient'altro che *rabbia*.

Era un'esperienza nuova per me, quel bisogno di

massacrare, di far sanguinare tutti. Ma avrei fatto a pezzi l'intera realtà pur di trovare il mio compagno.

Hai preso ciò che è mio, Klas. Hai fatto del male alla mia gente. Pagherai col sangue.

«Toglimi subito le mani di dosso» sbottò una voce femminile, attirando la mia attenzione su una Fallon inviperita. Si stava tenendo il braccio, ma, a parte quello, sembrava che stesse bene.

Presumo che l'incantesimo di guarigione sia ancora attivo. O forse è semplicemente difficile da far fuori.

«Sono felice di vedere che sei viva» dissi.

Lei grugnì e puntò il pollice verso Nolan. «Questo idiota mi ha sparato alla spalla».

«Perché non stavo cercando di ucciderti» borbottò il mercenario.

«E l'impatto mi ha messa al tappeto» aggiunse la strega. «Perché la mia serata non era già abbastanza un inferno».

«Stavi trascinando Nyx con te» disse Nox. «I nostri ordini erano di farti fuori».

«Avevano il permesso di ucciderti» chiarì Kaspian. «Sei fortunata a essere viva».

Fallon non sembrava particolarmente contenta delle loro risposte. «Andatevene tutti a fanculo». I suoi occhi guizzarono su di me. «Tranne te».

Tornai a concentrarmi sul cielo, in attesa che la luna tracciasse un percorso. Sentivo l'energia accumularsi per soddisfare la mia richiesta, mentre tenevo l'astro soggiogato al mio volere attraverso il legame con il suo nucleo di ferro.

Poteva muoversi appena, per mantenere la posizione lungo il suo percorso, ma non le avrei permesso di procedere finché non avessi finito. Finché non avessi trovato la mia metà.

«Mostramelo» dissi. «Dov'è il tuo nuovo re?». Perché era questo che Vesperus era diventato come mio compagno: un Dio della Notte. Forse non con tutti i privilegi e le abilità che avevo io, ma considerando i poteri che aveva già acquisito, ero certa che avrebbe continuato a crescere.

Ti troverò.

Ti salverò.

E ti rivendicherò ancora come mio.

L'altra metà della mia anima. Il mio compagno predestinato. Il mio futuro.

L'aria vibrava di energia. La luna stava rispondendo con un turbinio di polvere di stelle. Alzai la mano per catturarla, lasciando che penetrasse nella mia pelle e alimentasse il mio spirito. Cominciai a muovermi, spinta dalla magia dorata.

«Dovremmo…?» chiese una voce maschile. Forse Nolan. Non mi voltai per controllare.

«Sì» rispose Kaspian.

Probabilmente stavano parlando di venire con me. Dal momento che avevano obbedito al mio ordine di guarire Fallon, non impedii loro di seguirmi.

Ma se avessero intralciato il mio cammino, li avrei tolti di mezzo.

La polvere di stelle continuava a cadere, il potere impregnava il mio corpo e rinvigoriva il mio spirito. Lo sentivo pulsare anche attraverso il legame con Vesperus, per assicurarsi che avesse abbastanza energie per lottare.

Il mio compagno. Mio.

«Slater» disse Kaspian.

Un turbine di piume sfrecciò nell'aria. Le ali nere del corvo si confusero con l'oscurità della notte, mentre il mutaforma si posava a qualche metro da noi. Fortunatamente, non davanti a me. I suoi occhi grigio ardesia osservarono la polvere di stelle che stavo raccogliendo nel palmo della mano.

Vesperus era molto affezionato a lui, aveva detto che era un ottimo segugio. Anzi, il migliore.

Ne trovai conferma nella sua espressione straordinariamente attenta. Si mise al mio fianco, e le sue ali quasi mi sfiorarono il braccio. «Stiamo cercando di rintracciare Vesperus» disse. Un'osservazione, non una domanda.

«Sì» confermò Kaspian. «È stato preso da Klas».

«Klas?» ripeté Slater. Spostò lo sguardo su Fallon, che stava camminando dall'altro lato di Kaspian. Nolan e Nox erano dietro di lei.

Li tenni tutti nella mia visuale periferica, mentre mi concentravo sulla polvere di stelle. Sembrava che ci stesse conducendo verso una zona residenziale.

«È vivo» rispose Nolan. «E, secondo lei, sta sfruttando i suoi poteri dopo aver bevuto il suo sangue».

«"Secondo lei"» gli fece il verso Fallon. «Come se stessi mentendo».

«Non stai mentendo» mormorai. «Klas è il responsabile. Klas morirà».

Guardai la mia luna, indugiando sulla sua superficie frammentata e le sue lacrime di fuoco. *Sì, pagherà anche per avermi costretta a farti del male*, le giurai. *Sanguinerà*.

La polvere di stelle lampeggiò in risposta, continuando a rivestirmi di luce e rigenerare la mia anima.

«Cos'ha fatto a Vesperus?» chiese Slater. «Riesco a malapena a percepire il suo potere».

«Magia della morte» risposi.

«È un incantesimo di decadimento. Lo stesso usato per il proiettile che ha colpito Nyx» spiegò Fallon.

«Qual è l'antidoto?» chiese Kaspian.

«Sono io» dissi semplicemente. Avrei immerso il mio

compagno nel potere della luna finché non fosse tornato da me. Sarebbe sopravvissuto. Non c'era altra opzione.

Giusto?, chiesi, alzando gli occhi verso il cielo.

Fui sommersa da una cascata di polvere di stelle.

Giusto, tradussi.

Solo che il percorso si interruppe improvvisamente, bloccandomi sui miei passi. Guardai la luna, mentre Fallon mormorava qualcosa su un incantesimo che avrebbe potuto salvare Vesperus.

«Ma non è garantito» si affrettò ad aggiungere.

Kaspian cominciò a interrogarla sui suoi poteri, esigendo di sapere esattamente cosa poteva fare e cos'era successo nel corso della serata.

Lei gli illustrò in dettaglio la micidiale magia del sonno, per poi spiegargli le ragioni e i piani di Klas.

Nel frattempo, io aspettavo che la mia luna continuasse a guidarmi.

Ma non lo fece.

Mi guardai attorno, cercando di capire perché si fosse fermata. Eravamo in mezzo a una strada. L'edificio più vicino era a quasi un isolato di distanza. Intorno a noi c'erano soltanto alberi.

«Mi stai dicendo che è qui?» le domandai. «O… o l'hai perso?».

La seconda opzione era inaccettabile.

E la prima non aveva alcun senso.

«Non percepisco la sua presenza qui» disse piano Slater, scrutando la strada con il suo sguardo attento. «Ci dev'essere un errore».

Ero d'accordo con lui. «Dov'è il mio re?» chiesi alla luna.

Un'altra cascata di polvere di stelle, che mi spinse ad abbassare gli occhi. L'ultima volta che la mia magia aveva fatto qualcosa di simile, voleva che scavassi. E avevo trovato Fallon.

«Ci sono dei tunnel?» chiesi, rivolgendomi a Kaspian.

Il vampiro aggrottò la fronte. «Sì. Ma pochi ne sono a conoscenza».

«Così come pochi sarebbero riusciti a trovare la stanza di Vesperus con la stessa rapidità di Klas» aggiunse Nox, facendomi accigliare.

Era un'osservazione interessante.

Da quello che avevo capito, Vesperus non conosceva molto bene Klas. Anzi, probabilmente non lo conosceva per nulla. Quindi come faceva a sapere dove dormiva il mio compagno?

Il suo palazzo era enorme. I suoi alloggi privati avrebbero potuto essere ovunque. Ma il fatto che li avesse trovati così velocemente, dopo che Fallon aveva spezzato l'incantesimo, significava che sapeva esattamente dove cercare.

«Forse ha usato un incantesimo di localizzazione?» suggerì Nolan.

«Forse» mormorò Kaspian.

Ma Fallon scosse la testa. «Ne dubito. Avrebbe avuto bisogno di un oggetto personale di Vesperus per riuscirci. E non credo che abbia pianificato tutto con così largo anticipo».

«Allora come ha fatto a trovare Vesperus?» domandai con una certa insistenza nel tono. «E come facciamo ad accedere ai tunnel?». Perché avevo la netta impressione che la mia magia volesse che andassi sotto terra.

Kaspian indicò l'edificio davanti a noi con un cenno del capo. «Là dentro c'è un punto di accesso».

Mi avviai in quella direzione prima ancora che finisse di parlare. *Sto arrivando, Vesperus.*

«E Paxton?» chiese Nox in un sussurro.

«Cosa?». Fu Kaspian a parlare.

Lo spettro esitò per qualche istante, prima di domandargli: «Lui sa dove dorme Vesperus?».

«Certo che lo sa. È il mio assistente personale, ha libero accesso praticamente ovunque». Kaspian sembrava a disagio, ma non necessariamente infastidito, né sulla difensiva. «Perché?».

«Inclusi i tunnel?» insistette Nox.

«Sì. E ora dimmi perché sospetti di lui» gli chiese Kaspian.

«È lui che ha detto che i frammenti di proiettile non erano incantati ma potenziati da un composto chimico». Nox fece una piccola pausa. «Sembra un buon modo per far deragliare un'indagine, soprattutto se sei uno stregone che dovrebbe essere in grado di percepire la magia».

Avevo quasi raggiunto l'edificio, ma mi fermai davanti alla porta e mi voltai verso Kaspian.

Nei suoi occhi scuri guizzavano fiamme nere. La sua rabbia confermava che aveva compreso i sospetti di Nox, e forse anche che li condivideva. «Ce l'ha detto mentre Vesperus stava male».

«Quindi non avevate modo di sapere se stesse mentendo» osservò Nolan.

«Riesci a rintracciare la magia di Paxton?» chiesi a Slater, andando dritta al punto. Non avevo intenzione di stare lì a speculare, quando potevamo arrivare alla verità sfruttando le nostre risorse.

«Sì, la sto già cercando» confermò il mutaforma corvo.

«Allora dimmi se la percepisci lungo questo percorso» dissi, entrando nell'edificio. «Dove devo andare, Kaspian?».

Il vampiro si mise in testa al nostro gruppetto, conducendoci a una porta con un pannello di sicurezza.

L'ennesima prova che Klas ha un complice all'interno.

«Quante persone conoscono questo codice?» gli domandai mentre lo digitava.

«Cinque o sei» ammise. «E Paxton è uno di loro».

«Hai mai incontrato Paxton?» chiese Nox a Fallon.

«No. E non l'ho neanche mai sentito nominare. Ma Klas non mi ha mai fatto conoscere nessuno dei suoi amici». Pronunciò l'ultima parte in un mormorio colmo di tristezza e solitudine.

«Okay, è qui» disse Slater a bassa voce dalla cima delle scale, con le piume nere arruffate per l'agitazione. «E sento anche l'odore della magia dei necromanti» aggiunse, arricciando il naso.

Kaspian entrò per primo, seguito da Slater.

Così mi ritrovai dietro le sue ampie ali nere.

Beh, principalmente nere. Tre piume bianche spiccavano in mezzo all'oceano di inchiostro, facendomi domandare se avessero uno scopo particolare o se fossero un marchio di qualche tipo.

Ma non glielo chiesi.

Perché nel momento in cui raggiungemmo il tunnel, *sentii* Vesperus.

Mi teletrasportai davanti al gruppetto, pronta a *uccidere*.

Non ero mai stata un'amante della violenza, ma quella notte avrei brindato con il sangue di Klas.

L'aura di Vesperus mi stava chiamando. La sua presenza nella mia mente era come un faro, verso cui mi diressi senza voltarmi indietro.

Mio, mio, mio, pronunciava il mio cuore a ogni battito.

Uccidi, uccidi, uccidi, mi esortava la mia anima.

Continuai ad avanzare, inseguendo l'essenza di Vesperus. Il suo aroma di cioccolato mi avvolgeva in un caldo benvenuto.

Un proiettile fendette l'aria, bloccato subito dalla mia

polvere di stelle. I miei poteri erano pronti, vigili e desiderosi di *annientare*.

Qualcuno imprecò. Non capii se la voce proveniva da davanti a me o dalle mie spalle. Non mi importava. Ero concentrata unicamente sulla ricerca di Vesperus.

Là, pensai, scorgendo il suo corpo tutto rannicchiato su se stesso. Lo colpii immediatamente con un'esplosione di polvere di stelle, in modo che gli si riversasse addosso e lo aiutasse a riprendersi.

Guadagnandomi in cambio una pioggia di proiettili. C'era anche qualcuno che sussurrava un incantesimo. Travolsi tutti con un'ondata di energia, che schioccò come una frusta e li abbatté tutti.

Sei uomini.

Tre donne.

Riconobbi soltanto Paxton.

Ma erano tutti armati, e mi stavano sparando.

«Ne ho abbastanza dei vostri giocattoli» gridai, scagliando un'altra scarica di energia. «Da quando sono arrivata, non avete fatto altro che cercare di uccidermi. E sapete cosa? Penso sia giunto il momento di restituirvi il favore!».

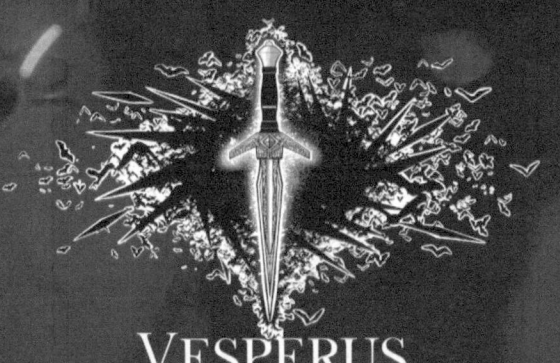

VESPERUS

Lingue di fuoco lambirono i miei sensi.

Fiamme calde. Intense.

Mi fecero arricciare il naso, avevano un profumo inebriante.

Perché hanno un sottofondo dolce e agrumato, mi meravigliai. *Nyx.*

Vesperus, rispose lei. Il suo tono sollevato mi fece aggrottare la fronte.

Fui colpito da un'altra scarica di calore che mi fece vedere le stelle.

No, non le stelle.

Nyx.

Illuminò lo spazio oscuro con un lampo di magia dorata, e io schiusi le labbra per lo stupore. Era furibonda. La sua rabbia era selvaggia e palpabile, a dir poco terrificante.

Seguì una sferzata di potere proveniente dal fondo del tunnel. *Come ho fatto a finire qui?*, mi domandai. Non ricordavo nulla.

Ero nudo.

Debole.

Rannicchiato sul pavimento sporco.

Che cazzo è successo?

Klas ti ha sparato con lo stesso tipo di proiettile che ha usato con me, ringhiò Nyx. *E sono veramente stanca di tutte queste pistole.*

La sua magia dorata brillò attraverso il tunnel, seguita dal suono del metallo che si piegava e spaccava.

Dovete. Smetterla. Di. Spararmi. La furia nella sua voce mentale mi fece mancare svariati battiti. Non sembrava assolutamente lei. Era come se fosse posseduta. Rabbiosa.

E il suo ringhio lo confermò.

Creò una frusta di energia che squarciò tre dei suoi aggressori. Le loro teste caddero al suolo con dei tonfi sordi, seguiti dai loro corpi.

Ma Nyx non li guardò nemmeno. La sua attenzione era rivolta agli altri.

Li contò mentalmente man mano che uccideva anche loro, uno per uno, finché non rimasero in piedi soltanto due persone.

Paxton e Klas.

Aggrottai la fronte. Il ricordo di averli sentiti parlare nella mia stanza mi si affacciò alla mente.

E anche qualcosa riguardo un'iniezione.

Non credo che mi abbia sparato, dissi lentamente. *Mi… mi ha iniettato qualcosa.*

Nyx non sembrò udirmi. La sua ferocia era tutta rivolta ai due uomini.

«Se lo ammazzi, farai del male a Fallon» disse qualcuno. *Nox.*

Quand'è arrivato qui? Mi guardai attorno e rimasi a bocca aperta nello scorgere il gruppetto alle spalle di Nyx. Si era portata dietro creature abbastanza potenti da sconfiggere un esercito, eppure sembrava che la loro presenza non fosse nemmeno necessaria.

«Fa' pure» intervenne Fallon. La sua espressione si indurì. «Merita di morire».

«Distruggerà il vostro legame» sussurrò Nox.

«Preferisco impazzire che continuare a essere la sua compagna» rispose lei.

«Sei sempre stata una stronza» sbottò Klas.

«*Silenzio*». Nyx gli avvolse la frusta dorata attorno al collo e strinse.

Il mercenario spalancò gli occhi, come se l'idea che lei volesse ucciderlo lo sconvolgesse. O forse l'idea che *potesse* farlo. Ma Nyx aveva appena massacrato sette persone senza battere ciglio.

Devo sapere cosa mi ha iniettato, le dissi.

Di nuovo ebbi l'impressione che non riuscisse a sentirmi. La rabbia aveva preso il sopravvento sul suo istinto.

«Nyx» ripetei ad alta voce. O almeno ci provai; mi uscì poco più di un rantolo. Riuscivo a malapena a muovermi, le mie membra erano pesanti come il piombo.

Lei ringhiò, e i suoi occhi finalmente trovarono i miei. Fissai le sue iridi tinte di rosso. Sembravano due lune di sangue.

Oh, merda. «Stai sperimentando la furia sanguinaria». Era simile alla sete di sangue, solo che era caratterizzata dal bisogno di combattere, uccidere o scopare.

E, in quel momento, lei era posseduta dal bisogno di uccidere.

Ecco perché la sua voce mi sembrava diversa. Quella non era Nyx.

Beh, era lei, in tutto il suo glorioso potere divino. Ma il bisogno di uccidere non le apparteneva.

«Devo sapere cosa mi ha iniettato» le dissi il più dolcemente possibile. «Non è stato un proiettile a ridurmi così».

Le labbra di Klas si incresparono in un ghigno,

dandogli un'espressione che mi ricordò quella di un affascinante sociopatico.

Piano B, aveva detto.

Cosa prevede, Klas?, mi domandai. *Hai intenzione di usare quello che mi hai iniettato per negoziare?*

Nyx mi stava ancora guardando, con la frusta stretta attorno alla gola del mercenario.

«Cosa mi hai iniettato?» gli chiesi. La mia voce roca mi strappò una smorfia.

L'unico motivo per cui ero sveglio era l'esplosione di energia con cui Nyx mi aveva colpito. Forse lei avrebbe potuto curarmi. Ma il bagliore folle nello sguardo di Klas suggeriva il contrario.

Non ci dirà nulla.

«Paxton?» lo esortai, provocando un ringhio da parte di Kaspian.

«Non so cosa mi abbia iniettato» rispose Paxton. Le sue parole mi fecero sospirare.

Perché qualsiasi cosa fosse, faceva parte del piano di Klas.

Non conoscevo ancora bene i dettagli, ma sembrava proprio che fosse stato lui a orchestrare tutto.

«Ci serve vivo, Nyx» le dissi. *Almeno finché non inizia a parlare*, aggiunsi mentalmente.

«No. Deve *morire*».

La frusta ricominciò a stringere. *Cazzo.*

Feci l'unica cosa che mi venne in mente e gemetti, permettendole di sentire il mio dolore, l'agonia che monopolizzava i miei pensieri, il mio bisogno di una cura. Un attimo dopo lei era inginocchiata accanto a me, a tenermi il viso tra le mani riversandomi addosso un torrente di energia.

Mi abbandonai a lei, desiderando il suo tocco e il suo calore, crogiolandomi nella sua polvere di stelle.

Il suo desiderio era chiaro: voleva che guarissi. Ma temevo che sarebbe successo qualcosa di simile a quello che era accaduto a lei, quando il suo corpo aveva ricominciato a decomporsi di nuovo a causa dell'incantesimo.

E stavolta l'accoppiamento non avrebbe risolto nulla.

In sottofondo, sentii Kaspian cominciare a impartire ordini. Lo fece sottovoce, come se non volesse disturbare Nyx. Ma lei era troppo concentrata su di me per prestargli attenzione.

Mi baciò, e la sua lingua cercò di indurre la mia a reagire. Poi se la morse e mi offrì la sua essenza. Un dono che accettai con gioia; il suo sapore e il suo sangue erano un antidoto gradito, anche se temporaneo.

Portami nella mia stanza, le dissi, consapevole di cosa dovevo fare per placare la sua furia sanguinaria. *Voglio essere dentro di te.*

Lei emise un verso ferino e ci teletrasportò in camera mia in un battito di ciglia. Ma invece di mettersi a cavalcioni su di me e cercare di scoparmi, cominciò a esaminare il mio corpo per vedere se fossi ferito.

Le sue labbra e le sue mani erano ovunque, come ad assicurarsi che fossi ancora lì, che esistessi, che le appartenessi.

Quando finì, avevo realmente voglia di essere dentro di lei. Il suo comportamento animalesco aveva risvegliato il mio desiderio. Si era dimostrata una splendida regina, furiosa e impetuosa.

Ma non tentò di prendermi.

Al contrario, strusciò il viso sul mio collo e sospirò: «Mio».

Sorrisi. «Ti senti possessiva?».

Mi guardò negli occhi, e mi accorsi con sollievo che le

sfumature rossastre erano sparite, che le sue iridi erano ancora una volta dorate.

La sua rabbia si è placata.

L'aveva dissipata prendendosi cura di me. Non pensavo fosse una possibilità, non ne avevo mai sentito parlare. Né mi era mai capitato. Ma niente di ciò che riguardava Nyx era normale o ordinario.

Era una dea. *La mia dea.*

«Devo guarire la luna» sussurrò. «Sta sanguinando lacrime di fuoco».

La fissai confuso. «Cosa?».

«L'ho invocata per ricaricare i miei poteri. E le ho promesso in cambio il sangue di Klas. Devo ucciderlo». Non era la furia sanguinaria a parlare, ma una dea che illustrava i suoi doveri.

«Hai invocato la luna?».

Annuì. «Ho alterato il suo percorso... di circa una settimana».

Inarcai le sopracciglia. «Mi stai dicendo che hai strappato la luna alla sua orbita?».

«No. L'ho lasciata lungo la sua orbita, ma ho cambiato la sua posizione lungo il percorso» spiegò. «E ora le devo un tributo, il sangue di Klas».

«Cazzo» mormorai. «Ha avuto un impatto sul mondo? Il *nostro* mondo?».

«Un po' sì. Ma è marginale, limitato soprattutto alle maree. È la luna a soffrirne di più. Devo ricompensarla col sangue» insistette.

«Prima dobbiamo sapere cosa mi ha iniettato». Dovevamo anche scoprire se avesse altri complici... come Paxton.

Inoltre, volevo capire perché avessero attaccato Oro e Granato.

E avevo bisogno di valutare attentamente l'impatto che tutto questo avrebbe avuto sulla nostra casata.

Mi passai una mano sul viso, pensando a tutte le scartoffie e agli interrogatori. Per non parlare delle telefonate che avrei ricevuto su Nyx.

Hai spostato la luna, sussurrai. *È… è un'abilità terrificante, dea.*

Non l'ho mai usata in passato, rispose. *Ma dovevo trovarti, mio re.*

Le ultime due parole mi scaldarono il sangue. Probabilmente era proprio per quello che le aveva pronunciate.

Tuttavia, non riuscivo a distogliere la mente dall'elenco di compiti da svolgere che si stava formando nei miei pensieri. Primo tra tutti, limitare i danni.

Ma non ero sicuro che avrebbe avuto importanza.

Nyx aveva spostato la luna… *per me*. Per trovarmi. Per salvarmi.

Alla faccia della dimostrazione di affetto, pensai tra me e me. Ma doveva averlo sentito anche lei, perché sorrise.

Cosa devo fare con te, dea?, pensai, guardandola negli occhi e scrutando nelle loro profondità dorate.

Qualche idea ce l'avrei. Ma credo che una doccia sarebbe un ottimo inizio.

Una doccia mi sembrava effettivamente un buon modo per sciogliere i muscoli, visto che finalmente avevo ricominciato a muovermi. Mi chiedevo solo quanto sarebbe durato.

Forse qualche ora.

Forse no.

Afferrai l'orologio dal comodino e inviai a Kaspian una lista di cose da fare.

Chiama Kieran. Può aiutarci a strappare la verità a Klas.

Dobbiamo preparare una dichiarazione formale su ciò che è successo qui, in particolare per quanto riguarda il potere di Nyx.

Dovremo anche aggiungere un annuncio formale del nostro accoppiamento, visto che ormai è piuttosto ovvio.

Non uccidere Klas. Nyx ha bisogno del suo sangue per la luna.

Ha detto che la luna è in fiamme... è vero?

L'ultimo punto era più che altro una mia riflessione, dato che non riuscivo a vedere la luna dalla mia posizione. Ma fuori c'era una strana tonalità arancione che mi ricordava l'alba. Solo che era ancora troppo presto.

«Doccia?» mi esortò Nyx.

«Doccia» confermai, mentre il mio dispositivo vibrava con la risposta di Kaspian.

Kieran è già per strada.

Cara ha quasi finito con entrambe le dichiarazioni.

Dovremo parlare di quel tributo tutti insieme. Fallon merita di essere coinvolta nella discussione.

Vedi allegato.

Poco dopo mi spedì un'immagine che mi lasciò a bocca aperta. «Questa sì che è una "luna di sangue"».

La luna era letteralmente in fiamme, squarciata da fessure traboccanti lava. Era impossibile che gli altri monarchi non se ne fossero accorti.

Merda.

Nyx lanciò un'occhiata allo schermo e fece una smorfia. «Ecco perché ho bisogno del tributo di sangue». Il suo sguardo incontrò il mio. «Klas deve morire».

«E lo farà» giurai. «Non appena avremo ottenuto le informazioni che ci servono». Le posai una mano sulla guancia. «E ora perché non ci facciamo quella famosa doccia e mi dici come vorresti ucciderlo?».

Ci rifletté sopra per qualche istante. «Con un coltello. Ma ti dirò di più sotto l'acqua».

«Mmm... l'appuntamento ideale» scherzai.

Lei aggrottò la fronte, considerando quello che avevo appena detto. «Non ho mai avuto un vero appuntamento, ma accetto la tua proposta. Acqua, vendetta e orgasmi».

Una prospettiva decisamente allettante. «Prometto che avrai tutte e tre le cose».

«Bene» rispose. «Perché ho degli standard molto elevati».

«Non mi aspetto niente di meno da una dea».

«Così come io mi aspetto *tutto* da un re» replicò lei.

Sorrisi. «E *tutto* avrai».

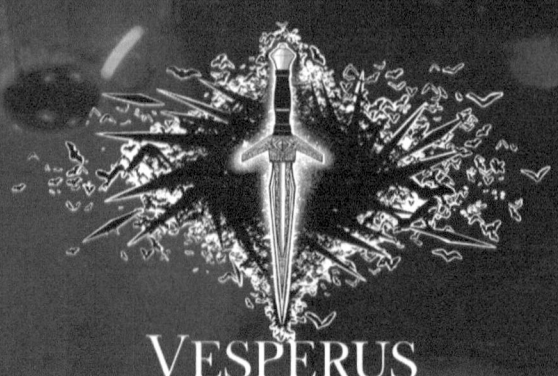

VESPERUS

Klas mi aveva iniettato un cocktail di sangue e pozioni letali. Il suo sangue.

Si trattava essenzialmente di un incantesimo di decadimento legato alla sua essenza.

«L'ha fatto per mantenersi in vita» riassunse Kaspian. «Perché se non assumi regolarmente il sangue di Klas, morirai».

«Solo che non si aspettava che ci fosse un antidoto» aggiunse Nox, mostrandomi una fiala. «Fallon ci ha aiutati a crearlo, e ha usato il suo sangue per contrastare quello del suo compagno».

Kaspian giunse le mani. «Ora dobbiamo soltanto iniettartelo».

«Capisco». Guardai Nyx. Era seduta accanto a me sul divano del mio ufficio. Kaspian era alla scrivania e Nox era in piedi vicino a lui.

Una posizione ideale, che sembrava presagire il futuro di Oro e Granato.

Avevo trascorso la maggior parte degli ultimi due giorni nelle mie stanze, perché ogni volta che guarivo completamente, ricominciavo a ingrigirmi. Proprio come era successo a Nyx quando le avevano sparato. La mia compagna mi aveva tenuto in vita e in salute usando la sua polvere di stelle, ma era una soluzione temporanea.

Nel frattempo, Kaspian si era occupato degli interrogatori di Klas e Paxton. Kieran era venuto ad aiutarlo; la sua abilità nel costringere gli altri a dire la verità era molto utile.

Io e il monarca ci eravamo incontrati solo di sfuggita, ma mi aveva detto qualcosa che somigliava molto a un addio.

«Sei un brav'uomo, Veritas. Ho apprezzato la nostra amicizia. E voglio che tu sappia che il tuo ex territorio è in buone mani». Aveva lanciato un'occhiata a Kaspian, per poi aggiungere: «Non mi riferisco soltanto a quello governato da Morte e Diamante».

Avevo annuito, leggendo tra le righe, e avevo risposto: «Lo so».

Perché Kaspian sarebbe stato un ottimo re. Ne stava già esercitando il ruolo, e ora, mentre era seduto alla mia scrivania, vedevo chiaramente che era anche pronto a ricoprirlo.

Era una fortuna, perché nel mondo erano tutti abbastanza concordi sul fatto che Nyx non potesse restare.

L'imperatrice Asbesta era stata tra le più accanite sostenitrici dell'eliminazione di Nyx. Quello che aveva fatto la mia compagna aveva stravolto le maree. Nonostante ci fossero stati solo pochi feriti, la leader di Mare e Serpentino era furibonda. E dubitavo che avrebbe mai cambiato idea.

Anzi, era più probabile che ci dichiarasse guerra, come aveva minacciato più o meno velatamente di fare col suo messaggio.

Se non te ne occupi tu, lo farò io.

Non si era nemmeno preoccupata di rivolgersi a me in modo formale o di firmarsi.

Lady Gabriella si era espressa più o meno allo stesso modo, in toni severi e minacciosi.

Ti abbiamo affidato un compito e tu hai fallito. Il tuo giudizio è offuscato dalla magia del legame. Faremo ciò che è necessario, Vesperus. Considera questo messaggio il nostro unico avvertimento.

Non avevo parlato con Sky Serpell, ma Kaspian sì. E con una breve telefonata mi aveva confermato che Spirito e Zaffiro si stava già preparando all'inevitabile.

Non sapevo se Sky gliel'avesse detto così, senza mezzi termini, o se Kaspian avesse interpretato in quel modo le sue parole.

Ma era irrilevante. Quello che importava era che almeno due casate si stavano preparando a invaderci.

E i miei alleati non sarebbero venuti in nostro soccorso.

Anzi, era probabile che Volker si sarebbe unito ai miei avversari. Una scelta sensata, visto che nella sua situazione avrei agito nello stesso modo.

Elias aveva espresso tutta la sua delusione, dicendo che sapeva che sarebbe stata una scelta difficile. Ma anche che, alla fin fine, sapeva già cosa avrei deciso.

«Sei stato un buon re, Vesperus» aveva affermato. «Kaspian dovrà affrontare molte difficoltà, ma è stato addestrato da uno dei migliori».

Anche quello mi era sembrato un addio, un po' come la conversazione con Kieran.

Gli altri leader erano stati cordiali, i loro avvertimenti tutti formulati con garbo.

Tuttavia, era chiaro che restare avrebbe causato una guerra. Nessuno si sarebbe preoccupato di comprendere i poteri di Nyx, per non parlare dell'accettarli.

E questo senza che qualcuno si fosse ancora reso conto che stavo iniziando a manifestarli anch'io.

Quel dettaglio sarebbe stato il colpo di grazia per la nostra casata. E nonostante sapessi che la mia gente avrebbe combattuto volentieri per me, per *noi*, non li avrei mai messi in quella posizione.

Mi rivolsi al mio secondo. «Vuoi occupartene tu?» gli chiesi, riferendomi all'antidoto in mano a Nox.

«Mi stai dando l'opportunità di infilzarti con qualcosa?» chiese Kaspian con una certa allegria negli occhi scuri.

«Consideralo un rito di passaggio» risposi. Un segno della fiducia che avevo in lui. Un segno di intimità e amicizia.

Mi alzai in piedi e mi tolsi la giacca del vestito, poi mi sbottonai la camicia e la sfilai, liberando un braccio.

«Siete sicuri che funzioni?» chiese Nyx, mettendosi al mio fianco con un movimento fluido, sottolineato da uno dei suoi caratteristici abiti neri.

«Al novanta per cento. Circa» rispose Kaspian.

La mia compagna lo guardò con un'espressione diffidente. «Non è il cento per cento».

«Sta mentendo» mormorai, percependo l'ironia nelle sue parole.

«Sto mentendo perché in realtà è più del novanta per cento, o perché è meno?» mi provocò.

«Fallo e basta, Kas» gli dissi.

Lui riempì la siringa ridacchiando tra sé e sé.

Starò bene, rassicurai Nyx.

Oh, adesso chi è che sta mentendo?

Beh, sono sicuro al novanta per cento che starò bene, chiarii, facendole l'occhiolino.

Kaspian mi afferrò il braccio, cercò la vena e mi infilzò con l'ago. Poi passò la siringa a Nox, probabilmente perché andasse a gettarla via.

Nyx si irrigidì, la polvere di stelle si stava già accumulando nel suo palmo.

Sei così sexy quando sei tutta protettiva, le dissi.

Non rispose, era troppo concentrata a osservarmi alla ricerca di possibili effetti collaterali. Quando non accadde nulla per diversi minuti, cominciò a rilassarsi. Ma solo leggermente.

«Sapremo se ha funzionato solo tra qualche ora» dissi, consapevole di quali fossero le tempistiche dei miei sintomi. Nyx mi aveva guarito per l'ennesima volta appena prima dell'inizio della riunione, e il grigiore sulla pelle si ripresentava dopo circa sessanta minuti.

Ma avrei preferito trascorrere alcune ore senza alcun sintomo, prima di dire che l'antidoto aveva funzionato.

«Distraimi con un po' di aggiornamenti» chiesi a Kaspian, tornando a sedermi sul divano. Nyx prese posto accanto a me e appoggiò la mano sulla mia coscia, come se avesse bisogno di toccarmi per tenermi al sicuro.

Posai la mano sulla sua e le diedi una piccola stretta. *Sto bene.*

Per ora, rispose.

Per ora, concordai.

«Preferisci parlare di quello che abbiamo scoperto dal resto dell'interrogatorio, oppure della miriade di telefonate che ho ricevuto da astronomi incazzati?».

Inarcai un sopracciglio. Sebbene la prima fosse ciò che avevo in mente, non potei evitare di ripetere: «Astronomi incazzati?».

«Ho spostato la luna» mormorò Nyx. «Questo ha avuto un impatto sulle previsioni di tutti gli eventi relativi al ciclo lunare». Arricciò il naso. «Ma se la rimetto al suo posto, soffrirà di nuovo. E ho appena cominciato a guarirla».

La notte prima aveva usato un secchio pieno del sangue di Klas per compiere un rituale sacrificale. Glielo aveva portato Fallon, dopo aver sventrato il bastardo. I rivoli di lava incandescente si erano lentamente riassorbiti, lasciando la luna con un pallido bagliore biancastro.

Nyx aveva detto che bisognava ripetere la procedura per altre sei notti, con altro sangue.

«Farei più in fretta se mi lasciassi uccidere Klas. Ma, dopo tutto quello che ha fatto, anche questa mi sembra una punizione adeguata» aveva aggiunto.

«Sì, beh, magari lascerò che sia tu a parlare col prossimo astronomo che mi telefona» borbottò Kaspian.

«Esistono ancora gli astronomi?» mi meravigliai. «Ero convinto che fosse un hobby umano».

«La magia può cambiare la nostra visione del mondo, ma il fascino nei confronti dell'universo rimane». Kaspian fece una smorfia. «E sono un gruppetto piuttosto rumoroso».

Nox tornò con Nolan e Slater. Entrando nell'ufficio, sentirono l'ultima parte della conversazione e si misero a ridacchiare tutti e tre.

«Ha chiamato un altro amante delle stelle?» chiese Nolan.

Kaspian alzò gli occhi al cielo. «Sapete cosa? Vi assegnerò tutte le prossime telefonate. Vediamo quanto vi piacerà essere rimproverati per i grafici sulle eclissi e il calendario lunare».

«Posso parlarci io» si offrì Nyx.

«Quello peggiorerebbe la situazione» ammise Kaspian. «E non si tratta soltanto degli astronomi, ma anche dei consiglieri delle altre casate».

Annuii. «Ho visto i messaggi che mi hai inoltrato, e ho parlato personalmente con alcuni di quelli che mi hanno scritto». Come Volker ed Elias, e anche Kieran, durante la sua visita. «Dimmi di più su quello che ha confessato Klas».

Avevo lasciato che Kaspian si occupasse

dell'interrogatorio. Un compito che rappresentava una sorta di ultimo saluto.

O anche un passaggio di consegne.

Perché avevo preferito non esserne coinvolto in prima persona. Avevo lasciato che Kaspian gestisse la situazione come avrebbe fatto un re.

Slater e Nolan si sedettero sul divano di fronte a quello dove eravamo io e Nyx. Le loro espressioni si fecero più serie.

Nox, invece, andò a posizionarsi dietro a Kaspian, in un modo che mi fece pensare che lo spettro ambisse a un ruolo di protettore. Sembrava tenere sul serio a Kaspian, e ne fui felice. Perché presto non sarei più stato lì a proteggere il mio vecchio amico.

«Beh, come ti ho già detto, ha ammesso che lo scopo del suo "Piano B" era di legarsi a te. Un modo per salvarsi la vita senza alcun riguardo nei confronti di chi lo ha aiutato. La maggior parte dei suoi complici è arrivata con lui da Dublino. Gli altri erano membri della famiglia di Paxton provenienti dall'Irlanda. Per questo ci ha traditi».

Sì, Kaspian mi aveva mandato un messaggio spiegandomi la situazione. Non faceva che rimproverarsi di non essersene accorto, ma gli avevo ripetuto più volte che non era colpa sua se Paxton non aveva espresso il suo malcontento.

Purtroppo, però... «Questo significa che nella nostra casata ci sono persone che non sono felici del mio voto a favore della creazione di Morte e Diamante».

«Già. Ci sto lavorando con Niamh. Invieremo dei consiglieri a tutti gli interessati, in modo da rendere il processo decisionale un po' più personale».

Annuii. «Avrei dovuto pensarci fin dall'inizio».

«Tu e Kieran avete gestito la transizione meglio di quanto avrebbe fatto chiunque altro. Ti sei anche offerto di coprire i costi sostenuti da chi voleva trasferirsi nel territorio di Oro e Granato, e hai negoziato le opzioni migliori per chi preferiva restare dov'era».

«È vero, ma avrei dovuto incontrare personalmente quelli affetti dai cambiamenti per capire meglio come la pensassero. Gran parte di quello che è successo si sarebbe potuto evitare».

«Sì e no» rispose Kaspian. «Forse avrebbe impedito a Klas di reagire così, ma sono convinto che fosse comunque una bomba a orologeria pronta a esplodere».

«È un fottuto sociopatico» intervenne Nox. «Quello che ha fatto a Fallon…».

Kaspian serrò la mascella. «Ah, c'è molto da dire anche su di lei».

«Per esempio?». Sembrava ci fosse uno sviluppo interessante.

Ma lui grugnì e scosse la testa, liquidando la mia curiosità. «Per ora mi sto occupando di lei. Ma sono preoccupato per i suoi poteri». Il suo sguardo guizzò per un attimo su Nyx, il suo messaggio era chiaro: era preoccupato della reazione degli altri territori alla magia di Fallon.

Non avevo mai incontrato una strega con quel tipo di abilità. L'avrei definita più una necromante che una strega, ma non ero sicuro che fosse realmente in grado di controllare i morti.

«E quelli che hanno lavorato con Klas?» chiese Slater. «Ce ne sono altri?».

«Nyx si è già occupata della sua piccola cerchia. Nessuno di loro era un mercenario. Erano tipi da lavoro d'ufficio, un po' come Paxton». Kaspian pronunciò il suo nome digrignando i denti, la sua irritazione era palpabile. «Quindi Niamh si concentrerà per prima cosa su quelli che coprono ruoli simili».

«Non capisco perché non fossero d'accordo con la spartizione del territorio. Avrebbero potuto mantenere lo stesso lavoro e restare nelle loro case, solo sotto Morte e Diamante invece che Oro e Granato» osservò Nyx.

«Desideravano la ricchezza e la reputazione di Oro e Granato» spiegò Nolan. «Sebbene molti di noi siano mercenari che si guadagnano la gloria attraverso l'onore, la nostra casata dà valore anche alla ricchezza. E molti di loro possiedono attività commerciali redditizie».

«Attività commerciali che non volevano spostare qui» capii. «Ma non volevano perdere nemmeno l'appartenenza alla casata».

Nolan annuì. «Esatto».

«Forse dovresti partecipare a questa indagine con Niamh» disse Kaspian.

«Vuoi costringermi a partecipare a dei colloqui infiniti?» chiese l'arcangelo. I suoi occhi multicolore lampeggiavano. «Ne sei sicuro?».

Kaspian sorrise. «Mi sembra un'ottima sfida».

Nolan incrociò le braccia sul petto. «Una sfida che probabilmente non mi piacerà. Fallo fare a Slater. Gli piace rintracciare le cose. Sono sicuro che se la caverà alla grande».

Il mutaforma lo fulminò con lo sguardo, ma non gli rispose a tono come al solito. Si limitò a rimanere pensieroso, suscitandomi una punta di preoccupazione.

«Cosa c'è?» gli chiesi.

I suoi occhi grigi incontrarono i miei. Il velo di barba scura che gli copriva la mascella si era di nuovo ispessito. Era da un po' che non si radeva. «Sto pensando al pub in Irlanda e alla strega che ha assoldato Klas per farlo esplodere».

«Non conosceva il nome della strega» precisò Kaspian. «Era una fattucchiera a pagamento. A quanto pare, era solito servirsi di questo genere di figure, visto che ne ha assunta una anche per creare la pozione che ha tolto il libero arbitrio a Fallon».

«In realtà, è una pratica abbastanza comune. Un po' come Kieran che ha assunto Trixie» mormorò Slater.

«Hai parlato con lei?» gli chiesi. «Di quello che è successo al pub?».

«Non ancora, ma so che non è stata lei. La traccia magica è diversa. Ma chiunque sia stato… devo… devo trovarlo».

Non pensavo che l'attacco fosse stato opera di Trixie, solo che forse avrebbe potuto dargli qualche informazione utile.

Ma non feci alcun commento al riguardo.

Perché l'urgenza nel suo tono mi spinse a chiedergli: «Perché devi trovarlo?».

Arricciò le labbra, riflettendo per qualche istante sulla risposta. «Perché temo di essere vittima di un sortilegio».

Io e Kaspian ci scambiammo un'occhiata, ma la mancanza di una reazione da parte sua mi disse che Slater gliene aveva già parlato. *Perché Slater vede già Kaspian come il suo nuovo re.*

Al solo pensiero mi si strinse il cuore, ma subito dopo si scaldò. Perché era esattamente ciò che volevo per la mia casata: non solo che accettassero Kaspian, ma che si fidassero di lui e lo supportassero.

E vedere la dinamica che si svolgeva nella stanza mi fece capire a che punto fossero arrivati tutti quanti.

«Che genere di sortilegio?» chiese Nyx. Aveva ancora la mano sulla mia coscia.

Slater si passò le dita tra i corti capelli neri e sospirò. «Come se mi avessero maledetto. Tre delle mie piume sono diventate bianche. Ed è come se ci fosse… qualcosa che non va». Sembrava perplesso da quel commento, come se fosse incapace di descrivere esattamente *perché* si sentisse così.

«È questo che intendeva la strega a proposito della tua oscurità?» chiese Nyx. «Quella a Dublino? Quella che ha detto che ti serviva un potere diverso per curarti?».

Slater fissò Nyx, e la sua espressione si incupì. «Me ne ero dimenticato. Le sue preoccupazioni mi erano sembrate così sciocche, all'epoca, che l'ho completamente ignorata». Guardò me e poi Kaspian. «Qualcuno di voi sa a cosa si riferisse?».

Scossi la testa. «No, ma non ho molta familiarità con le entità che appartengono a Spirito e Zaffiro, né con i loro poteri». La casata tendeva a reclutare molte streghe.

«Nemmeno io» disse Kaspian. «Ma sono disponibile a offrirti un congedo retribuito mentre vai in cerca di informazioni. Ti chiedo solo di farmi sapere se trovi la strega responsabile dell'esplosione a Dublino».

Slater gli rivolse un cenno d'assenso. «È scontato. La considererò come una taglia».

«Bene» rispose Kaspian, per poi rivolgersi a me: «Vesperus?».

Lo studiai per qualche lunghissimo secondo, improvvisamente avevo un groppo in gola per l'emozione.

Perché era giunto il momento.

Il momento di cui Kaspian aveva bisogno. Di cui la nostra casata aveva bisogno.

Il momento in cui riconoscevo formalmente che non ero più il loro re.

Nyx mi diede una stretta alla coscia, percependo il cambiamento di direzione dei miei pensieri. O forse perché si era resa conto anche lei dell'importanza di quell'istante.

Avevo preso la mia decisione appena sveglio, quando avevo scoperto che Nyx aveva spostato la luna. Sapevo che non saremmo più potuti restare lì.

Se volevamo mantenere intatto il tenue equilibrio tra le casate, dovevamo andarcene.

E l'avrei fatto sapendo di aver passato le redini al migliore dei sostituti.

«Penso che sia un ottimo piano» dissi lentamente. «Re Antonik».

Abbassai la testa in segno di rispetto, mentre tutti ammutolivano.

Dopo qualche istante, Kaspian si schiarì la voce, attirando il mio sguardo su di lui. «Sei ancora il mio re, Vesperus».

«Sì» dissi. «Ma tu non sei più il mio secondo, Kaspian».

Deglutì a fatica e un luccichio commosso gli velò gli occhi scuri. Una scena insolita, che sparì in un battito di ciglia. Kaspian chinò appena il capo in segno di conferma e accettazione del suo destino.

«Sarai un ottimo re, Kaspian» gli dissi. «Parto con la consapevolezza che la mia casata continuerà a prosperare anche dopo che me ne sarò andato. E per questo ti ringrazio».

NYX

TINSI IL TERRENO CON CIÒ CHE RESTAVA DEL SANGUE DI Klas e sparsi un po' di polvere di stelle lungo i bordi.

Vesperus era seduto accanto a me e osservava la magia vibrare come aveva fatto ogni notte, nell'ultima settimana, per poi seguire con lo sguardo il miscuglio di oro e sangue sparire nel vento. La notte l'avrebbe portato alla mia luna, completando la sua guarigione.

Non versava più lacrime di fuoco, i vulcani si erano riaddormentati.

«Il debito di sangue è stato pagato» sussurrai, sorridendo quando un caldo abbraccio di energia si posò su di me. La luna mi stava mostrando la sua gratitudine.

Non importava in quale realtà mi trovassi; la luna era sempre mia, condividevamo la stessa storia in ogni versione dell'universo.

Indipendentemente dal tempo o dal luogo, il ferro all'interno del nucleo era collegato alla mia anima.

«Vuoi ancora uccidere Klas?» mi chiese dolcemente Vesperus.

Ci pensai un attimo e scossi la testa. «Lo voglio morto. Ma ucciderlo è un onore che non posso accettare». Spettava a Fallon. E sembrava che lei ci stesse lavorando con i suoi tempi e alle sue condizioni.

«È la stessa cosa che ho detto a Kaspian riguardo Paxton» mormorò Vesperus. «Mi ha tradito, certo. Ma è stato lui quello che ha tradito più profondamente».

Annuii. «In un certo senso, è sia una necessità che una punizione. Ci si vuole vendicare, ma farlo… è doloroso».

«Già» concordò. «Ma Kaspian si riprenderà».

«Indubbiamente» confermai. «E ha ucciso Paxton in modo abbastanza umano». Tagliandogli la testa con la spada della casata.

Vesperus alzò lo sguardo sulla luna per un paio di secondi, poi lo portò su di me. «Penso che Klas non morirà altrettanto in fretta».

«No, lo credo anch'io». Perché Fallon era arrabbiata. Ferita. E, sotto sotto… spaventata. Con la sua pozione, le aveva distrutto lo spirito costringendola a obbedirgli, ad aiutarlo e a venerarlo.

E poi l'aveva uccisa… pur mantenendola in vita…

Rabbrividii. «Spero che lo faccia soffrire». *Molto, molto a lungo.*

«Anch'io» disse Vesperus, che ora stava ammirando il cielo stellato. «Vorrei poter dire che aver guarito la luna ti farà guadagnare il favore delle altre casate, ma…».

«Non accadrà» terminai al suo posto, appoggiandomi a lui e seguendo il suo sguardo verso la notte. «Ho tradito la loro fiducia. Certo, nessuno di loro si è mai guadagnato la mia».

Emise un mormorio di assenso.

Restammo in silenzio per un po', godendoci la tranquillità del suo tetto, mentre la polvere di stelle si riversava su di noi.

«Questo mondo è troppo consolidato» gli dissi a bassa voce, per non disturbare la bellezza di quella serata quieta. «Voglio una realtà come questa, piena di magia, dove le creature soprannaturali non devono nascondersi dagli umani. Ma ho bisogno che sia un luogo che mi rispetta. Che rispetta *noi*».

«Un mondo in cui hai gettato i semi affinché la magia si sviluppi in qualcosa che ti accoglie, invece di rifiutarti» riassunse.

«Sì. Un mondo pieno di esseri potenti, che però non temono un'entità creatrice».

«Dove potremmo trovare un mondo del genere?» chiese, cercando il mio sguardo. «Puoi creare un nuovo medaglione che ci porti lì?».

«Posso provarci» risposi, arricciando le labbra dubbiosa. «Ma si tratterà di una nuova energia senziente, non quella che ho perso. Il che significa che avrà una mente tutta sua. Quindi non ho modo di sapere in quale realtà né in quale periodo storico ci porterà».

«Periodo storico?» ripeté.

«Beh, quando ho creato il mio primo medaglione, continuava a saltare da una realtà all'altra e anche da un tempo all'altro». Piegai la testa di lato. «A proposito, i dinosauri sono esistiti veramente. Nel caso te lo fossi mai chiesto».

Inarcò le sopracciglia. «Hai viaggiato nel tempo?».

«Più o meno» dissi lentamente. «Mi ha portata in un'epoca molto antica, dove ho vagato per un po'. Poi ho dormito… e mi sono svegliata nel presente. Diciamo che si è corretto da solo, ma non è stata una cosa immediata».

«Capisco. Sembra pericoloso».

«La magia della creazione comporta sempre dei rischi» dissi, stringendomi nelle spalle. «Puoi creare qualcosa con le migliori intenzioni, ma non hai nessun controllo su cosa succederà».

Rimuginò sulle mie parole per qualche istante. «Credo di capire. È un po' come la leadership: puoi dare consigli, ma ciò non significa che la tua gente ti ascolterà o li seguirà».

«Sì, esattamente così. La mia magia funziona nello stesso modo. Solo perché desidero che qualcosa esista, non significa che farà esattamente ciò che voglio. Come quell'elfo creato dalla negoziante. Se fosse sopravvissuto, chissà cosa avrebbe fatto... Lei ha solo desiderato che esistesse, ma lui avrebbe scelto tutto il resto».

«Allora è un peccato che Raymond l'abbia ucciso».

«Sì e no. Lo è perché non meritava di morire. Ma non credo che questo mondo avrebbe accettato una mia creazione». Ed era esattamente quello il motivo per cui dovevo andarmene. Quella realtà non mi avrebbe mai permesso di essere me stessa.

E non avrebbe mai permesso nemmeno a Vesperus di realizzare tutto il suo potenziale.

Non avevamo discusso formalmente la decisione di avventurarci in una nuova realtà. Eravamo giunti alla stessa conclusione da soli.

Rendendo la nostra decisione ancora più potente. Perché non ce ne stavamo andando per l'altro. Ce ne stavamo andando *con* l'altro. Una distinzione importante, almeno per me.

Volevo che Vesperus fosse al mio fianco perché voleva esserci, non a causa di un legame incantato forgiato dal destino. Perché desiderava *me*.

Ed era così.

Lo udivo nella sua mente, lo sentivo nel suo tocco e lo vedevo nei suoi occhi.

«Quando il mio medaglione mi ha portata qui, sono

rimasta affascinata dalla presenza della magia» gli confidai in un sussurro. «Pensavo che questo mondo potesse essere la mia nuova casa. Ma ora ho capito che non sono mai stata alla ricerca di un luogo dove vivere. Ero alla ricerca dell'altra metà della mia anima».

Quello era ciò che mi aveva spinta a esplorare tutte quelle realtà. La mia anima desiderava un compagno.

Fino a quel momento, non mi ero resa conto di quanto mi sentissi vuota.

Avevo vagato tra i mondi per millenni, godendomi qualche storiella passeggera e allacciando brevi amicizie. Ma non mi ero mai sentita appagata... finché non avevo incontrato Vesperus.

Lo fissai e mi sentii completa. Come se la mia esistenza avesse trovato un nuovo scopo. Un modo per crescere e continuare a vivere. Una ragion d'essere.

«Il mio medaglione non stava giocando a nascondino con me. Stava cercando un nuovo obiettivo. Perché sapeva che avevo trovato quello che cercavo. Mi ha lasciata per trovare un'altra anima spezzata da guarire, perché la mia stava per diventare integra. Con te».

Gli occhi argentati di Vesperus brillarono. «Allora immagino sia il caso di creare un nuovo medaglione insieme, in modo che risponda alle nostre anime unite e ci porti in un luogo dove possiamo costruire la nostra futura casa».

«Sì» concordai, e aprii il palmo per raccogliere la polvere di stelle che scendeva dal cielo. «Un medaglione che ci porterà in una nuova realtà, dove potremo piantare i semi della *nostra* magia».

«Sì» mi fece eco lui. «Una realtà in cui regnerai come dea, e io ti adorerò come tuo re».

«Solo se l'adorazione avviene in entrambi i sensi» gli dissi. «Mi piace leccarti».

Sorrise. «Puoi farlo tutte le volte che vuoi, Nyx, Dea della Notte».

«E lo stesso vale per te, Vesperus, Re della Notte».

«Mmm» mormorò. «Un nuovo titolo».

«Sì. Mi sembra appropriato».

«Può darsi, ma una volta una splendida donna mi ha detto che i titoli non significano molto. E che spesso non riflettono il vero potere di qualcuno».

«Sembra l'osservazione di una persona brillante» risposi, sorridendo a mia volta. «Di una dea da cui dovresti accettare un titolo, perché è probabile che non ne conceda spesso».

«È vero» disse, avvolgendomi un braccio attorno alla vita e abbassando lo sguardo sulla mia mano. «Bene, dea. Sei pronta a creare un nuovo futuro?».

«Sì» sussurrai. Un nuovo medaglione stava già prendendo forma. «Abbiamo salutato tutti?».

«Sì» confermò. «Kaspian è pronto. Cara e Larus diventeranno i suoi vice. La casata è stata informata di tutti i cambiamenti. E presto gli altri leader verranno a sapere che siamo spariti».

«Senza lasciare traccia». Perché era l'unico modo di tenere al sicuro Oro e Granato. Non potevamo più essere affiliati a quella casata o restare in quel mondo. Altrimenti, si sarebbe creato uno sbilanciamento di potere che avrebbe portato tutte le casate a combattere.

Ce ne stavamo andando proprio per evitarlo.

Per proteggere Oro e Granato.

E per essere felici in un mondo nostro, dove avremmo potuto vivere liberamente. Insieme. Per sempre.

Mi sarebbero mancati gli amici che mi ero fatta lì. Soprattutto Cara. Ma la vita è molto lunga per un'immortale. Lei sarebbe andata avanti, e anch'io. Tuttavia, l'avrei serbata per sempre nel mio cuore.

E anche Fallon. Pur non avendo trascorso molto tempo insieme, la mia magia ci aveva legate. Non l'avrei mai dimenticata.

Non avrei mai dimenticato nessuno di loro.

Sentii un peso leggero sul palmo. Il medaglione si era completamente formato.

Guardai Vesperus negli occhi, adorando il modo in cui le sue iridi argentate brillavano al chiaro di luna. «Sei pronto, re?».

«Sì, dea» rispose.

Sorrisi. «Allora andiamo a esplorare».

Il medaglione prese vita. Il mondo intorno a noi si dissolse, lasciando dietro di sé solo il ricordo di noi, mentre la magia ci proiettava in una nuova realtà.

Dove avremmo creato il nostro futuro.

Insieme.

Con la magia.

EPILOGO

NYX

«RACCONTAMI COME IMMAGINI UN MONDO PERFETTO» MI sussurrò all'orecchio Vesperus. «Forse posso far avverare tutti i tuoi desideri».

Ridacchiai rotolando verso di lui, con le membra indolenzite per il lungo sonno. «Desidero un mondo in un periodo storico più attuale» mormorai. Avevamo trascorso gli ultimi anni a giocare nella storia antica di svariate realtà.

Sembrava che il nostro medaglione volesse farci partire dall'inizio dei tempi.

Forse per diffondere i semi della magia tra gli antichi, piuttosto che influire su una popolazione già evoluta.

Così ci eravamo arresi, scegliendo venti mortali da benedire con la polvere di stelle. E ora stavamo aspettando di vedere cos'avrebbero fatto. Cosa sarebbero diventati.

Probabilmente sarebbero stati dei vampiri, data l'eredità di Vesperus. Oppure dei licantropi, visto il mio legame con la luna.

E avevamo creato anche dei legami predestinati, simili al nostro. Ma sempre con la possibilità di scegliere.

Perché, per delle creature che diventavano improvvisamente immortali, sarebbe stato importante condividere la vita con la propria metà.

«Uhm... un periodo storico più attuale» ripeté. «Cos'altro, dea? Quali altri desideri posso esaudire per te?».

«Un mondo pieno di magia» mormorai, perdendomi nei suoi occhi che mi ricordavano due eclissi. Il nero aveva sopraffatto di nuovo l'argento, dicendomi che il mio compagno era colmo di magia lunare.

Mi accoccolai stretta a lui, accarezzandogli la gola con la lingua, assaporando la sua dolcezza.

«Un mondo dove posso leccarti come, dove e quando voglio» aggiunsi, mettendomi a cavalcioni su di lui. «Un mondo dove posso scoparti. Dove posso farti godere. Dove sei semplicemente *mio*».

Scivolò dentro di me con facilità, il suo sesso era già duro e pronto.

«Cos'altro?» chiese. Il suo sguardo si fece più intenso quando cominciai a muovermi.

Non velocemente.

Con calma.

Godendomi quel momento con lui. Amandolo. Abbandonandomi a lui.

Raddrizzai la schiena, appoggiando le mani sul suo petto nudo. «Un mondo che ci rispetta. Che ci capisce. Un mondo con una sorgente di acqua calda tutta nostra».

Vesperus avvolse il palmo attorno alla mia nuca e disse: «In quell'ordine, dea? Rispetto, comprensione e terme?».

Mi strinsi a lui, prendendolo ancora più in profondità. «Mi manca la tua piscina sul tetto».

«Manca anche a me» ammise. «Forse potremmo costruirne un'altra».

Sorrisi. «Sì, quando la realtà si adeguerà alla nostra linea temporale».

Mi mordicchiò il labbro inferiore. «Mmm… è un altro desiderio, mia dolce dea?».

«Sì» sussurrai. «Ma credo di avertene già parlato».

«È vero» confermò. «Cos'altro desideri, dea?».

«In questo momento?» ansimai, muovendomi più rapidamente su di lui. «Piacere. Vedere le stelle. Danzare con la luna».

Ridacchiò sulle mie labbra, un suono roco e profondo. «Piacere» ripeté, facendo scivolare la mano tra i nostri corpi per accarezzarmi il clitoride. «Quello posso dartelo. Ma penso ci sia un motivo per cui ti sei svegliata così eccitata, dea. Piena di vita. Pronta a esplodere».

«Perché mi sono svegliata vicino a te, mio re». Mi incendiava costantemente il sangue, facendomi venire voglia di divorarlo in ogni momento della giornata. «Sei il mio dessert preferito».

«E tu la mia colazione preferita» replicò. «Dolce e agrumata, la bevanda perfetta per cominciare bene la giornata».

«Allora scopami e leccami» dissi.

«Suona molto come un ordine, dea».

«Perché lo è, re».

Ci rotolammo sul letto finché la mia schiena non fu sul materasso. Mi catturò le mani e le bloccò sopra la mia testa, cominciando a darmi una dimostrazione del suo potere.

Mi inarcai verso di lui, perdendomi nel suo tocco, nella sua esistenza, nella sua *magia*. La sentivo ovunque. Mi soffocava le viscere, mi incendiava il sangue e mi affogava in un mare di seducente incanto.

La sua energia inebriante mi ricordò il tempo trascorso nella sua realtà.

Trascinai le unghie lungo la sua schiena. Ne volevo di più, avevo bisogno di annegare nella magnificenza del suo potere, crogiolarmi nella beatitudine della sua esistenza.

«Vesperus» sussurrai, ansimando.

Non sapevo cosa stesse facendo, ma mi sentivo più viva che mai, come se stesse rafforzando la mia esistenza, rendendomi ancora più completa.

«Urla per me, dea» mi ordinò. «Fa' sentire a tutti le grida della loro regina».

Il mio sangue pulsava per il potere delle sue parole, la luna ci stava ricoprendo entrambi con una quantità illimitata di energia e di polvere di stelle. *Sono vicina*, gli dissi. *Oh, stelle, sono così vicina.*

Fu una sensazione travolgente.

Come se fossi sul punto di toccare il cielo, esplodendo in mille luci e unendomi alla luna.

Così intenso. Così bello. Così… noi.

Urlai, in un'eruzione di piacere che inondò le mie vene di lava, che mi fece contorcere il ventre in una meravigliosa agonia.

Vesperus mi seguì. La sua bocca ardeva sulla mia, il suo seme dentro di me.

Lasciò andare le mie mani per prendermi il viso tra le sue, cancellando con tenere carezze le lacrime che stavo versando. Perché era stato… era stato… *pazzesco*.

«Come…?» ansimai, studiando il suo viso. Mi aveva scopata in un milione di modi, portandomi sempre all'orgasmo e facendomi perdere la testa, ma quella volta c'era qualcosa di diverso. Mi sentivo nuova. Rigenerata. *Piena di vita.*

«Non lo senti?» sussurrò, muovendo lentamente il corpo sul mio, facendoci godere gli ultimi residui dell'estasi. «Non senti la magia?».

Annuii. «Sì. Hai manifestato qualche nuova abilità?».

Scosse il capo. «No, Nyx. Ti ho semplicemente aiutato a realizzare i tuoi desideri».

Lo guardai negli occhi, scrutando nelle loro profondità oscure. «I miei desideri? I miei…?». Mi interruppi, capendo finalmente cosa intendesse. «Il mio mondo…».

Lo sentii sorridere sulle mie labbra. «Il tuo mondo».

Gli afferrai le spalle. «La linea temporale si è messa in pari?».

«Sì» rispose. «E la tua magia sta fiorendo».

«Sei andato a vedere senza di me?» chiesi. Il tono tradì la mia delusione.

«No, dea. Lo sento e basta. Tu non ci riesci?».

La polvere di stelle scintillò sulla mia pelle, confermando quello che aveva detto Vesperus e sussurrandomi parole sulla mia nuova realtà. *È giunto il momento*, mi esortò il mio medaglione. *È giunto il momento di vedere cos'hai creato, dea.*

«Lo sento» mormorai, spalancando gli occhi. «Ce l'abbiamo fatta».

«Ce l'abbiamo fatta» ripeté, e il suo sorriso si allargò. «Sei pronta?».

«Sì».

«Allora andiamo a vedere la nostra utopia…».

Un tempo, il genere umano governava il mondo, mentre vampiri e licantropi vivevano nell'ombra. Ma ora non è più così.

Juliet

È mio dovere obbedire. Offrire al mio padrone il mio corpo e il mio sangue, finché non si stancherà di me.
Non c'è modo di sfuggire a tutto questo.
Nessuna via di fuga.
Devo seguire le regole, o morirò.
Non voglio morire.

Darius

Ventidue anni di addestramento hanno creato il veleno perfetto. L'arma che i miei nemici non si aspettano. La spezzerò, la istruirò e la userò per annientare chiunque si metta sulla mia strada.

È affascinante.
È perfetta.
Ed è mia.

Benvenuti nel futuro, in cui a dettar legge sono le stirpi superiori.
Procedete a vostro rischio e pericolo.

La scrittrice di Bestseller per *USA Today* Lexi C. Foss è un'autrice persa nel mondo della tecnologia. Vive ad Chapel Hill, in Carolina del Nord, con suo marito e i loro figli pelosi. Quando non scrive è impegnata a mettere crocette sulla lista dei posti che vuole visitare. Nella sua scrittura si ritrovano molti dei luoghi in cui è stata, tra cui il mitico mondo di Hydria, basata su Hydra, nelle isole greche. È eccentrica, consuma troppo caffè e ama nuotare.

www.LexiCFoss.com

I LIBRI DI LEXI C. FOSS

Alleanza di Sangue

Desiderami - Nyx/Vesperus

La Vergine di Sangue

Sangue Reale

Il Morso dell'Alfa

Anime Ribelli

Il re vampiro

Un morso crudele

Dark Provenance

La figlia della morte

Il figlio del Caos

L'amante del peccato

Reject Island

Carnage Island: Artigli Crudeli & Morsi Proibiti

Serie della Maledizione degli Immortali

Le Leggi del Sangue

Legami Proibiti

Cuore di Sangue

Legami di Sangue

Legami Angelici

Cercatore di Sangue